江雪

눈 내리는 강

온 산에 새 날지 않고

온 길에 사람 발자취 없는데

외로운 배엔 도롱이에 삿갓 쓴 노인이

눈 버리는 추운 강어귀 홀로 낚시질하노라

千山鳥飛絶
萬徑人踪滅
孤舟簑笠翁
獨釣寒江雪

몽천악

夢天岳

몽천악 5

이소 新무협 판타지 소설

초판 1쇄 찍은 날 § 2006년 4월 6일
초판 1쇄 펴낸 날 § 2006년 4월 16일

지은이 § 이소
펴낸이 § 서경석

편집장 § 문혜영
편집 § 장상수 · 최하나 · 문정흠

펴낸곳 § 도서출판 청어람
등록번호 § 제1081-1-89호
등록일자 § 1999. 5. 31
어람번호 § 제2-0878호

주소 § 경기도 부천시 원미구 심곡1동 350-1 남성B/D 3F (우) 420-011
전화 § 032-656-4452 팩스 § 032-656-4453
http://www.chungeoram.com
E-mail § eoram99@chollian.net

ⓒ 이소, 2005

ISBN 89-251-0064-9 04810
ISBN 89-5831-387-0 (SET)

도서출판
청어람

목차

◆제1장◆
도발(挑發)

"와아!"

거웅이 또 탄성을 질렀다.

연무장으로 들어서면서 벌써 몇 번째인지 몰랐다. 모두가 며칠 전과는 딴판으로 확 달라진 연무장과 제반 풍경 때문이었다.

수백 명이 함께 수련을 해도 공간이 남을 만큼 안 그래도 넓었던 연무장이었다. 그것이 어느 틈엔가 그 배는 족히 될 정도로 더욱 확장되고 말끔하게 단장되어 있었다. 더불어 중앙의 사방 십여 장 공간에는 전에는 볼 수 없었던 근사한 비무대가 불쑥 솟아 있었다. 흙을 돋우거나 나무 따위로 급조해서 만든, 아무 데서나 흔히 볼 수 있는 그런 비무대가 아니었다. 커다란 바위들을 정밀하게 깨고 깎아서는 어디 하나 작은 틈이나 굴곡이 없을 정도로 매끈하게 아귀를 맞추어 만들어놓은 튼튼하기 그지없는 비무대였다.

뿐만이 아니었다.

연무장 한쪽에는 또 하나의 단이 세워져 있었다. 다름 아닌 주최 측 요인들을 비롯한 심판관과 귀빈을 위한 자리였다. 뒤편 끝자리 양쪽에 단봉문의 깃발이 꽂혀 펄럭이고 있는 그것은 비록 비무대와 달리 나무를 깎아 만든 것이었지만 굵은 원목을 사용했기에 그 못지않게 튼튼해 보였다. 또 비무대가 한눈에 내려다보이게끔 높았고, 나아가 관람이 용이하게끔 계단식으로 되어 있었으며, 그 외관만으로도 얼마나 공을 들였는지 누구나 한눈에 알 수 있을 정도였다.

그러나 그러한 것은 약과였다.

무엇보다 거웅을 가장 놀라게 한 것은 그런 연무장이 온통 사람으로 꽉 들어차 있다는 것이었다. 중앙의 비무대와 그 주변, 그리고 거기서 단을 잇는 직선 공간의 얼마간을 제외하고는 빈틈이 없었다. 가히 인산인해(人山人海)라고 할 만했다. 심지어 연무장 외곽 곳곳의 나무나 담장 위에도 사람들이 촘촘히 매달리고 걸터앉아 있을 정도였다.

거웅으로서는 난생처음 보는 광경이 아닐 수 없었다.

하기야 어찌 그만이겠는가. 실은 남청이나 몽천악이라고 그리 다르지 않았다. 이렇게 많은 사람이 한자리에 모여 있는 것을 그들이라고 봤을 리가 없었다. 물론 몽천악은 과거 강호를 돌아다니던 중에, 또 남청은 화산 자체에서 벌이는 비무대회와 각종 연회를 비롯한 사람이 많이 모일 수밖에 없는 자리를 겪어보지 않은 것은 아니었다. 하지만 그래도 이렇게 많은 사람이 이런 식으로 운집한 경우는 없었다.

본래 일행은 몽천악의 서둘 것 없다는 느긋한 태도 덕분에 아침 식사를 상당히 늦게 했다. 또 그 바람에 같이 가자고 온 팽가 사람들을 먼저 가도록 할 수밖에 없었고. 그리하여 결국 해가 중천에 기어오를 때쯤에야, 그것도 단봉문에서 온 자신을 비천대의 부대주라고 밝힌 한 직위 높은 무사의 내방이 있은 다음에야 그를 앞세우고 거처를 나설 수 있었다. 그때는 이미 모일 사람은 다 모인 것은 물론이고 벌써 황구가 나서서는 대회의 진행 방식을 설명하고, 또 그 방식이 처음 계획과 달리 얼마간 수정될 수밖에 없었던 데 대한 이해를 구하는 등등의 비무대회 전반에 걸친 이야기를 하고 있는 중이었다. 사실상 이미 행사가 시작된 상태라고 할 수 있었다.

"정말 많다!"

"참으로 대단하군요!"

거웅의 탄성을 받아 남청도 입을 열었다.

"서른두 장의 초청장만 보냈다고 들었는데, 이 정도라니……!"

"일이 본 문의 의도와 많이 달라진 탓입니다."

안내하던 무사가 둘을 돌아보며 말을 받았다.

"사실 처음엔 다른 아무에게도 알리지 않고, 또 어떻게 알고 찾아온다 하더라도 초청장을 지닌 사람과 그 일행이 아닌 한 받아들이지 않는다는 기본 방침하에 조용히 행사를 치르려고 했었습니다. 불과 얼마 전까지만 해도 그것이 상부의 확고부동한 결정이었고, 또 그렇게 저희들도 지시를 받고 있었고 말입니다."

"우리도 그렇게 듣고 있었습니다만……."

"그랬을 것입니다."

남청이 한마디 거들자 무사가 머리를 끄덕이며 대꾸했다.

"만약 그 계획 그대로 시행이 되었다면 이런 일은 일어날 수가 없었을 테고요."

"그럼?"

“기일이 다가오자 갑자기 바뀌었습니다.”

무사가 어깨를 으쓱해 보이며 말했다.

“뜻밖에도 대회를 연다는 소식이 벌써부터 알게 모르게 강호에 퍼져 버린 탓입니다. 생각지도 못했던 사람들이 연이어 관심을 표명하거나 찾아오고, 또 뒤늦게 대회 참가에 대한 문의와 신청이 쇄도하는 상황에서는 더 이상 그 방침을 고수할 수가 없게 되고 말았습니다. 무엇보다 제남의 동도들 때문에 더욱 그렇게 하지 않을 수가 없었고요. 싫든 좋든 간에 어떻든 본 문도 제남에 기반을 두고 있는 제남의 문파가 아니겠습니까. 그런 까닭에 끝까지 모르게 했으면 몰라도 이미 소문이 퍼지고 외지의 사람들까지 몰려오는 마당에는, 비록 너무 늦었고 시일이 촉박하다고는 하지만 어떤 식으로든 제남 땅에는 알리지 않을 도리가 없게 된 것이지요.”

“아……!”

“그래서입니다.”

남청이 탄성을 발하는 가운데 무사는 말을 계속했다.

“부랴부랴 이틀 전에 몇몇 큰 방파에다 예의상 사람을 보낸 것은. 그리고 그 외에도 본 문 주변의 서너 군데에 방을 붙여 대외적으로 알리게 된 것도. 물론 그렇다고는 해도 다분히 형식적이고 체면치레를 위한 것이었음은 굳이 언급할 필요가 없는 일이고요. 저만 해도 시일도 얼마 남지 않은 상황에서 그 방을 많은 사람이 볼 일도, 또 그것을 보고 달려올 일도 없다고 생각할 정도였으니까 말입니다.”

말하다 말고 장내를 일별한 무사가 이내 다시 말을 이었다.

“그런데 어찌 된 영문인지 날도 밝기 전부터 사람들이 줄줄이 몰려들기 시작하더니 순식간에 이렇게나 많이 모였습니다. 태반이 제남의 동도들인 것은 말할 것이 없고요. 물론 벌써부터 본 문에 와 있던 외지의 인사들을 비롯한, 멀리서 온 사람들도 적지 않기는 합니다만. 어떻든 제 생각에는 아마도 근년에 들어 큰일이나 이런 행사가 거의 없었기에 그러한 듯합니다. 그래서 무슨 큰 불구경이라도 가는 것처럼 너도나도 몰려든 것이지요.”

“사람이야 많을수록 좋지, 뭐.”

거웅이 힐끔 몽천악을 돌아보면서 어딘가 퉁명스러운 데가 있는 음성으로 툭 던지듯이 말했다.

“더욱 신나게 싸울 수 있을 테니까 말이야.”

무사의 말을 듣다 보니 오늘도 몽천악 혼자서만 싸움의 재미를 만끽할 것이라는, 그동안 그로서는 염두에 둘 겨를이 없었던 사실에 생각이 미쳤고, 그래서 슬그머니 심통이 난 것이었다.

하지만 다른 사람들은 그의 말을 듣고 있지 않았다.

더불어 그 역시도 그 말을 끝으로 더 이상 그에 집착하거나 생각하지 않았다. 왜냐하면 갈수록 연무장 구석구석까지 진동시킬 정도로 쩌렁쩌렁하게 울려 퍼지는 황구의 큰 음성에다 더해 그 내용 또한 절로 귀를 기울이게 만들었기 때문이다.

“하지만 아무나 그럴 수 있다는 것은 아닙니다.”

비무대 중앙에 선 황구가 좌중을 둘러보며 말하고 있었다.

“참가 의사가 있다고 해서 고하를 가릴 것 없이 아무나 나서도록 허락한다면 대회가 어떻게 될지는 불을 보듯 뻔한 일. 최소한의 자격에 대한 검증은 치러야 합니다. 물론 기존의 초청장을 받은 분들에 버금가는 명성을 지닌 분들은 따로 검증받을 필요가 없습니다. 그 심사는 문주님을 비롯한 귀빈들 몇 분께서 엄정하게 하실 테고요. 그 외의 분들은 실력으로 검증을 거쳐야만 합니다. 그렇다고 해서 무슨 거창한 관문이 있거나 한 것은 아닙니다. 단지 본 문의 비천대(飛天隊)를 이끌고 계시는 제남일도(濟南一刀) 상린(常璘) 상 노사와 겨루어 그를 이기거나, 그가 인정하는 솜씨를 보이기만 하면 됩니다.”

거기서 그의 말은 잠시 끊겼다.

“허……!”

“쾌도라니!”

“숫제 생각을 말라는 이야기군!”

“제남은 말할 것도 없고, 산동 일원을 다 따져도 손꼽히는 상 노사를 무슨 수로 이겨?”

등등의 소리가 터져 나오는 가운데 군웅들 속에서 잠시간의 소요가 있었던 탓이다. 사실 제남일도 상린은 단봉문의 삼대고수 중 하나였으니 그럴 만도 했다.

그러나 황구는 개의치 않았다.

“그리고 그렇게 어떤 식으로든 검증을 통과한 다음에는.”

이내 더욱 큰 목소리로 그러한 소리들을 일축하면서 말을 이었다.

“조금 전에 호명해 드린 열여섯 분의 초청장을 받은 참가자 중에서 마음대로 상대를 골라, 정식 비무 참가자의 자격을 놓고 도전의 일합을 벌일 수가 있는 것입니다. 그렇지만 그전에 한 가지. 검증을 통과한 사람이 열여섯 분보다 많을 때는 물론이거니와, 그렇지 않다 하더라도 어떤 특정한 분에 대한 도전 의사를 나타낸 사람이 두 명 이상이 되는 경우에도 우선은 그 사람들끼리 도전자를 정하는 도전자 결정전을 벌여야 한다는 것입니다. 혼자서 도전해 오는 모두를 계속해서 상대한다는 것은 불합리한 일이고, 또 일종의 기득권도 인정해 주지 않을 수가 없는 노릇이니 말입니다."

그러고도 황구의 말은 계속 이어졌다.

그러나 일행은 거기까지밖에 귀를 기울이지 못했다. 그사이 그들을 안내하는 무사가 한 장소에서 걸음을 멈추었기 때문이고, 또 이야기를 꺼냄으로써 그들의 주의를 돌렸던 때문이다.

"여기가 참가자들의 대기석입니다."

문주 등이 있는 단 바로 아래였다.

비무대를 향해 수십 개의 의자가 단 끝과 일정한 간격을 유지한 채 이 열로 놓여 있었고, 뒷줄 제일 끝 쪽의 하나를 제외하고는 이미 다 차 있는 상태였다. 모두가 참가자일 터였다.

그리고 서 있는 사람도 있었다.

그들은 뒷줄의 의자와 단 사이의 공간에 늘어서 있었는데, 무사의 설명에 의하면 모두가 대회 참가자들을 수행하고 보필하는 사람들이었다. 그래서 보통은 두 사람으로 참가자의 행낭과 대회 중에 혹시 필요할지 모르는 물주머니나 약낭(藥囊) 같은 것을 들고 있었다. 물론 셋 이상도 있었고, 또 그런 수행자가 하나도 없는 사람도 있었다. 당연히 개중에는 팽가와 모용세가의 인물들도 있었다. 팽우광과 모용수는 말할 것도 없이 의자에 앉아 있었고.

그런데 몽천악을 본 두 사람의 반응은 완연히 달랐다.

이건 또 뭘 하자는 것이지? 하는 당황하면서도 어리둥절한 표정을 감추지 못하며 멀뚱멀뚱 쳐다보는 모용수와 달리, 팽우광은 몽천악을 보고는 얼른 자리에서 일어나며 아는 척을 했다.

몽천악이 팽우광과 눈길을 마주치며 무언의 인사를 교환하는 사이, 단 위의 귀빈석에 앉아서 여러 사람과 함께 담소를 나누고 있던 팽연도 같이 자리한 다른 사람들의 시선은 아랑곳하지 않고 얼른 단 끝으로 나와서는 뭘 했기에 이렇게 늦었냐는 등의 질책 아닌 질책으로 그를 반겼다. 또한 단봉문주도 그를 쳐다보며 슬쩍 미소를 지어 보이는 것으로 은연중 그런 표시를 했고.

그러나 그를 아는 사람 모두가 반긴 것은 아니었다.

도리어 적의를 드러낸 사람도 있었다. 팽연과 함께 자리하고 있던 팽소용이 그러했다. 그때까지 화사하고 온유한 얼굴을 하고 있던 그녀는 몽천악을 보는 순간 언제 그랬냐는 듯이 북풍한설(北風寒雪) 같은 싸늘한 기운을 떠올리며 노려보더니, 몽천악의 시선이 자신에게로 향하는 기미가 보이자 그대로 고개를 획 돌려 버렸다.

물론 몽천악 역시 그녀를 보고 있지는 않았다.

사실은 그녀를 보고자 해서 시선을 돌린 것도 아니었다. 팽연과 단봉문주를 일별하고 고개를 바로 하던 중에 우연히 마주쳤을 뿐이다. 그리고 그것이 아니라 해도 그녀에게 신경 쓸 겨를이 없었다. 유일하게 남아 있던 앞줄 맨 끝의 빈 의자를 가리키며 앉으라는 시늉과 함께 단봉문의 무사가 다시 말을 꺼냈기도 했고, 또 그 내용이 그로서는 전혀 생각 밖이었기 때문이다.

"공자님의 자리입니다."

"……!"

몽천악의 눈에 순간적으로 이채가 떠올랐다.

남청도 마찬가지였다.

그럴 수밖에 없었다. 의자는 더도 아니고 덜도 아닌 정확히 서른두 개였고, 꼭 열여섯 개씩 나누어 두 줄로 나란히 배열되어 있었다. 그것은 다른 말이 아니었다. 초청장을 받은 사람들만을 위한 자리이며, 도전이 끝나고 난 다음에는 정식 참가자로 결정된 서른두 명을 위한 자리란 말이었다.

뿐만이 아니었다.

지난밤 양소군에게 들은 소리가 있기에 그들은 단번에 알 수 있었다. 단봉문에서 어떤 의도하에 일부러 그렇게 배치해 두었다는 것을. 즉, 앞줄은 정식 대회 전에 도전을 받아 일차 대결을 치러야 할 사람들이고, 뒷줄은 그렇지 않은 사람들의 자리일 터였다. 팽우광과 모용수가 모두 뒷줄에 앉아 있는 것만 봐도 그러했고, 중간쯤에 앉아 있는 모용수와 달리 팽우광은 다섯 번째에 앉아 있으며, 그의 앞에는 모두 그보다 나이가 더 들어 보이는 사람들이 앉아 있다는 것에서는 더욱 그러했다. 혹시 잡음이 생길까 해서 아예 처음부터 나누어 배정을 해두었다고 봐야 했다. 또한 각각의 자리마다 벌써부터 앉을 사람을 미리 정해두었을 것 역시 말할 필요가 없을 터였고.

그런데 갑자기 몽천악의 자리라니?

그것도 뒷줄이었다.

초청장을 받은 바도 없고, 그사이 그에 대한 어떤 통보를 받은 바도 없었던 그였다. 그래서 여기까지 따라와서도 다른 생각은 추호도 하지 않았다. 단지 의례적으로 장내를 구경시키고, 또 딴에는 호의를 베푼다고 참가자를 비롯한 중요 인사들과의 상견례를 겸해 그들의 얼굴을 먼저 가까이에서 볼 기회를 주는 것으로만 여기고 있었다. 따라서 초청장을 지니지 않은 다른 사람들처럼 곧 군웅들 속에 자리를 잡아야 할 것이라 생각하고 있었고. 남청 같은 경우, 그래서 어디가 좋을까 하고 간간이 자리까지 살피고 있던 형국이었다. 그러니 자신들의 귀를 의심할 수밖에 없는 것은 당연했다.

하지만 몽천악은 길게 생각하지 않았다.

그대로 털썩 의자에 주저앉았다. 그것도 애초에 예정되어 있던 제 자리이기나 한 것처럼 편안하고 방만한 자세로. 그의 성정으로 봐서 당연한 행동이기도 했지만, 사실 망설일 필요가 없는 것이기도 했다. 그로서는 앉으라면 앉으면 될 일이었다. 다른 일은 자신이 걱정하고 생각할 문제가 아니었다.

"형님의 자리라니요……?"

그사이 입을 열어 의문을 드러낸 것은 남청이었다.

"여기는 초청장을 받은 사람들의 자리가 아닙니까?"

"의아하게 생각하실 것 없습니다."

무사가 미소를 지으며 대꾸했다.

"공교로운 일이 벌어진 탓입니다. 오늘 새벽이었습니다. 초청장을 받고 벌써부터 와 있던 강남공자(江南公子)가 어찌 된 영문인지 별안간 불참을 통보하고는 누가 만류하거나 이유를 물을 사이도 없이 부랴부랴 떠나 버리는 것이 아니겠습니까. 그 바람에 한 분의 자리가 비고만 것이지요. 그에 문주님께서는 생각할 것도 없다는 듯이 바로 공자님을 선택하셨고요."

"아……!"

남청의 탄성에 한 호흡을 쉰 무사가 말을 이었다.

"그렇지만 설사 그것이 아니라 해도 문주님께서는 달리 한 석을 만들어서라도 공자님을 위해 자리를 내어드렸을 것으로 압니다. 미처 알지 못해서 초청장을 보낼 수가 없었을 뿐인 분이시고, 또 어차피 얼마간의 시간 차이가 있을 뿐 결국은 이 자리에 앉으실 분이라고 공공연히 말씀하실 정도였으니까요."

"……!"

몽천악이 고개를 돌리며 흘깃 단봉문주를 일별하는 동안, 마치 당연히 그래야 한다는 듯이 몽천악이 앉은 의자 뒤에 묵묵히 자리를 잡고 서는 거웅과는 달리, 남청은 은연중 의외라는 눈빛을 떠올리며 단봉문주와 몽천악을 번갈아 쳐다보는 것이었다.

달리 그런 것이 아니었다.

그로서는 설마 이렇게까지 단봉문주가 몽천악을 높이 생각하고, 또 배려할 줄은 천만뜻밖이었던 것이다. 지난밤 재촉 끝에 몽천악으로부터 저간의 사정을 들었다고는 해도 어디까지나 주마간산식의 간단한 설명에 불과했으므로 그것으로 그 자세한 속사정까지는 알 수가 없는 일이고, 더욱이 몽천악이나 주오기조차 짐작 못하고 있는 문주의 진짜 속내와 그에 이른 정황을 추리해 낼 수는 더욱 없는 일이었기에 그럴 수밖에 없었다.

그러나 그것은 잠시, 그는 이내 자신들을 안내한 무사에게로 시선을 고정했다. 몽천악에게서 무엇을 알아내기가 얼마나 어렵고 힘든 일인지는 익히 아는 일. 대신에 그에게라도 이것저것 질문을 던져 보고, 그리하여 그 와중에 무언가 자신이 듣지 못한 다른 내용이 있지는 않나 알아보고자 해서였다.

그러나 그는 입을 열 수가 없었다.

"지금 무슨 수작들을 하는 거야?"

불쑥 말꼬리를 잡으며 끼어든 사람이 있었던 탓이다.

몽천악의 의자 바로 앞, 즉 앞줄의 끝에 앉아 있던 사람이었다. 그는 키는 그리 크지 않았지만 단단하고 우람하기 그지없는 몸뚱이를 가지고 있었다. 거기다 더해 보기에도 소름 끼치는 거치도(巨齒刀)를 둘러

메고 있었다. 더욱이 뻣뻣하고 덥수룩한 수염이 코 아래쪽을 온통 뒤덮고 있는데다 호랑이의 그것처럼 부리부리한 눈에서 연신 날카로운 안광을 뿜어내고 있었다. 어지간한 사람은 보는 것만으로도 오금이 저리고 절로 위압감을 느낄 우악스러운 모습이었다.

본디 그는 몽천악 등이 그의 뒤에 등장할 때부터 무언가를 직감한 듯 곤혹스럽고 불만스러운 얼굴로 쳐다보고 있던 참이었다. 그러다가 못 참겠다는 듯이 얼굴 가득 강한 불만을 드러내며 벌떡 일어섰고, 그런 음성을 발하는 것이었다.

"그럼 우리는 뭐야? 들러리야?"

"무슨 말씀이신지……?"

예기치 못한 갑작스런 사태에 무사는 어리둥절하고 곤혹스런 얼굴로 그를 쳐다보며 눈을 끔뻑일 따름이었다.

"네 말이 그렇잖아!"

거치도가 언성을 높였다.

"자리가 비었다면서? 그렇다면 그것을 모두가 알게 하고, 타당하고 공평한 방법을 찾아야지!"

"그, 그것은."

"아니면 모두가 수긍할 만한 사람에게 내주던지!"

무사의 말은 들을 것도 없다는 듯이 자르며 거치도가 계속 소리쳤다.

"주최 측이라고 당신들 마음대로 하는 거야? 지금까지 한정된 인원이 어떻고, 또 우리들에 대한 우선권이 어떻고 해놓고는? 그것도 당일에 갑자기 듣도 보도 못한 자를 데려와서는 멋대로 내어줘? 게다가 비지 않았어도 자리를 만들었을 것이라니! 그리고 어차피 이 자리에 앉을 사람이라니! 그렇다면 뭐야? 말이 좋아 초청장을 받은 사람들이지, 애초에 우리는 안중에도 없었다는 이야기잖아! 들러리에 허수아비로밖에 여기지 않는다는 이야기고! 그렇지 않아?”

생김새와 거칠고 투박한 어투와는 달리 상당히 유창하고 논리적인 언변이었다.

“아닙니다!”

무사가 급히 항변했다.

“그것은 그런 말이 아니라.”

“아니기는 뭐가 아냐!”

또다시 무사의 말을 잘라 버리는 거치도였다.

“여러 소리 할 것 없어! 당장 자리가 비었다는 사실을 모든 사람에게 알려! 그리고 중의를 모아서 가장 공평하고 합리적인 방법으로 사람을 앉히더라도 앉혀!”

“그에 대해서는 다른 분들이 왈가왈부할 사항이 아니외다.”

무사 대신에 말을 받고 나선 사람은 문주였다.

안 그래도 적잖이 큰 목소리의 거치도였다. 그런 그가 목청을 높이는 상황이었으니 주변의 이목을 집중시키지 않을 도리가 없었다. 처음부터 보고 듣지 않으려야 않을 수 없었던 대기석 주변과 단 위의 사람들은 물론이고, 이제는 황구마저 여전히 일장연설을 풀어놓는 와중에도 힐끔힐끔 눈길을 보낼 정도였으니. 문주로서는 일이 더 커지기 전에 얼른 수습하지 않을 수 없었던 것이다.

“대회를 개최하는 것은 본 문이외다.”

문주가 정색을 하고 말했다.

“그러므로 어디까지나 초청장을 보내는 것도, 일차 도전을 받을 사람을 구분하는 것도, 또 빈자리에 사람을 선택하는 것도 모두가 본 문의 권한 사항임을 알아야 하오.”

“제미랄! 권한 사항 좋아하시네!”

욱하는 마음에서 나오는 대로 지껄이던 거치도가 흠칫 입을 닫았다.

상대는 단봉문의 문주였다. 어느 모로 봐도 함부로 할 수 있는 상대가 아니었다. 더구나 비무초친을 개최하는 당사자였다. 만에 하나 자신이 우승이라도 한다면 장인이 될 사람이었다. 그러니 백 번 양보해서 마음대로 지껄여도 괜찮고, 또 평소에 그렇게 해온 상대였다 해도 적어도 지금은 아니었던 것이다.

그런데 그런 사람을 향해 욕이나 다름없는 언사까지 내뱉었으니, 비록 고의가 아니었다 해도 문주가 문제를 삼고자 든다면 꼼짝없이 처분에 맡길 수밖에 없을 일이었다.

그러나 그러한 생각은 잠시였다.

그는 이내 다시 본래의 거친 표정을 지었다. 이제 와서 주워 담을 수도 없었고, 또 제격 사과를 하는 것도 내키지가 않았던 것이다. 자신의 불만과 항변이 그것으로 묻혀 버릴 것이기에 그러했고, 그의 성정에 맞지도 않는 일이기에 그러했다. 그래서 도리어 내친걸음으로 할 말은 모두 하기로 작심을 한 것이었다. 다만 곧이어 다시 쏟아내는 말에서 언어는 얼마간 순화했다. 물론 크고 사나운 음성과 표정은 조금도 달라지지 않았고.

“처음부터 그 처사가 마음에 안 들었소이다! 초청장을 보낼 때 뭐라고 적었습니까? 솜씨가 있고 이름이 있는 사람들만 초청해서는 조용한 가운데 한판 제대로 된 비무를 벌이고, 그리고 그것으로 우승자를 가릴 것이라고 하지 않았습니까? 그런데 어중이떠중이 이렇게 많은 인간들

이 몰려와 있고, 거기다 갑자기 초청장을 지키는 도전을 받으라니! 그
것도 아무리 생각해도 불공평하고 황당한 선발 기준으로 사람을 갈라
놓은 채로 말입니다!"

"그것은."

"좋습니다!"

문주가 말할 기회를 주지 않고 거치도가 냉큼 말을 이었다.

"그것까지는 그렇다 칩시다! 우리처럼 배경도, 세력도 없는 사람들
이야 이런 경우를 겪는 것이 한두 번이 아니니까! 잘난 환경을 가진 자
들의 기득권이라고 생각하면 이해 못할 일도 아니니까! 그리고 어찌
됐든 그 후에는 상대를 마음대로 고르는 권리나마 있다니까 아주 기분
나쁠 것도 없고!"

"······!"

"하지만 이번 일만은 못 참겠소이다! 아무리 주최 측의 권한이고, 또
결정 사항이라고 해도 심합니다! 물론 예기치 못한 갑작스런 변고가
일어나고, 그래서 총망중에 대안을 정하지 않을 수 없었다는 것을 이해
못하는 바는 아닙니다! 하지만 아무리 그렇더라도 그전에 최소한 우리
들에게는 알리고 동의를 구했어야 했습니다! 그것이 적어도 기본적인
도리일 것입니다!"

"불만이 일부 없을 수 없다는 것은 잘 알고 있소."

도를 넘어선 흥분을 가라앉히려는 듯 거치도가 식식거리며 한 호흡
을 쉬는 사이 문주가 말했다.

"그렇지만 나로서는 다 대회를 원만하고 무리없이 치르기 위한 고심
끝에 결정한 일들이었소. 강남공자의 빈자리에 사람을 넣는 것 역시
마찬가지요. 물론 순전히 내 직권과 의사에 의해서이기는 하지만. 그

러나 앞으로 대회를 치르면서 두고 보면 알겠지만, 그는 그런 대우를
받을 자격이 충분하오."

"수긍할 수 없습니다!"

"그렇다면 좋소."

거치도의 즉각적인 반발에 문주가 한숨을 내쉬었다.

"누가 뭐래도 내 스스로 내린 결정을 번복할 생각은 없지만, 그래도
어쨌거나 어디 한번 들어나 봅시다. 당신 생각에는 그럼 대체 이 일을
어찌 처리해야 옳단 말이오?"

"자리가 비었으면 빈 채로 진행을 하십시오!"

기다렸다는 듯이 거치도가 대꾸했다.

"아니면 이참에 도전이니, 정식 참가자니 하는 말도 안 되는 구분과
계획을 철회하고 초청장을 받지 않았음에도 참가하려는 자들로 하여금
그 빈자리를 두고 경합을 벌이게 하십시오! 그래서 한 사람이 정해지
면 애초의 예정대로 대결을 치러 나가는 것이고요. 초청장도 받지 않
은 어떤 놈은 손끝 하나 움직이지 않고 정식 대회 인원의 한 자리를 차
지하는데, 도리어 초청장을 받고 온 우리 같은 사람들이 가외의 싸움질
을 해서 그 자리에 올라가야 합니까? 말이 안 되지 않습니까! 나는 그
것만은 용납할 수 없습니다!"

"흥분할 것 없소이다."

돌연 거치도의 말을 자르듯이 불쑥 끼어든 사람이 있었다.

뜻밖에도 모용수였다. 그에 당사자들은 물론이고 상황을 주목하고
있던 사람들의 시선이 모두 그에게로 몰릴 것은 당연지사. 그러나 그
는 개의치 않고 거치도의 눈길과 완전히 맞닥뜨리기를 기다려서는 천
천히 몸을 일으키더니, 허리는 굽히지도 않고 슬쩍 주먹만 감싸 쥐어

보이는 포권 아닌 포권을 취하며 말을 이었다.

"보아하니 귀하는 호남에서 온 폭도(爆刀) 맹추경(孟秋鯨) 맹 형 같은데, 그렇지요?"

"그런데, 왜?"

거치도가 거칠게 말을 받았다.

쓸데없는 소리 지껄이면 너부터 용서하지 않겠다는 사납고 도전적인 모습이었다.

그럴 만도 했다.

그가 보기에는 모용수 역시 몽천악과 하등 다를 바가 없는 자였다. 몽천악과 다른 점이 있다면, 자신과 똑같이 초청장을 받고 온 사람이라는 것뿐이었다. 그런데 누구는 일차 도전을 치르는 관문을 지나야 하고 누구는 그렇지 않았다. 그가 보기에 그것은 순전히 가문의 후광으로 인한 차별이었다. 적어도 그가 보기에는 그랬다. 무공에 있어서만은 그에게 뒤진다는 생각을 추호도 해본 적이 없는 그였다. 그러니 처음부터 그에 대한, 아니, 그만이 아니라 뒷줄에 앉아 있는 모두에 대한 심사가 좋을 리 없었다. 더욱이 모용수의 입가에 걸린 어딘가 비웃음이 어린 듯한 비릿한 한줄기 미소는 스쳐 보는 것만으로도 기분이 불쾌했고, 무엇보다 그가 자신을 제어하기 위해 참견하는 것이라고 생각했기에 더욱 그럴 수밖에 없었다.

"당신도 내가 우습게 보여?"

"그럴 리가 있겠소이까."

모용수가 그게 무슨 소리냔 얼굴로 세차게 손을 내저었다.

"호남의 실력자이자 유명 인사인 맹 형을 우습게 보다니! 내가 어찌 감히! 다만 나는 지금의 상황을 말하는 것뿐이외다. 아무리 맹 형이라도 오늘 여기서는, 아니, 저 사람에 대한 일만큼은 모르는 척하는 게 상책이라는 뜻이오.”

“내가 왜?”

여전히 거칠게 뱉는 폭도였다.

“어째서 그래야 하는데?”

“왜냐하면 그는 특별하니까.”

“특별하다고……?”

모용수의 슬쩍 돌리는 은근한 눈길을 따라 몽천악을 돌아보면서도 폭도는 짐짓 마치 누구의 어떤 점을 두고 하는 이야기인지 모르겠다는 듯이 초점을 맞추지도 않고 눈동자를 사방으로 이리저리 굴렸다. 한참이나 그러고 난 다음에야 몽천악에게 시선을 고정했지만, 그러고도 연신 머리를 갸웃거리더니 말했다.

“대체 어디가 어떻게 특별하다는 거야? 아무리 봐도 나는 도무지 모르겠는걸? 눈도 두 개, 귀도 두 개, 별다를 게 없잖아!”

그런 그의 얼굴에 떠오른 것은 완연한 조소와 조롱이었다. 특히나 대산에 눈길이 가면서 더욱 그러했고, 그러다가 자못 놀라운 사실이라도 발견한 양 갑자기 탄성을 발하며 말했다.

“아! 한 가지는 알겠군! 이자가 둘러메고 있는 몽둥이인지 칼인지도 모를 저 괴상한 물건을 말하는 것이라면 인정하지. 내 아직까지 저런 괴이한 물건은 본 적이 없으니.”

“그것밖에 찾지 못했소?”

모용수가 말을 받았다.

“사람 자체를 더 자세히 살펴보시오.”

“더 보나마나 똑같아!”

폭도가 제꺽 머리를 흔들었다.

"봐줄 게 전혀 없는걸."

"그래도 찾아보는 게 좋을 것이오."

상대의 예의없는 언행이 계속되어도 모용수는 어디까지나 진지했다.

"그와 알고 지내는 사람들은 모두 그가 특별한 존재이며, 또한 그의 공부가 대단하다고들 여기고 있으니까 말이오. 아니, 이제 이곳 단봉문에서조차 그에 대한 대접이 극진한 것을 보니 그를 잘 알지 못하는 사람들조차 그렇게 여기는 것 같소. 그러니 당신은 어떻게든 그에게서 그런 징후를 조금이라도 발견해 내야 하오. 그래야 당신은 그에 대해 감히 무어라 말할 수 있소."

"하! 무슨 말도 안 되는 억지 같은 소리를."

기막히다는 한소리와 함께 폭도가 무어라 반박하려 했지만 그럴 수가 없었다. 그의 말을 자르며 모용수가 먼저 말을 이었던 탓이다.

"그렇지 않으면 당신도 나와 마찬가지로 일이 어떻게 되어가든지 간에 입 꾹 다물고 조용히 있는 게 좋소. 그를 좋아하는 사람들의 눈 밖에 나서 더한 불이익과 불리함을 자초하고 싶지 않다면 말이오. 지금 이 시점에서는 더욱 그렇소. 단봉문의 주인까지 가세한 마당이오. 까딱하다가는 대회 참가는 고사하고, 당장 자격을 박탈당한 채 이대로 쫓겨나는 경우가 생길 수도 있소. 그래서 하는 말이외다. 물론 그 모든 것을 감안하고, 그럼에도 그것을 도외시하고 나설 배짱과 용기가 있다면 별개겠지만."

"……!"

폭도의 눈에 번쩍 하고 이채가 스쳐 갔다.

그제야 모용수의 의도가 자신이 생각했던 것과 무언가 많이 다르다는 것을 눈치챈 탓이었다. 그는 지금까지 모용수의 말과 표정 속에 배어 있는 일말의 조소와 경멸이 자신에게 향하는 것인 줄 알았었다. 또 자신을 핍박하기 위해서 나선 줄 알았고. 그런데 이제 보니 전혀 방향이 다른 것 같지 않은가. 오히려 자신을 돕고자 하는 것 같았고, 무언가 암시를 주기 위해 노력하는 것 같았다.

그렇지만 그것을 또 선뜻 그대로 믿기에는 얼마간의 의심이 일어났다. 그와 모용수 간에는 이제까지 전혀 교류라고 할 만한 것이 없었고, 또 서로의 환경도 천양지차였다. 그리고 그가 아는 모용수는 결코 자신을 편들거나 도울 사람이 아니었다. 오히려 그 반대에 가까웠다. 더구나 지금까지 그에게 자신이 취한 그리 예의 바르지 못한 태도가 있었다. 그것 하나만으로도 충분히 자신에 대한 적의를 가지고도 남을 일이었다. 더불어 무엇보다 그를 어렵게 하는 것은 직설적인 화법이 아니라는 것이었다. 모용수의 말 한마디 한마디는 모두 묘하게 비비 꼬여 있어서 해석과 받아들이기에 따라 전혀 다른 의미가 될 수도 있었다. 그러니 폭도로서도 그 진의가 헷갈릴 수밖에 없었다. 그리하여 그는 잠시간 눈을 끔뻑거리며 모용수를 쳐다보기만 했다. 그러다가 긴 가민가하는 얼굴로 떠보듯이 말했다.

"설마 지금 나에게 조언을 하자는 것이오?"

"바로 그렇소."

"어째서?"

"꼭 당신이 아니라도 좋았소."

대뜸 물어오는 반박에도 모용수는 머뭇거림이 없었다.

"누가 나섰어도 마찬가지였을 것이오."

“……!”

이채를 발하며 눈을 끔뻑이던 폭도가 무슨 뜻인지 알겠다는 듯이 잠시 머리를 주억거리더니 이내 다시 입을 열었다.

“좋소. 당신도 불공평하고 어긋난 것을 보면 나중에 어찌 되더라도 당장은 참지 못하고 나서고 마는 성격이라는 뜻으로 이해하겠소. 그렇지만 분명하지 못하오.”

“무엇이 말이오?”

“나더러 어쩌란 거요?”

슬쩍 인상을 찡그려 보이며 폭도가 반문했다.

“나는 그렇게 빙 둘려서 말하면 헷갈려서 말이오. 단도직입적인 것이 좋소. 당신이 도와줄 테니 계속 밀고 나가란 이야기요? 아니면 여기서 그만 물러서란 이야기요?”

“당신은 어떻게 하고 싶소?”

“순순히 물러설 수는 없소.”

폭도가 얼굴을 굳히며 말했다.

“적어도 이자가 빈자리에 앉을 만한 자격이 있는지 정도는 내 눈으로 확인해야겠소.”

“그렇다면야…….”

말을 흐리며 모용수가 머리를 끄덕였다. 그것이 무슨 뜻인지 모를 사람은 없었다. 모용수가 이내 다시 말했다.

“그런데 어떻게 확인한단 말이오?”

“방법이야 많지 않겠소?”

“이를테면?”

“나나 당신이 나서서 겨룬다던지.”

"그것은 안 되오."

모용수가 대번에 머리를 흔들며 폭도의 말을 잘랐다.

"우리는 이미 초청장을 받은 사람이오. 그렇게 되면 싸우기도 전에 그를 인정한 꼴이 되고 마오."

"그럼 이렇게 하면 어떻겠소?"

폭도가 재차 말했다.

"빈자리를 가지되, 지키게 하는 것이오."

"……?"

"말 그대로요."

무슨 소린지 모르겠다는 표정을 짓는 모용수를 쳐다보며 폭도가 득의의 얼굴을 하고 얼른 말을 이었다.

"문주의 뜻도 있고 하니, 우선 빈자리를 그에게 내주는 거요. 대신에 초청장을 받지 않았음에도 대회에 참가하고자 하는 자들을 이자가 상대하는 것이오. 그리하여 모두 물리친다면 빈자리는 완전히 그의 차지가 되는 것이고. 문주의 이야기대로라면 충분히 그럴 능력이 있을 테니 그 정도는 감수해야 하지 않겠소? 그러면 우리들도 더 이상 불만을 제기할 까닭이 없고 말이오."

"그것참 좋은 생각이오!"

모용수가 짐짓 감탄했다는 모습으로 제격 맞장구를 쳤다. 사실 그가 지금껏 의도한 것이 그것이었던 것이다. 이어 그는 곧장 부근의 의자에 앉아 있는 사람들을 돌아보며 동의를 구했다.

"여러분들 생각에는 어떻소이까?"

반응은 폭발적이었다.

"훌륭하오!"

"좋은 방법입니다!"

"반드시 그렇게 해야 하오!"

기다렸다는 듯이 동조의 외침들이 쏟아져 나왔다.

직접적으로 결부된 앞줄에 앉은 사람들이 가장 환호했다. 하지만 뒷줄도 그 못지않았다. 아니, 대기석에 앉은 사람들과 그 수행원들만이 아니었다. 무슨 일인가 하고 이목을 집중하고 있던 주변의 구경꾼들과 단 위에 있던 사람들 중에서도 노골적으로 소리를 내지 않는다 뿐 동조의 고갯짓을 하는 사람들이 꽤 여럿 있을 정도였다. 낯선 자에 대한 특별한 대접에는 자신의 이해득실과는 아무 상관이 없어도 반감을 가지기 쉬운 법. 아마도 그래서일 터였다.

물론 그렇지 않은 사람들도 많았다.

그중에서도 문주는 안색이 변할 정도였다. 전혀 기대하던 방향이 아니었던 탓이다. 이제껏 모용수의 개입 의도가 무엇인지 몰랐던데다, 두 사람이 워낙 죽이 맞아 주거니 받거니 이야기하는지라 끼어들 틈이 없어서 보고만 있었던 터였다.

그런데 갑자기 이야기가 원하는 바와는 완전히 다른 곳으로 빠지더니 말도 안 되는 결론을 도출해 내고, 나아가 중인들을 선동까지 하고 있었다. 문주로서는 내심 경계경보가 발동하지 않을 수 없는 일이었다. 자칫 더 방관하다가는 이러지도 저러지도 못한 채 그대로 휩쓸리고 마는 수가 있었다. 그리하여 큰 헛기침 소리와 함께 정색을 하고 나서려는 순간이었다.

불현듯 그의 귓전을 두드리는 전음이 있었다.

"나서지 마시오."

팽연이었다.

"어떻게 문주가 몽천악을 알고 또 배려하는지는 모르겠지만, 어떻든 지금은 문주가 나서봐야 오히려 더한 난국을 초래할 뿐이오. 불에 기름을 끼얹는 것처럼 말이오. 이 문제에 관한 한 저들은 이미 하나가 되었고, 불이 붙었소."

"……!"

"차라리 천악에게 맡겨둡시다."

돌아보는 문주에게 미소를 지어 보이며 팽연이 전음을 이었다.

"문주로서는 할 만큼 했소. 그도 더 원하지 않을 것이오. 그리고 설사 저들이 원하는 대로 다 들어준다 해도 무슨 문제가 있겠소. 싸움이라면 아무리 많아도 마다하지 않고, 또 자다가도 뻘떡 일어날 정도로 좋아하는 위인인 것을. 도리어 저들은 제 스스로 발등을 찍는 꼴이 될 뿐일 것이오."

"……."

다시 장내로 시선을 돌리는 문주의 눈에 갈등이 스쳐 갔다.

팽연이 말하고자 하는 바를 모르는 것도 아니었고, 또 그리 부정하고 싶은 마음이 드는 것도 아니지만, 그러나 어쨌든 자신은 대국의 주재자이자 일문의 문주였다. 마땅히 해야 할 바가 있었고, 세워둔 방침이 있었으며, 더불어 자존심도 있었다. 무엇보다 몽천악에게 호의를 베풀겠다고 한 행동이 오히려 나쁜 결과를 가져왔다는 문제가 마음에 걸렸다.

그러나 그의 갈등은 길게 갈 수 없었다.

그럴 여가를 주지 않는 사람이 있었던 탓이다. 다름 아닌 모용수였다. 계획대로 중인을 자신의 편으로 끌어들인 그는 때가 무르익었다고 판단하고는 행여 제지하는 사람이라도 있을세라 곧장 몽천악에게로 말

머리를 돌렸던 것이다.

"당신은 어때?"

대답을 듣고자 물은 것이 아니었다. 그것은 그의 말에 반응한 몽천악의 시선이 그 자신에게로 건너오자마자 바로 말을 이으며 제 딴에는 압박을 가하는 것에서도 잘 드러났다.

"뒤늦게 끼어든 셈이니 적어도 이 정도 수고는 해야 하지 않겠어? 어떻게 생각해?"

"……."

"도전자가 너무 많지 않을까 하는 걱정 따위는 하지 않아도 좋을 거야. 내 생각이기는 하지만 많아도 대여섯 명을 넘지는 않을 테니까. 보나마나 뒤로 갈수록 강자가 나올 테고, 그러니 패한 자와 수준이 비슷한 자나 그 이하는 아무리 나서고 싶어도 언감생심 감히 엄두를 내지 못할 것 아니겠어? 아마 틀림없을 거야. 그러니 당신도 강호인이라면, 그리고 강호인으로서의 체면과 위신이 있다면 이 제안을 받아들이는 게 좋을 거야."

◆제2장◆

신위(神威)

“…….”

“물론 싫으면 받아들이지 않아도 돼.”

몽천악이 계속 입을 다물고 있자 모용수는 더욱 신이 나서 뱉어냈
다.

“딱히 우리로서도 억지로 시킬 방법은 없으니까. 어디까지나 주최자
는 단봉문주이고, 따라서 중요한 것은 그의 의사니까 말이야. 다만 두
고두고 무림동도들의 비웃음과 손가락질을 받을 각오는 하는 게 좋을
거야. 아무리 네가.”

“거참, 말 많네!”

몽천악에 앞서 버럭 소리치며 모용수의 말을 자르고 나선 사람은 다
름 아닌 거웅이었다.

“도대체 뭐야?”

“…….”

좌중이 갑자기 쥐 죽은 듯이 조용해졌다.

어딘가 불만 어린 얼굴로 눈을 부라리며 소리치는 거웅의 모습이 보기 흉흉해서도 아니었고, 고막이 울릴 정도로 큰 목소리에 어떤 위협을 느껴서도 아니었다. 누구나 그럴 수밖에 없을, 갑자기 들려온 큰 소리에 대한 반사적인 행동일 뿐이었다. 그리고 장본인을 확인하는 순간 기가 막히고 어이가 없어서였고.

모용수는 더했다.

그가 가늠하는 거웅은 덩치만 컸지 봐줄 것이 없는 자였다. 모용작으로부터 그에 대한 이야기라도 자세히 들었으면 조금 달리 볼 수도 있었겠지만, 그러질 못했다. 모용수는 몽천악에 대한 것 외에는 알려고 하지 않았다. 그의 생각에 거웅은 몽천악의 아랫사람일 따름이었다. 몽천악도 별 시답잖게 보는 그가 몽천악의 아랫사람에게 주의를 기울일 까닭이 없었다. 그리고 그런 그에게 미주알고주알 말해줄 정도로 모용작의 담량이 크지도 않았고, 또 그렇게 친하지도 않았다. 하기야 모용작 자신도 실은 거웅에 대해 알고 있는 것이 별반 없었고. 그러니 알려진 고수도 아니고, 무식한데다 어딘가 모자라 보이기까지 하는 거웅을 모용수가 안중에 두고 있을 리 없었다.

따라서 그의 입장에서는 거웅의 지금 작태가 얼마나 기가 막히고 황당하며 울화가 치미는 일이겠는가. 그로 인해 이제껏 참으로 교묘하고 뛰어난 화술을 자랑하던 그로서도 한순간 어떻게 응대를 못하고, 다만 그러한 표정을 고스란히 드러내는 얼굴로 거웅을 잡아먹을 듯이 노려보는 것이 다였다.

하지만 그것은 약과였다.

“어떻게 하라는 거야?”

모용수의 시선에는 조금도 아랑곳없이 거웅은 도리어 더욱 눈을 부라리며 말을 이었다.

“싸우라는 거야, 말라는 거야?”

안 그래도 좋지 않은 머리에 잠깐 동안 어떤 혼자만의 생각에 빠져 있던 그로서는 장황하게 비비 꼬아대는 모용수의 말을 명확하게 이해할 수가 없었고, 그것이 또 못마땅했던 것이다.

“이제껏 듣고도 모르겠어요?”

대꾸를 한 사람은 남청이었다.

“제발 싸워달라는 겁니다. 싸워서 자리를 차지하라는 겁니다.”

“그럼 진작 그렇다고 했어야지! 뭐가 이렇게 말이 많고 복잡해?”

“그러기에는 켕기는 구석이 있거든요.”

“켕기다니? 왜?”

“저들은 그것이 형님을 궁지로 모는 것이라 믿고 있거든요.”

남청이 슬쩍 미소를 떠올리며 모용수와 폭도를 일별했다.

“다시 말해 저들의 의도는 그것으로 형님을 힘들고 곤란하게 만들어 보겠다는 것이고, 또 그 와중에 실수라도 해주기를 바라는 것이지요. 하지만 형님이 싫다고 거절해 버리면 모든 것이 헛수고가 되고 마니, 그래서 싸움을 하지 않겠다고 꽁무니를 빼면 비겁자로 몰겠다고 은근히 압력을 넣는 것이고요.”

“무슨 말도 안 되는 소리를!”

거웅이 같잖다는 얼굴로 더운 콧김을 내뿜었다.

“그것이 어째서 궁지로 모는 것이고, 또 사숙이 왜 그런 것을 거절해? 그런 것이 무어 힘들 게 있다고? 도리어 속으로는 더욱 신나고 기뻐할 사람은 사숙일 텐데!"

"저들은 그것을 모르지요."

남청이 머리를 끄덕이며 말을 받았다.

"나아가 이 기회에 아예 저들 전체와 계속해서 싸우고, 그리하여 꿈지럭거릴 것 없이 단번에 우승자가 될 궁리를 하고도 남을 분이란 것을 저들은 더욱 모르고 있거든요. 어리석게도 말입니다. 제 말이 틀렸습니까, 형님?"

"……."

갑작스럽게 건너오는 물음에도 아무런 동요 없이 몽천악의 시선이 남청에게로 향했다.

기다렸다는 듯이 남청이 다시 물었다.

"그렇게 하실 거죠?"

"……."

"세 가지 장점이 있습니다."

씨익, 웃어 보인 남청이 말을 이었다.

"첫째, 계속해서 상대를 바꿔가며 끝까지 싸울 수가 있습니다. 확실히 몸을 풀며 실전 수련을 할 수 있다는 것이지요. 둘째, 시간을 절약할 수 있습니다. 사실 이번 단봉문의 대결 방식이 어떤 면에서는 더없이 좋지만, 적어도 형님 입장에서는 아닙니다. 한 번 싸우고 계속 기다려야 하니 지루하기 십상이지요. 그리고 마지막으로 형님의 신위를 보이고, 그리하여 단번에 이름을 떨칠 수 있다는 것입니다. 형님도 이제 명성을 높일 필요가 있지 않겠습니까? 실력에 비해 너무 알려지지 않았고, 또 그래야 형님의 비무행도 한결 수월할 수 있을 테니까요. 물론 그에 따른 반대급부도 있을 것입니다만."

"……."

"어떻게 할까요?"

모용수와 폭도는 말할 것도 없고, 심지어 단봉문주나 팽연조차도 얼마나 황당하고 어이없는 얼굴을 하고 자신을 바라보고 있는지는 아랑곳없이 남청은 다시 은근히 물었다.

"제가 협의를 해볼까요?"

"어떻게 그런 생각을 했지?"

처음으로 몽천악의 입이 열렸다.

"내 뱃속의 회충이라도 되느냐?"

"하하하! 뭐, 그것도 그리 나쁘지는 않을 것 같습니다만."

한순간 눈을 크게 뜨던 남청이 이내 웃음을 터뜨렸다. 그리고는 시선을 모용수 등에게로 돌리며 말했다.

"어떻든 그럼 흥정을 시작하겠습니다."

"반만 하자."

"예?"

남청의 시선이 의아함을 담고 다시 몽천악에게로 돌려졌다.

"아니, 왜요? 하는 김에 다 하지 않고요?"

그는 몽천악이 말한 반이란 것을 뒷줄은 남기고 앞줄까지 상대하겠다는 뜻으로 받아들였고, 그래서 나온 그로서는 당연한 의문이었다. 그가 아는 몽천악은 결코 그럴 사람이 아니었다. 설사 무리임이 뻔히 보여도 시작하면 끝까지 가고 말 사람이었다. 더구나 남청이 생각하기에 지금은 끝까지 간다 해도 별 무리가 없을 상황이었다. 초청장을 받은 사람들이 다 만만치 않은 고수라고는 하지만, 그러나 각성을 이루어 신창과도 접전을 펼쳐 낸 몽천악의 상대는 없었다. 대결 사이사이에 얼마간 숨 돌릴 시간만 주어지면 충분할 터였다. 최소한 그는 그렇게 철석같이 믿고 있었다.

사실 남청이 굳이 나서서 부추기다시피 하는 이유는 앞서 말한 세 가지 중 마지막 것 때문이었다. 그는 모용수 따위가 몽천악을 업신여기는 것을 참을 수가 없었다. 마치 자신이 모욕을 받는 듯한 기분이 들 정도였다. 따라서 이제는 몽천악이 진정한 실력을 보여주어 명성을 높여야 할 때라 믿었고. 그리하여 어떤 자리에서든 걸맞은 대접을 받는 것을 보고 싶었다. 그러기 위해서는 끝까지 다 상대하는 것이 옳았다. 그리고 그것을 몽천악도 모를 리 없을 것이라 생각했고. 그런데 예상이 빗나간 것이다.

하지만 의문은 잠시였다.

"아……!"

남청이 이내 낮은 탄성을 발했다.

그리고 동시에 아무도 눈치챌 수 없을 만큼 빠른 속도로 눈동자를 굴려 두 곳을 일별했다. 다름 아닌 팽우광과 모용수였다. 그는 그 두 사람을 몽천악이 반만 하겠다고 한 이유라고 짐작한 것이다. 우선은 팽우광에 대한 배려이고, 안배일 터였다. 지난밤 그도 모든 것을 보고 들었고, 또 뒤에 몽천악으로부터 들은 이야기도 있기에 충분히 이해가 가는 일이었다. 그리고 모용수에 대한 것은 공후아가 돌아올 때까지는 그를 건드리고 싶지 않은 까닭일 터였고.

그리하여 그는 곧 몽천악에게 알겠다는 듯이 머리를 숙여 보이고는 폭도를 비롯한 앞줄에 앉은 사람들을 향해 말했다.

"잘 들었을 줄 믿습니다. 형님은 앞줄의 여러분들까지 내친김에 다 상대하고자 하십니다. 여러분들도 동의를."

"지, 지금 무슨 짓거리를 하자는 거야?"

누구보다 앞서 남청의 말을 자르고 나선 사람은 모용수였다. 그는 벌겋게 상기된 얼굴에 말까지 더듬는 데 더해 어쩔 줄 모르고 연신 푸들거릴 정도로 황당함과 기가 막힘에서 오는 울화를 이기지 못했다.

하지만 그는 더 이상 그것을 발산하거나 말할 수가 없었다. 남청이 재빨리 그의 말문을 막은 탓이다.

"당신은 나서지 마시오!"

"뭐, 뭐야?"

"당사자도 아니지 않습니까?"

어디까지나 냉정한 음성의 남청이었다.

"그렇다고 앞줄에 계신 분들이 당신에게 전권을 위임한 것도 아닐 테고, 그리고 입이 없어서 자신의 의사를 밝히지 못하는 분들은 더욱 아닐 테고 말입니다."

그리고 그는 모용수가 얼마나 악귀 같은 얼굴과 눈빛을 하고 자신을 바라보고 있는지 뻔히 알면서도 아예 그를 무시하고는 시선을 돌리더니 앞줄의 사람들을 향해 다시 입을 열었다.

"동의하십니까?"

"……."

"왜 아무 말도 않습니까?"

사람들이 말이 없자 남청은 곧 재촉했다.

"생각하고 말고 할 것도 없는 일이 아닙니까? 당신들에게 하등 손해가 갈 일이 없으니."

"그러니까, 지금."

하도 기가 막히고 어처구니가 없어서 말도 나오지 않는다는 얼굴로 모두가 멍하니 쳐다보고만 있는 가운데, 폭도가 역시 그런 표정으로 길게 한숨을 불어내면서 남청의 말을 끊더니 말했다.

"일반 도전자는 물론이고 앞줄에 앉은 우리까지도 모조리 상대를 하시겠다, 이 말이지? 그것도 혼자서 연달아?"

"물론입니다."

남청이 제꺽 머리를 끄덕였다.

"당신들이 획책했던 것보다 더 좋은 결과지요?"

"이, 이런, 미친……!"

말도 못하고 있던 앞줄의 사람들 중 한 사람이 간신히 반응을 보이자 그제야 다른 사람들도 입이 터졌다. 그리하여 누가 먼저랄 것도 없이 한마디씩 쏟아냈다.

"지금 그것을 말이라고 해?"

"우리를 어떻게 보고! 감히!"

"입은 만 가지 화를 불러들이는 근원이라는 것을 알아야지!"

사람들이 얼마간 진정하기를 기다려 폭도가 자못 준엄한 얼굴을 하고 다시 나섰다.

"우리의 제안이 싫으면 싫다고 정중하게 이해를 구하는 게 좋아. 사람 우롱하려 들지 말고 말이야! 아무리 제안이 마음에 안 들기로서니 그런 말을 하다니! 이런 식으로 화를 돋우면 우리도 체면을 돌보지 않고 정말 그렇게 하는 수가 있어!"

"그렇게 하라니까요."

남청이 답답하다는 듯이 대꾸했다.

"우리가 원하는 바가 바로 그것이라고 하지 않습니까."

“허허……."

“우룡이라고 하셨는데, 형님은 그런 것 모릅니다. 그리고 당신들을 무시해서도 아니고요. 그랬다면 아마 틀림없이 뒷줄까지 전부 상대하려 들었을 테니까요.”

“……."

폭도는 딱딱하게 얼굴을 굳힌 채 무서운 눈을 하고 남청을 쳐다보았다. 그러다 이내 몽천악에게로 시선을 돌리더니 한순간 어금니를 으드득 깨물면서 말했다.

“정말 하겠다고?”

“그렇다니까요.”

대꾸는 남청이 했다.

“얼른 가부간 결정이나 하십시오.”

“좋아! 원한다면 못해줄 것도 없지.”

어딘가 음산하고 독기 어린 웃음을 물며 폭도가 크게 머리를 끄덕였다. 그리고는 앞줄의 사람들을 돌아보며 소리쳤다.

“여러분! 우리가 아무래도 오늘 대단한 고인을 모신 모양이오. 어디어디까지 가나 한번 봅시다. 그 대가는 우리에게까지 오면 우리 손으로 받아내고, 그렇지 못하면 마음껏 그 어리석음을 비웃어주는 것으로 하고 말입니다.”

“허……!”

“이런 어이없는 경우가……!”

혹은 탄식하고, 혹은 한마디씩 뱉어내는 사람들의 반응이 다양하기는 하지만 딱히 반대하고 나서는 자가 없다는 것을 확인한 남청은 이내 몸을 돌려서는 단 위를 쳐다보았다.

단 위의 사람들 대부분은 단 끝으로 몰려나와 있었는데, 그들의 표정 역시 대기석에 앉은 사람들과 별반 다르지 않았다. 그중 문주를 향해 남청이 말했다.

"이렇게 된 이상 문주께서도 이의가 없으시겠지요?"

"이, 이보게. 대, 대체 이 무슨 어리석은……!"

도무지 말이 나오지 않는다는 얼굴로 떠듬거리던 문주가 한순간 눈을 크게 뜨며 말을 잇지 못했다. 그만이 아니었다. 뒤이어 입을 열려고 하던 팽연도 마찬가지였다.

달리 그런 것이 아니었다.

이제껏 남의 일인 양 가만히 앉아만 있던 몽천악이 별안간 몸을 일으키더니 슬쩍 자신들을 한 번 쳐다본 다음, 이내 연무장을 향해 성큼성큼 걸음을 옮기는 것을 보았기 때문이다. 그것은 분명한 의사 표시였다. 말릴 수도, 그런다고 들을 리도 없는 상황이었다. 그리하여 두 사람은 다만 절레절레 머리를 내젓는 것으로 심정을 대변할 수밖에 없었고, 그리하여 문주는 당황하고 어쩔 줄 모르는 얼굴을 한 채 자신을 쳐다보고 있는 황구를 향해 머리를 끄덕여 보이는 외에는 다른 수가 없었다.

어떻든 그렇게 되어 각자 심사는 다르겠지만, 대기석과 단 위의 사람들 모두가 멍하니 몽천악의 뒷등을 쳐다보고만 있는 가운데 유일하게 그렇지 않은 사람이 있었다.

"매양 사숙 혼자서만 재미를 보고."

거웅이었다. 그가 입이 한 자는 나와서 투덜거렸다.

"난 언제 신나게 놀아보냔 말이야."

다른 사람은 말할 것이 없고, 평소라면 그 말에 무어라 한마디 대거리를 하지 않았을 리 없는 남청조차 입을 다문 채 그를 돌아보지도 않았다. 몽천악이 비무대에 올라오기를 기다리던 황구가 이윽고 좌중을 향해 이야기를 꺼낸 까닭이었다. 그는 우선 갑자기 변한 상황부터 설명하고, 이해를 구했다.

이어 몽천악을 소개했다.

소개라고 해봐야 간단히 이름만 밝혀주는 정도였다. 몽천악에 대해 제대로 아는 것이 없는 황구로서는 그것이 최선이었다. 결국 그러다 보니 사람들 대다수가 듣도 보도 못한 자인데 대체 누구야? 어디서 온 자야? 별호도 없는 건가? 설마 강호초출은 아니겠지? 그나저나 얼마나 대단한 인물이기에 혼자서 초청장을 받은 사람들까지 상대하겠다는 거야? 하면서 웅성거릴 수밖에 없었다.

그런데 그때였다.

"그를 허투루 보지 마시오!"

갑자기 커다란 음성으로 소리치며 사람들의 이목을 집중시킨 사람이 있었다. 다름 아닌 팽우광이었다.

"알려지지 않았을 뿐이지, 그는 이미 안탕노괴 곽강을 단칼에 꺾었으며, 그전에 구주표국의 갈 부인과도 동수를 이루어 대도광자란 호까지 얻은바 있고, 심지어 한 시진이나 겨루면서도 신창 이소문 노사께도 밀리지 않았던 사람이오. 모쪼록 스스로 성취가 있다고 자신하는 사람만 나서는 것이 좋을 것이오."

"아아……!"

"헛! 그, 그런……!"

여기저기서 경악성이 터져 나왔다.

대기석이나 단 위라고 다르지 않았다. 다른 것이 있다면 장내의 일반 사람들에게서는 감탄성이 많이 나온 반면, 그들에게서는 의혹과 불신이 어린 것이 더 많다는 것이었다.

특히나 대기석의 인물들은 더했다.

그중에서도 앞줄은 더욱 그러했다. 그들로서는 믿을 수도 없고, 또한 믿고 싶지도 않을 것이 당연한 일일 터였다. 팽우광의 말이 사실이라면 강적도 이런 강적이 없었으니까. 그리하여 그들은 그 진위를 확인이라도 하겠다는 듯이 일제히 팽우광을 쳐다보았지만, 이미 자리에 앉은 팽우광의 얼굴은 무덤덤하기만 했다. 묵묵히 몽천악에게 고정하고 있는 시선도 마찬가지였고.

사실 팽우광은 평소 나서는 것을 별반 좋아하는 사람이 아니었다. 하물며 이렇게 많은 사람들이 운집한 속에서라면 더욱 말할 것이 없었다. 그럼에도 굳이 그렇게 한 데는 나름대로 의도가 있었다. 그 사실을 알림으로써 시답잖은 실력으로 요행을 바라고 달려드는 자들을 미연에 방지하고, 그렇게나마 몽천악을 도우려는 것이었다. 더불어 몽천악의 호기 어린 행동에 대한 감탄과 찬사의 표시이기도 했고. 또한 얼른 자신에게로 오라는, 자신도 그와의 만남을 갈구하고 있다는 표현과도 다름 아니었고.

이내 사람들의 시선은 다시 비무대로 향했다.

"그럼 지금부터 시작하겠습니다!"

황구가 소리쳤던 것이다.

"도전하실 분은 올라오십시오!"

그리고는 비무대에서 훌쩍 뛰어 내려가더니 비무대와 조금 떨어진 자리에 섰다. 진행자의 자리였다.

그런데 한참이 지나도 나서는 사람이 없었다.

그리하여 기다리다 못한 황구가 재차 무어라 재촉의 입을 열려는 순간이었다. 그제야 한 사람이 비무대 위로 날렵하게 뛰어 올라왔다. 서생 차림을 한 이십대 후반의 인물로 꽤 잘생긴 얼굴을 가진 자였다. 다만 흠이라면 조금 찢어져 올라간 눈매가 어딘가 독살스럽고 음침하게 보인다는 것이었다.

"독심수사(毒心秀士)잖아!"

누군가 소리쳤다.

경악성에 가까웠고, 은은한 공포와 긴장이 배어 있는 목소리였다.

그럴 만도 했다. 별호 그대로 사람을 다치게 해도 꼭 팔이나 다리를 자르거나, 아니면 눈을 파내는 등 사람을 불구자로 만들어 버릴 만큼 독한 심성을 가진 자였다. 게다가 두 자루 단도를 사용하는 솜씨가 교묘하기 그지없어서 벌써부터 십청십홍에 이름이 올라 있을 정도임에도 대결을 할 때는 반드시 단도에 독을 발라 독도(毒刀)를 만들어 쓰는 위인이었다. 그러니 어지간한 사람은 감히 다투거나 덤빌 엄두를 내지 못하리만치 두려움의 대상이 아닐 수 없었다.

"분명히 이자만 이기면 된다고 말했지요?"

몽천악과 일정 거리를 두고 선 독심수사는, 그러나 몽천악과 마주 보기에 앞서 황구를 향해 입을 열었다.

"그러면 더 싸울 필요 없이 정식 대회 참석자의 한자리를 차지할 수 있다고 말이지요?"

"그렇습니다."

"확인해 두고 싶었소이다, 흐흐흐."

한줄기 웃음소리와 함께 머리를 끄덕인 독심수사가 그제야 몽천악을 향해 마주 섰다.

그런데 바로 그 순간이었다.

이제껏 아무것도 없었던 그의 양손에 갑자기 허공중에서 만들어내기라도 한 듯 단도가 형상을 드러내며 쥐어지는 것이 아닌가. 시종 가볍게 늘어뜨리고 있던 손을 따로 움직이지도 않았고, 또 단순히 몸을 돌렸을 뿐 어떤 자연스럽지 못한 행동을 보이지도 않았는데 그러했다. 마술 같았다. 마치 다른 차원의 공간에서 필요에 따라 두 자루 단도를 불러내기라도 한 것처럼. 그러니 그것을 본 사람들의 입에서 절로 탄성이 터져 나오는 것은 당연한 일이었다.

하지만 몽천악은 눈빛에 작은 흔들림조차 없었다.

눈이 밝은 그는 단번에 알아보았던 것이다. 단도가 소매 속에서 나왔으며, 그것으로 미루어 팔뚝에 집째 거꾸로 매달아두었다가 팔 근육의 작은 진동이나 진기를 이용하는 등으로 필요한 순간 손으로 흘러내리게 한다는 것을.

그러나 다음 순간에는 몽천악도 이채를 떠올렸다.

곧이어 그 두 자루 단도가 슬쩍 들어올린 독심수사의 두 손 안에서 마치 살아 있는 생물처럼 뛰고, 교차하고, 돌고, 날고, 유영하는 것을 본 때문이다. 그것도 손가락조차 거의 움직이지 않는 가운데 때론 빠르게, 때론 느리게, 때론 가볍게, 때론 무겁게, 때론 춤을 추는 등 자유자재였다. 그것은 아무나 할 수 있는 기술이 아니었다. 더구나 하나도 아닌 둘이었다. 본신의 공력이 높아야 함은 말할 것이 없고, 혹독한 수련 속에 칼과 손이 하나가 되고, 그리하여 제 손처럼 마음대로 칼을 움직일 수 있을 때나 가능한 일이었다.

그런데 몽천악의 그런 작은 변화에도 내심 회심의 미소를 감추지 못하는 사람이 있었다. 바로 단도로 재주를 부리는 와중에서도 그를 주의 깊게 살피고 있던 독심수사였다.

'이거, 의외로 쉬울 수도 있겠는걸…….'

본래 그는 싸움은 어떻게든 이기면 되는 것이고, 따라서 수단과 방법을 가릴 필요가 없다는 주의였다. 그래서 독과 암수를 곧잘 사용하는 외에도 사소하지만 교묘한 행동과 말로 곧잘 상대의 의표를 찌르고, 그것으로 상대의 안정을 무너뜨려서는 쉽게 제압하는 것을 즐겼으며, 그에 대한 어떤 부끄러움도 느끼지 않았다.

사실 평소라면 결코 그는 먼저 나서지 않았을 터였다.

그는 비록 만난 적은 없지만 팽우광이 어떤 사람인지 모르지 않았고, 그래서 그가 장담할 정도면 설사 그의 말이 일부 과장되었다 하더라도 쉽게 쓰러뜨릴 수 있는 상대가 아닐 것임은 불문가지라 믿고 있었다. 그렇다면 가장 늦게 나서야 옳았다. 상대의 공부와 기질과 성향을 완전히 파악하고 난 다음에, 그리고 상대의 기운과 공력이 얼마만큼 소진된 다음에 붙는 것이 훨씬 유리할 터였다. 신중하면서도 교활하고, 영악하기로 이름 높은 독심수사였다. 그가 그런 것을 모를 리도, 생각하지 않았을 리도 없었다.

그럼에도 나선 이유는 하나였다.

자신의 의지가 아니었던 것이다.

황구가 비무 시작을 알리고 난 다음, 사람들 속에 파묻혀서는 어떤 바보 같은 놈이 먼저 올라가는지 보자! 하고 느긋하게 주변을 둘러보고 있던 중이었다. 갑자기 그의 어깨를 툭 건드리는 손길이 있었다. 복잡한 외중에 실수로 건드린 것이 아니었다.

"어떤 놈이 감히……!"

　낮은 으르렁거림과 함께 와락 인상을 쓰면서 돌아보던 그는, 그러나 이내 귀신이라도 본 듯한 경악에 찬 표정으로 입을 다물지 않을 수 없었다. 그럴 수밖에 없었다. 과거 자신을 패배의 구렁텅이로 몰아넣었던 데 더해, 그럼에도 그로 하여금 복수는 고사하고 증오의 마음조차 가질 엄두를 내지 못하게 만들 정도로 강하고 무서운 한 사람을 보았기 때문이다. 독심수사는 고양이 앞의 쥐 꼴이 되어버렸고, 그제야 그 사람은 입을 열었다.

　전음이었다.

“올라가.”

“예?”

“비무대로 올라가란 말이야.”

“하, 하지만…….”

“구경만 하러 온 것은 아닐 텐데?”

“그, 그야 그렇습니다만.”

“그럼 올라가.”

“…….”

“오호! 반항인가? 그새 공부가 많이 는 모양이지? 한 번 더 해볼까?”

“그, 그런 것이 아닙니다! 저, 절대로 아닙니다! 다, 다만 그 이유만이라도 알고 싶어서…….”

“알 필요 없어.”

“…….”

　독심수사는 더 이상 입을 열 수도 없었고, 선택의 여지도 없었다.

　아무리 사정의 눈빛을 하고 그런 표정을 지어도 그 사람의 시선은 변화가 없었고, 결국 그는 울며 겨자 먹기로 비무대를 향해 신형을 날릴 수밖에 없었다.

　하지만 그렇게 올라왔다고 해서 이기고 싶은 마음까지 없는 것은 아니었다. 아니, 오히려 더욱 이기고 싶었다. 자신을 막무가내로 올려 보낸 사람에게 보란 듯이. 그리하여 그는 열심히 머리를 굴려 그사이에 벌써 나름대로 계획을 세웠다. 그래서 나오자마자 일부러 몽천악을 쳐다보지도 않고 황구에게 말부터 걸었던 것이다. 또 단도로 재주를 부리며 몽천악의 동태를 살핀 것이고.
　그 성과는 훌륭했다. 적어도 그는 그렇게 믿었다. 그리하여 이제 상대를 조금만 더 흔들어놓으면 된다고 생각했다. 그래서 그는 여전히 단도를 가지고 이제까지보다 더욱 화려한 재주를 부리는 가운데, 최대한 상대의 심사와 비위를 상하게 할 만한 눈빛과 표정을 의도적으로 지으며 말을 꺼냈다.
　“사실인가?”
　“……?”
　“신창 이 노야와 겨루었다는 것 말이야.”
　“…….”
　“다른 것은 어찌어찌 그럴 수 있다 쳐도 그것만은 믿지 못하겠는걸? 설마 그 쇠몽둥이 같은 웃기는 물건으로 노야의 창을 상대했단 이야기는 아니겠지? 혹시 네가 너무 우스워서 노야가 단지 너를 데리고 놀았던 것 아냐?”
　“…….”
　“대답해 봐.”
　“…….”

"내 말 맞지?"

"너는 싸움을 입으로 하느냐?"

처음으로 몽천악이 입을 열었다.

"주둥이만 나불거리지 말고 싸우려면 얼른 달려들고, 자신없으면 내려가라. 나는 그렇게 너를 말상대해 주며 노닥거릴 만큼 한가한 사람이 아니다."

"호호호."

독심수사가 웃음을 흘려냈다.

누가 봐도 무언가 즐겁고 기분 좋을 때 내는 웃음소리였고, 표정도 마찬가지였다. 물론 내심은 아니었다. 이것 봐라! 하는 경각심과 감히 이놈이! 하는 분노가 동시에 치밀고 있었다.

독심수사의 장기였다.

그는 아무리 화가 나도 대결에 임해서는 그것을 드러내는 법이 없었다. 화가 나거나 무언가 제 뜻대로 되지 않으면 도리어 더욱 그 반대로 행동하고 말했다. 그러면서 내심으로는 어떻게 하면 상대를 효과적으로 응징해 줄 수 있을까 궁리했다. 그것은 사실 상당한 효과가 있었고, 그리하여 그는 그동안 수많은 반전을 만들어낼 수 있었다. 심지어 실력으로는 도저히 안 될 것 같은 사람들에게도.

그러나 그는 오늘 상대를 잘못 만났다.

무슨 심리전이니 하는 것은 애초에 안중에도 없고, 신경 쓰지도 않는 몽천악이었다. 그는 오직 싸우고 싶을 뿐이었다. 따라서 제 할 말을 끝내자마자 대산을 들어 예의 대결에 돌입하는 자세를 취했다. 대번에 사나운 기세가 일어났다. 의도적이었다. 더 이상 독심수사가 입을 열지 못하게 하기 위함이고, 또 조금 전에 자신이 했던 말을 이제 행동으로 강요하는 것이었다. 덤빌래? 말래? 라고.

독심수사의 얼굴에 걸린 미소가 더욱 짙어졌다.

반면에 이제까지 멈출 줄 모르고 현란하게 움직이던 단도들이 그의 손 위에 정지했고, 그는 그것을 처음으로 거머쥐었다. 아니, 슬쩍슬쩍 손잡이를 쥐었다 놓았다 했다. 대전에 임해 단도를 쥐는 그의 버릇이었다. 자신이 획책했던 모든 것이 수포로 돌아간데다, 몽천악의 기세에 대항하지 않을 수 없기에 그럴 수밖에 없었다. 하지만 그럼에도 그는 최후까지 포기하지 않았다.

"이런, 이런! 급해, 급해! 인사라도 나누고 시작을 해도 해야지."

그는 절레절레 머리를 내저으며, 누가 봐도 아직은 전혀 싸울 의사가 없는 것처럼 보이는 표정과 음성으로 말했다.

하지만 아니었다. 그것은 겉보기일 뿐이었다.

채 말도 끝나기 전에 그의 손이 움직였고, 두 줄기 섬광이 몽천악을 향해 날아갔다. 단도가 아니고 무엇이겠는가. 얼마나 부지불식간이었고, 또 얼마나 예측 못할 장면이었던지 관람객들의 입에서 먼저 헛! 악! 하는 탄성과 비명이 터져 나올 지경이었다.

그러나 몽천악은 어느 틈에 슬쩍 몸을 틀어 빛살과도 같은 단도들을 피해내고 있었다. 더불어 그것들이 순식간에 선회해서는 등을 노리며 다시 날아들 때도 마찬가지였다. 표정은 물론이고 시선의 작은 흔들림조차 없었다.

그럴 수밖에 없는 일이었다.

탈각에 이르기 전에도 고도의 예지 능력을 발휘하던 그가 아니던가. 이제 독심수사 정도는 이어질 초식뿐만 아니라 무슨 생각을 하는지도 손금처럼 들여다보일 지경이었다. 그리하여 회선해 오는 단도를 피하

는 순간에 독심수사가 회심의 미소를 물고 은밀하게 쏘아낸 육안으로
분간하기조차 힘들 만큼 가느다란 침 같은 암기도 대산을 들어 손쉽게
막아냈다. 마치 면으로 세워 급소를 가리고 있는 대산에 암기가 날아
와서는 저절로 부딪쳐 떨어지는 형국 같았다. 사전에 그렇게 하기로
약속이라도 했던 것처럼.

'이것 봐라……!'

독심수사는 혼비백산하지 않을 수 없었다.

이중 삼중의 함정을 만들고, 또 그럴 수 없이 시기적절한 순간을 노
린 비장의 한 수였다. 가장 자신이 있었고, 또 애용하는 수였고. 그래
서 그는 최소한 상대에게 작은 상처라도 주고, 그도 아니면 얼마간 자
신에 대한 공포심이라도 심어줄 수 있을 줄 알았다. 그런데 너무도 속
절없이 허사가 되었으니.

'젠장맞을! 어째 일진이 사납더라니……!'

자신의 등을 떠밀어 비무대에 오르게 한 그 사람의 얼굴을 떠올리며
독심수사는 어금니를 깨물었다.

이제는 사생결단을 내는 수밖에 없었다.

아직은 믿는 구석도 있었다. 단도를 불끈 힘주어 쥐는 것이 그것이
었다. 단도의 손잡이 속에 장치해 놓은 독이 그것으로 칼날에 흘러들
고, 잘만 하면 손쉽게 거꾸러뜨릴 수도 있을 터였다. 독은 칼날에 묻어
있기만 하는 것이 아니라 수법과 공력의 운용 여하에 따라 상대에게
뿌려낼 수도 있는 것이었으니까.

하지만 아니었다.

그것이 얼마나 혼자만의 일방적이고 달콤한 바람이었는지를 깨닫는
데는 그리 오래 걸리지 않았다.

독심수사는 정말이지 사력을 다했다.

두 자루 독도를 조합해서 할 수 있는, 그리고 알고 있는 모든 수법을 동원했다. 베고, 찌르고, 던지고, 돌리고, 암기와 독을 뿌리고. 얼마나 현란하고, 빠르고, 기세등등했는지 처음엔 관람객들이 벌린 입을 다물지 못할 정도였다.

그러나 소용없었다.

몽천악은 철벽이었다. 대산을 한 번 휘두르지도 않았다. 또 그리 몸을 움직이지도 않았다. 앞으로 들어 세운 대산과 몸의 방향을, 혹은 그중 하나만, 혹은 둘 다 슬쩍슬쩍 바꾸는 것으로 모조리 피하고 막아냈다. 오래지 않아 구경하는 사람의 눈에도 마치 어른이 어린아이와 놀아주는 것처럼 보일 지경이었다. 그것도 아이는 필사적인 데 반해 어른은 권태롭기 그지없는 형국으로.

독심수사라고 그것을 깨닫지 못했을 리 없었다. 해볼 것 다 해본 다음에는 더욱 그랬다. 그리하여 일단 싸움을 중단하고 잠시 쉬기라도 하면서 무언가 방법을 강구해 볼 요량으로 그가 막 무어라 말을 꺼내려는 순간이었다.

"역시 빈 수레였군."

불쑥 몽천악이 말했다.

그리고는 처음으로 대산을 휘둘렀다. 일견 빠르지도 않았고, 공력을 운집한 것 같지도 않았다.

그러나 그것을 맞이하는 독심수사에게는 아니었다. 무식하게 크고 둔탁하게만 보이던 대산이었다. 그런데 그 주위에 무형의 무시무시한 도풍의 회오리가 형성되면서 휘둘러지자 전혀 달랐다. 무슨 거대한 기둥이 회오리를 동반하고 덮치는 것처럼 보였다. 아예 어떻게 막거나 저항할 엄두조차 낼 수가 없었다. 결국 독심수사가 선택할 수 있는 방법은 하나밖에 없었다.

"타핫!"

일단 발악에 가까운 기합성부터 질렀다.

동시에 두 자루 독도를 전력을 다해 몽천악에게로 던졌다. 이어 자신은 최대한 빠르게 비무대를 벗어나기 위해 신법을 발휘했다. 아니, 그러려고 했다. 최소한 단도를 막기 위해 얼마간 공세를 지체하지 않을 수 없을 테고, 또 그래야 정상이라고 생각했으니까. 그러면 그사이 자신은 무사히 피할 수 있을 터였고.

하지만 단도를 던지는 순간이었다.

그는 무언가 잘못되었음을 깨달았고, 두 눈을 더할 수 없이 크게 부릅떠야 했다. 놀랍게도 전 공력이 깃든 단도가 몽천악의 가까이 이르기는 고사하고, 대산 곁도 통과하지 못한 채 도풍에 휘말리더니 그대로 튕겨 나가는 것이 아닌가. 그러나 독심수사는 그것을 길게 보고 있을 수도, 또 놀라고만 있을 수도 없었다. 당장 도풍의 거대한 회오리가 면전에 이르고 있었다.

"으악!"

자신도 모르게 새어 나오는 비명과 함께 그는 체면불구하고 비무대 가장자리를 향해 던지듯이 몸을 날렸고, 굴렀다. 나려타곤도 뭣도 아니었다. 삶을 위한 몸부림이었다.

"……"

정적이 찾아들었다.

몽천악은 언제 대산을 휘둘렀냐는 듯이 본래의 자리에 본래의 자세로 서 있었다. 사람들은 비무대 아래 바닥에 널브러져 있는 독심수사를 쳐다보며 다만 멍하니 입만 벌리고 있을 뿐이었고. 아마 상황을 계속 보고 있지 않았더라면 조금 전의 독심수사라고 아무도 믿지 않을 터였다. 머리칼은 봉두난발로 변했고, 옷은 찢어지고 구겨진 데 더해 흙투성이가 된 몸 여기저기에 핏빛까지 배어 나오고 있었다. 빠르게 몸을 날린다고 날렸지만 도풍을 다 피하지 못한 결과였고, 비무대 아래로 떨어지고도 정신없이 구른 흔적이었다.

정적은 곧 깨어졌다.

"와아! 대단하다!"

누군가 감탄사를 뱉자마자 장내는 곧 열광의 도가니로 변했다. 몽천악이 보여준 신위 탓도 있겠지만, 독심수사 본인의 그간 행적에 대한 반향이 어쩌면 더 클 터였다. 어떻든 그런 와중에 단봉문의 무사들이 들것을 가지고 나와 인사불성이 된 독심수사를 실어갔고, 또 그사이 황구가 외쳤다.

"다음 분 준비하시오!"

바로 그 순간이었다.

황구가 무어라 더 말을 잇기도 전에 시커먼 그림자 하나가 비쾌한 동작으로 비무대에 날아 내리는 것이었다. 새로운 도전자였다. 검은 장포에 깡마르고 키가 큰 노인. 다름 아닌 흑사도였다. 그는 거웅에 의해 부러진 칼 대신 다른 장도를 둘러메고 있었다. 그런데 그는 비무대에 발을 딛음과 동시에 그대로 장도를 빼 들더니 맹렬한 기세를 발하며 말하는 것이 아닌가.

"시작해 볼까?"

사실은 그도 본인의 의사와는 상관없이 모종의 사유로 인해 등을 떠밀리다시피 해서 올라왔고, 그래서 제 딴에는 몽천악이 숨을 돌리기 전에 서둘러 대결을 벌여 그것으로나마 얼마간 승산을 얻을 심산이었다. 그럴 만도 한 것이 이미 거웅에게 혼이 난 그였다. 그런데 오늘 보니 몽천악은 거웅의 상전이 아닌가. 아무리 하늘 높은 줄 모르는 그로서 도 켕기지 않을 수가 없었다. 그리하여 나름대로 꾀를 낸 것이었지만, 그러나 그럴 수가 없었다.

“아직 안 됩니다!”

급히 소리치며 제지한 사람이 있었던 것이다. 황구였다.

“아까 말씀드리지 않았습니까. 한 번 대전을 치른 다음에는 최소한 호흡이라도 가다듬을 시간을 주어야 한다고. 기다리십시오.”

이어 그는 제 말을 집행하고 감시라도 하겠다는 듯이 그대로 비무대 를 향해 몸을 날리려는 몸짓을 했지만 이내 멈추고 말았다. 몽천악의 한마디 때문이었다.

“그럴 필요 없소.”

“공자……!”

“오시오.”

난감해하는 황구는 아예 쳐다보지도 않고 몽천악은 흑사도를 향해 말했다. 그리고 그도 예의 자세를 취했고, 어서 들어오라는 듯이 대산 의 끝을 까딱거려 보였다.

흑사도는 망설이지 않았다.

“하앗!”

한소리 기합성과 함께 달려들었다.

그러나 기합성은 오히려 늦게 울렸다. 그보다 앞서 장도는 이미 몽 천악을 양단 낼 듯이 빠르게 갈라오고 있었다. 그것이 시작이었다. 독 심수사와는 비교도 되지 않을 정도로 패도적이고, 기괴독랄하고 무서운 흑사도의 공세는.

한마디로 과연이었다.

매섭게 옆을 갈라오던 장도가 어느새 아래에서 위로 솟구치며 베어 왔고, 그런가 싶은 순간 어느 틈에 환영처럼 위로 이동해서는 아래로 무자비하게 내리그어 오고 있었다. 그러다가 또 한순간에 바뀌어 사선으로 쳐왔고, 어느 순간에는 공중제비를 돌며 자신의 가랑이 사이로 칼을 날려 찔러오기도 했다. 그의 신형 역시 잠시도 가만히 있지 않았다. 몽천악의 주변을 그림자만 남길 정도로 빠르게 움직였고, 그런 속에 온갖 공세를 펼치며 명성 그대로의 기괴하고 독랄하기 그지없는 도법의 진수를 보여주고 있었다.

그러나 결과는 크게 다를 것이 없었다.

몽천악은 이번에도 똑같았다. 흑사도가 어떤 괴이무쌍한 공세를 펼쳐도 독심수사를 상대할 때와 거의 다름없이 대응했다. 한 걸음도 채 움직이지 않았고, 몸 앞에 세워 든 대산을 슬쩍슬쩍 이동하며 최소한의 움직임으로 알맞게 수비만 할 뿐이었다. 대전을 벌이다 보면 자신도 모르게 나올 법한 어쩌다 칼을 밖으로 뻗쳐 내는 동작 한 번 없었다. 그러면서도 흑사도의 공세를 모조리 헛수고로 만들었다.

물론 앞선 대전과 완전히 같지는 않았다.

다른 점이 적어도 두 가지는 있었다. 아까와 달리 대산과 흑사도의 장도가 부딪치는 금속음이 연신 울려 퍼진다는 것과 최소한 이번에는 어른이 아이의 비무 상대를 해주며 노는 것으로는 보이지 않는다는 것이 그것이었다. 아니, 무공이 약한 사람들의 눈에는 흑사도가 일방적인 공세를 퍼붓고 몽천악은 단지 수비밖에 할 수 없는 것처럼 보일 수도 있는 상황이었다. 흑사도의 현란한 신법과 장도, 또 그로 인한 금속음 때문이었다.

그리고 어쩌면 그 때문일 터였다.

장내의 사람들이 아까보다 훨씬 집중하고 있는 것은. 하수는 하수대로 그랬고, 고수는 고수대로 그러했다. 나름의 이유나 주의해서 보는 관점은 다르겠지만, 어떻든 모두가 눈도 깜빡이지 않고 두 사람의 대결을 지켜보고 있었다.

하지만 사람들은 오래잖아 깨달을 수 있었다. 이번 역시 지난 판과 그리 다르지 않다는 것을.

왜냐하면 흑사도가 자신이 지닌 공부를 다 쏟아내고 나자 이번에도 비슷한 상황이 연출되었던 것이다. 수비만 하던 몽천악이 처음으로 대산을 휘둘렀고, 그러자 처음엔 어떻게든 맞받아보려고 하던 흑사도도 도풍을 이기지 못한 칼이 두 동강 나버리자 역시 필사적으로 뒹굴어 피할 수밖에 없었고, 결국은 비무대 바깥으로 떨어져 독심수사와 그리 다르지 않은 몰골로 널브러지고 말았으니까. 더구나 그는 피할 시간을 더 지체한 탓에 독심수사보다 더욱 기식이 엄엄한 상태에 처해야 했다.

어쨌거나 사람들은 또다시 감탄사를 토해내며 환호했다.

이번에는 순전히 몽천악에 대한 경탄과 감탄이었다. 그럼에도 지난번보다 오히려 열광적이었다. 공력도, 수법도, 무기도 다른 두 사람을 똑같은 방식으로 패퇴시킨 까닭이었다. 더불어 어떻든 자신들로서는 들어본 적 없는 무명 인사가 쟁쟁한 고수들을 연파해 가는 데서 느끼는 어떤 희열과 통쾌함의 표현일 수도 있었고.

그사이 독심수사 때와 마찬가지로 단봉문의 무사들이 재빨리 다시 나서서는 흑사도를 들것으로 옮겼다.

그런데 그들이 채 두어 걸음도 떼놓기 전이었다.

"잠깐만 기다리시오."

바람에 불려오듯 불현듯 그들 앞에 나타나면서 그들의 움직임을 제지하는 사람이 있었다. 뜻밖에도 남청이었다. 그는 흑사도를 가리키며 말을 이었다.

"줄 것이 있소."

"……?"

다른 사람들은 말할 것도 없고 몽천악조차도 의아한 빛을 감추지 못하며 쳐다보는 가운데, 남청은 들것에 실려 있는 흑사도의 곁으로 가서는 그의 가슴 옷자락을 헤치더니 제 소매 속에서 무언가를 꺼내 넣어주는 것이 아닌가.

"……!"

몽천악의 눈에 번쩍 하고 이채가 스쳐 갔다.

워낙 남청의 행동이 자연스러우면서도 빨랐던지라 다른 사람들은 그가 흑사도의 가슴에 넣어준 것이 무엇인지 제대로 분간할 수 없었지만, 그러나 몽천악은 똑똑히 보았던 때문이다. 붉은 사각의 첩지. 다름 아닌 자신의 비무첩 중 하나가 틀림없었다. 비무대에 오르기 전에 그는 비무첩이 들어 있는 행낭을 남청에게 맡겼었다.

그리하여 그의 눈이 의혹으로 바뀔 때였다.

"저자가 바로 흑사도입니다."

남청이 그를 향해 돌아서더니 미소를 지으며 말했다.

"순서가 바뀌기는 했지만, 하기야 그 원인도 이름조차 밝히지 않고 달려든 제 탓이기는 하지만, 어떻든 그의 이름이 적힌 배첩은 전해주어야 하지 않겠습니까."

그는 이런 와중에도 그것까지 생각하고 있었던 것이다.

몽천악도 그랬구나 하는 얼굴로 머리를 끄덕였다. 그에 다시 한 번 미소를 지어 보인 남청도 곧 제자리로 돌아갔다. 그러자 황구가 기다 렸다는 듯이 소리쳤다.

"다음 도전하실 분!"

◆제3장◆

마도(魔刀)의 전인(傳人)

그러나 이번에는 쉽게 나서지 않았다.

"기다리지 말고 어서 나오십시오!"

한참이나 기다려도 나서는 사람이 없자 황구가 재차 소리쳤고, 그러고도 다시 꽤 시간이 지나서야 겨우 한 사람이 나섰다.

그런데 그가 나서자 갑자기 관중들이 와아! 하는 함성과 함께 열광적인 성원을 보내기 시작하는 것이 아닌가.

다른 이유가 아니었다.

나선 사람이 제남일도와 더불어 칼로서는 제남에서 둘째가라면 서러워할 백수도(百手刀)라는 도객이었던 것이다. 팔은 안으로 굽는다고, 관중들 태반이 제남 사람이었으므로 그럴 수밖에 없었다. 더구나 그는 제남의 행사에 제남 사람이 참가조차 하지 않을 수는 없다는 취지 아래 제남의 대표 격으로 뽑혀서 나선 터였으니 더욱 그러했다.

하지만 그는 명성 면에서도 그렇고, 실력 면에서도 그렇고, 앞선 독심수사나 흑사도에게도 미치지 못하는 사람이었다.

그러나 몽천악은 개의치 않았다.

앞의 두 사람과 다름없이 그의 공세를 모두 받아주었다. 그리고 그가 자신이 가진 것을 다 보이고 나자 역시 이번에도 대산을 한 번 휘둘러 가볍게 물리쳤다.

그리고 나자 나서는 사람이 없었다.

"도전하실 분 안 계십니까?"

황구가 벌써 세 번째 소리치고 있음에도 그러했다.

그것도 일각씩 시간을 두고서였고, 그리하여 백수도가 내려간 지 이미 한 식경도 넘게 지났지만 아무도 나서는 사람이 없었다. 얼마간 기다리던 황구가 어느 순간 슬그머니 고개를 단 위로 돌리더니 문주를 쳐다보았다. 암묵적인 어떤 동의를 구하는 것일 터였다. 문주는 묵묵히 머리를 끄덕였다. 그에 알겠다는 듯이 슬쩍 머리를 숙여 보인 황구는 시선을 다시 좌중으로 돌렸고, 사람들을 둘러보며 소리쳤다.

"계속 이렇게 시간을 지체할 수만은 없는 노릇! 열을 세겠습니다! 열을 다 셀 때까지도 나오는 사람이 없으면 더 이상 도전자가 없는 것으로 간주하겠습니다! 그렇게 되면 일차 초청장이 없는 분들께 드리는 도전의 기회는 그것으로 완전히 끝이 나는 것입니다! 그럼 지금부터 세겠습니다! 하나!"

"……."

"둘!"

"……."

좌중은 정적에 휩싸인 채 수를 세는 황구의 목소리만 쩌렁쩌렁하게

울려 퍼졌다. 다섯이 지나고 일곱이 지나도 비무대에 오르는 사람은
없었다. 아홉에도 마찬가지였다.

그런데 막 열을 세려는 순간이었다.

"잠깐만 기다려요!"

갑자기 들려온 외침이 있었다.

"내가! 내가 나가겠어요!"

소리가 적지 않으면서도 어딘가 앳된 구석이 있는 음성이었고, 멀리
연무장 끝의 담장 아래에서 나온 것이었다.

황구를 비롯한 사람들의 시선이 급히 그리로 향했지만 일시간 외침
의 임자가 누구인지 가려낼 수는 없었다. 외침의 주인공은 담벼락 아
래 쭈그리고 있었던데다, 채 오 척도 되지 않을 작은 키의 소유자였기
에 일어서고 난 다음에도 다른 사람들 속에 파묻혀 있다시피 했으므로
그러했다. 그리하여 주변의 사람들이 길을 만들어주는 가운데, 그가
비무대를 향해 걸어오기 시작하고도 한참이 지나서야 멀리 있는 사람
들은 그의 모습을 확인할 수 있었다.

그리고 그의 모습을 보는 순간, 그때까지의 긴장 어린 호기심과는
전혀 다른 소요가 일었다.

"허허허……."

"뭐야? 꼬맹이 아냐?"

"용감한 꼬마구먼!"

"벌써 장가라도 가고 싶은 게냐?"

"아서라, 꼬마야! 네가 나올 자리가 아니란다!"

그랬다. 도전자는 불과 열다섯이나 될까 말까 한 앳된 소년이었던
것이다. 그것도 허름하고 남루한 입성과 봉두난발로 인한 유랑의 흔적

이 아니라면 어디 대갓집의 귀여운 막내둥이로나 볼 깜찍하고 아름답기까지 한 얼굴을 지닌 미소년이었으니.

뿐만이 아니었다.

마치 제 아버지의 칼을 몰래 들고 나와 자랑을 하기 위해 메고 다니기라도 하는 것처럼 영 어울리지 않고 거추장스럽게만 보이는 제 키보다 더 커 보이는 장도를 걸머쥐고 있는 형상은, 그 또래의 치기 어리고 장난기 가득한 귀여운 악동의 모습 그대로였다.

그러나 사람들의 야유와 실소에도 소년은 조금도 부끄러워하거나 의기소침하지 않았다. 미소까지 머금은 당당하고 여유있는 걸음걸이로 비무대로 다가왔고, 비무대 곁에 이르러서는 가장자리를 잡더니 그 반동을 이용해 가볍게 훌쩍 뛰어올랐다.

하지만 그 모습은 또다시 좌중을 실소로 몰아넣었다.

그럴 만도 한 것이 비무대 높이는 채 오 척도 되지 않았던 것이다. 웬만한 무인이라도 손끝 하나 대지 않고 벌써 일이 장 바깥에서 한달음에 솟구쳐 올라갔을 높이였다. 그럼에도 소년은 그런 식으로 올라갔고, 중인들 생각에는 그것으로 이미 소년의 밑천을 다 본 셈이었던 것이다. 소년이 자신의 실력을 감추기 위해서거나, 아니면 다른 이유로 그랬을 수도 있다는 생각은 추호도 하지 않았다. 그러기엔 소년의 얼굴이 너무도 천진난만했다. 그리하여 사람들은 도리어 잘하면 이제부터 한편의 기가 막힌 희극을 구경하겠구나 하는 흥미진진한 기색을 고스란히 드러내면서 귀추를 주목하는 것이었다.

황구도 마찬가지였다.

그러나 그는 다른 사람들처럼 가만히 구경만 하고 있을 수 있는 처지가 아니었다. 쓴 입맛을 다시던 그는 얼른 몸을 날려 막 비무대에 오른 소년의 앞을 가로막았다.

"나부터 봐야겠네, 소형제."

"왜요? 당신이 상대해 주려고요?"

소년이 초롱초롱한 눈망울을 깜빡이며 황구를 응시했다. 황구는 다시 한 번 쓴 입맛을 다시며 머리를 흔들었다.

"그런 게 아닐세."

"그럼요?"

"소형제에게 알려주어야 할 것이 있어서일세."

"뭔데요?"

"소형제는 오늘 이 자리가 무엇을 하는 자리인지 아는가?"

"그것도 모를까 봐서요?"

"어디 말해보게."

"쓸 만한 칼도 한 자루 걸려 있는 비무초친이라면서요."

"비무초친이 무슨 뜻인지는 알고?"

"알죠. 비무로 색시를 얻는다는 거잖아요."

"그러니 말일세."

황구가 정색을 했다.

"소형제가 그럴 나이가 되었다고 생각하나? 대체 몇 살인가? 열다섯도 채 되어 보이지 않는데, 그렇지?"

"아니에요!"

소년이 억울하다는 얼굴로 반박했다.

"열다섯이에요! 몇 달 안 있어서 열여섯이고요!"

"그래 봐야 마찬가지일세."

황구가 쓴웃음을 지으며 말을 받았다.

"문주님의 따님은 벌써 두 해 전에 약관을 넘겼네."

"안 그래도 그것 때문에 고민했어요."

소년이 헤, 하고 웃더니 머리를 긁적이며 대답했다.

"사실 난 아직 여자를 얻을 생각은 없거든요. 그것도 나보다 나이도 훨씬 많은 사람을. 그래서 몸이 근질거려도 참았어요. 하지만 도저히 안 되겠더라고요."

"……!"

"뭐, 조금 일찍 혼인하면 될 일이 아니겠어요? 나이 차가 난다고 못 할 것도 없고요. 그리고 어찌 되었건 그런 것은 나중 문제, 나는 이분과 싸워야겠어요. 보고 있으면 몸에 소름이 돋는다고요. 어찌 된 영문인지 눈을 뗄 수도 없고요."

"무슨 소리를 하는 겐가?"

황구가 눈을 끔뻑거렸다.

"설마 몽 공자의 투기와 기세가 고스란히 느껴지고, 그리하여 자신도 모르게 저절로 몸이 감응하는 그런 것을 말하는 것인가? 싸우지 않고는 배기지 못할 것 같은?"

"맞아요. 바로 그랬어요."

"허……!"

어이없다는 탄식과 함께 황구는 소년을 새삼 다시 살펴보았다.

몽천악을 보고 있기만 하는데도 그런 반응을 할 정도라면, 그것도 서로가 마주하고 있는 것도 아닌 상태에서 주체 못할 정도로 느꼈다면 그것은 다른 말이 아니었다. 최소한 몽천악에 근접하는 무공을 지니고, 나아가 몽천악의 그것에 뒤떨어지지 않는 투기와 기세를 가지고 있다는 이야기였다. 그렇지 않고서는 그렇게 싸우고 싶어질 일도, 또 소름이 돋을 일도 없었다.

그러나 황구는 이내 머리를 내저었다.

아무리 봐도 소년은 그렇게 고수로 보이지가 않았던 것이다. 무엇보다 깊게 무공을 익힌 흔적이 없었다. 태양혈도 솟아 있지 않았고, 손바닥이 두텁고 딱딱해 보이기는 하지만 그것은 그 또래의 평범한 아이들과 비교할 때나 그렇다는 이야기일 뿐, 그가 보기에는 작고 가냘프기만 했다. 눈동자 역시 어떤 징후도 없이 천진난만하기만 했고.

그래서 결국 그는 소년이 어디에서 들은풍월은 있고, 그리하여 입으로만 지껄이고 있는 것일 뿐이라 결론을 내리고 말았다. 하지만 중인들이 모두 주시하고 있는 상황이었다. 우격다짐으로 함부로 내쫓을 수는 없었다. 하물며 이런 자리가 아니라면 무엇이든 도와주고 싶을 정도로 귀여운 소년임에야.

"소형제도 앞선 대결을 보았겠지?"

황구가 짐짓 달래는 듯한 어투로 말을 꺼냈다.

"어떻던가? 대단하지 않던가?"

"그래요. 대단했어요."

소년이 머리를 끄덕였다.

"소름이 돋고, 가슴이 뛸 정도였으니까요."

"그것 보게."

황구가 얼른 말을 받았다.

"그런데 그 사람들도 몽 공자의 단 한 번 공격조차 받아내지 못했네. 소형제가 몽 공자와 겨루려면 최소한 그들보다는 강해야 하지 않겠나? 무공을 비교하거나 인증하는 자리가 아닐세. 몽 공자는 이 도전이 아니라도 많은 대결을 앞두고 있네. 아무나 상대하며 기운을 빼게 할 수는 없는 노릇일세. 다음에, 좀 더 크고, 또 공부가 높아졌을 때 도전을 청하게. 세월은 자네 편이지 않겠나."

"내 말뜻은 그게 아니었어요."

소년이 살래살래 머리를 저으며 말했다.

"내 가슴을 뛰게 만든 건 그 사람들이 아니에요. 그들 정도는 나도 일 초면 족해요. 그들을 그렇게 쉽게 물리쳤기 때문에 나온 거예요. 붙어볼 만할 것 같아서요."

"그, 그런……!"

황구의 얼굴이 와락 일그러졌다.

더불어 어처구니없다는 표정으로 입을 벌린 채 다물 줄 몰랐다.

소년에 대한 호감이 산산이 부서지는 순간이었다. 그가 듣기에 소년의 말은 내친김에 뒷생각하지 않고 함부로 뱉어내는 어처구니없는 거짓말이었던 것이다. 이제 그의 눈에 소년은 장난꾸러기 망나니로밖에 보이지 않았다. 더불어 연민의 대상이었고. 그리고 그것으로 더 이상 참고 있을 이유도 없어졌다. 그리하여 막 무어라 소리쳐 혼찌검을 내려는 순간이었다.

"이름은?"

불쑥 몽천악이 묻는 것이 아닌가. 황구가 흠칫하며 그를 돌아보는 사이 몽천악이 말을 걸어주어 기쁘기라도 하다는 듯이 소년이 활짝 웃으며 대답했다.

"강(江)! 소강(少江)이에요. 어때요?"

"좋구나. 어울려 보이고."

"사부님이 지어주셨어요."

소년, 소강은 더욱 활짝 웃으며 자랑하듯 말했다.

"제가 기억 못하는 어릴 때 사부님이 장강에서 주운 탓에 그렇게 지었데요. 또 그 강처럼 살라는 뜻도 있다고 하셨고요. 그리고 성은 주(周). 사부님을 따랐어요."

"……!"

몽천악의 눈에 이채가 스쳐 갔다.

자신과 신세가 비슷한 아이일지도 모르겠다는 생각이 들어서였다. 그러나 이내 그는 다시 물었다.

"사부님은 누구지?"

"천(天) 자, 곤(鯤) 자 쓰세요."

또박또박 대답하는 소강이었다.

그런데 바로 다음 순간이었다. 몽천악이 무어라 입을 열기도 전에 단말마 같은 소리를 내는 사람이 있었다.

"주천곤(周天鯤)!"

황구였다.

"마, 말도 안 돼……!"

흡사 귀신이라도 본 듯한 얼굴이었다.

그리고 그것은 그만이 아니었다.

소년의 말을 들은 모두가 그랬다. 심지어 단 위의 사람들조차 조금도 다르지 않았다. 어떤 공포와 경외와 불신이 어우러진, 그리고 혼이라도 나간 듯한 표정들이었다.

그럴 만도 했다.

주천곤은 평범한 이름이 아니었다.

우내칠존보다 앞선 세대임에도 아직까지도 강호인들 사이에서 생생하게 살아 있는 전설로 회자되는 그 시대의 절대 강자들. 무적천도(無

敵天刀)와 마도(魔刀). 정사쌍도(正邪雙刀)라 불렸던 그 두 사람 중 마도
의 이름이었던 것이다.

마도 주천곤.

흑도(黑道)의 태생이 아님에도 손속이 잔혹하기 그지없었던데다 정
사양도(正邪兩道)를 가리지 않고 그 손속을 행사한 덕에 강호에 나온
지 오래지 않아 마도란 별호를 얻고, 정말이지 그 별호에 너무도 딱 들
어맞는 행동과 처사로 수십 년 동안 강호를 마음대로 횡행했으며, 그럼
에도 패배를 몰랐던 강자 중의 강자.

그러다 홀연히 자취를 감추고, 그리하여 강호인들로 하여금 무수한
추측과 억측을 하게 만든 인물. 당시 평생의 호적수였던 무적천도에게
결국 패해서 은거해 버렸다는 가장 유력했던 설은 무적천도 본인이 부
인함으로써 이내 사라졌지만, 괴질에 걸려서 숨었다는 둥 마공을 익힌
탓에 그 부작용으로 은거해서 요상을 하고 있다는 둥 주화입마로 죽었
다는 둥 여자에 빠져서는 어디 먼 나라로 조용히 살기 위해 갔다는 등
등의 별의별 해괴한 소문이 다 떠돌았던 사람.

그러나 결국 그 모든 것은 낭설이었음이 밝혀졌다.

다름 아닌 몽천악의 사부인 비무도광에 의해서였다. 몇 년이나 애를
쓴 끝에 그는 이십여 년 전 끝내 마도를 찾아냈고, 회복과 요상에 관한
한 천하가 알아주는 그로서도 근 반년은 꼼짝도 못하고 치료를 해야
할 정도로 과중한 한 수 가르침을 받았던 것이다. 그 후 마도는 다시
거처를 옮겼고, 다시는 그 모습을 드러내지 않았다. 물론 그를 찾는 사
람도 없었지만.

“다, 당신이 그, 그의 전인이라고……?”

황구가 불신 가득 찬 얼굴로 물었다.

대번에 어투가 바뀌고, 경기(驚氣) 들린 사람처럼 떠듬거리며 제대로 말을 하지 못하고 있다는 사실도 인지하지 못한 채였다. 너무도 놀랍고, 믿어지지 않는 일이었기에 그러했다.

“마, 마도, 주천곤, 그분의……?”

“맞아요.”

소강이 천진하게 웃으며 대꾸했다.

“옛날에 그렇게 불렸다고 했어요.”

“그, 그럴 수가……!”

황구는 잠시 말을 못했다.

“그, 그분이 서, 설마 지금까지 살아 있단 말이오? 수십 년도 훨씬 전에 이미 백 세를 넘겼을 텐데……?”

“사부님의 연세는 몰라요.”

소강이 머리를 흔들며 대꾸했다.

“사부님도 잊어버리셨다고 했거든요.”

“허……!”

“그리고 아직 생존해 계신 것도 아니고요. 돌아가신 지 벌써 일 년 남짓 되었어요.”

“아……!”

어딘가 안도가 깃들어 있는 듯한 황구의 탄성이었다.

귀 기울이고 있던 다른 사람들도 태반이 소리를 내지 않았다 뿐 마찬가지인 표정을 지었다. 하지만 소강은 사부의 서거를 거론하는 데서 오는 시무룩한 표정을 짓는 것에 더해, 이어지는 제 이야기에 정신이 팔려 그런 것에는 주의를 기울이지 않았다.

"내가 강호에 나온 것도 사실은 그때예요. 강호로 나오면서 기대를 많이 했고요. 일 년만 꾹 참고 나면 마음껏 상대를 고르고, 또 신나게 겨룰 수 있을 것이라고요."

"일 년만 참으면?"

"사부님께서 유언하셨거든요."

몽천악의 의문에 소강은 어깨를 으쓱해 보이며 대답했다.

"하산하거든 반드시 일 년은 무공을 드러내지 말고 유랑이나 하며 먼저 경험을 쌓으라고요. 강호에서 무공 못지않게 중요한 것이 경험과 임기응변이라면서요. 그리고 일 년이 지난 후에도 정말 가슴이 뛸 정도로 강한 사람이 아니라면 절대 싸우지 말라고 당부하셨고요. 내 공부에 조금도 도움이 되지 않을뿐더러, 잘못하면 사부님의 전철을 밟기 십상이라고요. 무공을 완성하려고, 또 대결이 좋아서 그에 몰입하다 보니 그랬다고는 하지만, 그래도 뒤늦게 생각해 보니 너무도 많은 사람을 상하게 하고 죽였다고 하셨어요. 그래서 결국 스스로에 환멸을 느껴서 은거를 택할 수밖에 없었고요. 또한 너무 잔인하고 사나운 공부인지라 결코 후인을 두지 않으리라고 결심했고요. 결국 저를 얻고 난 다음에 바뀌기는 했지만."

"……!"

"어떻든 그래서예요."

황구와 몽천악의 눈에 이채가 스쳐 가는 사이 잠시 말을 멈추었던 소강이 다시 말을 이었다.

"지난 일 년 동안 강호를 유랑하며, 또 무공을 감추고 쓰지 않았던 것은. 아, 그렇다고 그냥 유랑만 했던 것은 아니에요. 최대한 여러 곳을 돌아다녔고, 또 싸움이나 비무가 있다면 가능한 한 빠지지 않고 찾아다녔어요. 사부님이 말씀하신 가슴이 뛰고 전율이 일어나는 상대를 미리 찾아두기 위해서 말예요."

"……."

"하지만 도무지 만날 수가 없었어요. 일부러 이름난 사람들을 찾아가 몰래 지켜봤는데도 그랬어요. 사실은 오늘도 그래서 실망을 하고 있던 참이고요. 물론 당신이 나오기 전까지이기는 하지만."

몽천악을 직시하는 소강의 눈이 반짝반짝 빛나고 있었다.

"당신을 보고서야 나는 확실히 알았어요, 사부님께서 날 속인 것이 아니라는 것을. 그동안 혹시 사부님이 거짓말을 하신 것은 아닌가 의심하고 있었거든요. 한 번도 당신 같은 사람을 만난 적이 없었으니까요. 당신을 보는 순간 나는 처음으로 온몸에 소름이 돋고 전율이 이는 것을 느꼈고, 그것이 참으로 반가웠고 기뻤어요. 혼자 크게 웃으며 소리라도 지르고 싶을 만큼 말예요. 그래서 대회가 끝날 때까지 기다려도 될 일이지만, 아무리 해도 진정이 되지 않기에 참지 못하고 나온 거예요. 처음으로 느끼는 이 기분을 그대로 가지고 한판 붙어보고 싶기도 했고요. 이해하시죠?"

"충분히."

"그럴 줄 알았어요."

소강이 활짝 웃었다.

그리고는 등에 비스듬히 메고 있던 장도를 왼쪽 어깨 위에 수평으로 놓더니 손잡이를 두 손으로 잡으며 말했다.

"말이 너무 많았어요. 이제 시작해요."

"그러지."

몽천악도 대산을 뻗으며 자세를 취했다.

그에 당황한 사람은 황구였다.

상리대로라면 얼른 제자리로 돌아가야 정상이었지만 그럴 수가 없었다. 아무리 마도의 전인이고, 또 이러니저러니 말은 거창하게 하지만 그가 보기에 소강은 더도 덜도 아닌 열다섯 애송이였다.

기실 그가 조금 전 그토록 놀라고, 또 말 대접을 달리했던 것도 다 마도의 이름과 배분 때문이지 소강 자체의 능력을 인정해서는 아니었다. 물론 처음 보았을 때와는 달리 황구도 소강이 마도의 전인인 이상 어느 정도는 무공을, 그것도 보통 사람은 상상하기 힘든 무서운 공부를 쌓아왔으리란 추측은 얼마큼 하고 있었다.

하지만 그래도 마찬가지였다.

자신과 겨루는 것이라면 또 몰랐다. 상대는 몽천악이었다. 자신으로서는 감히 대결할 엄두도 내기 힘든 독심수사와 혹사도 같은 일류고수를 단 일 격에 패퇴시킨. 따라서 그가 보기에 소강은 애초에 몽천악과 칼을 맞댈 수 있는 수준이 아니었다. 길고 짧은 것은 대봐야 안다는 말이 해당될 여지도 없었다.

사실 누가 봐도 그럴 터였다.

소강은 이제 겨우 열다섯이었다. 제아무리 마도의 공부가 고절하고 심후한 것이면 무얼 하겠는가. 무공을 익히고, 공력을 쌓은 햇수가 얼마 되지 않는데. 무엇보다 제 말과는 딴판으로 눈을 씻고 찾아봐도 무공을 높게 쌓은 흔적이 보이지 않는다는 것이 더 큰 문제였고. 그래서 황구는 내심 소강이 마도의 전인이라고 말한 것조차 사실로 믿어야 할 것인지 의심스럽기 그지없다는 생각을 하고 있었다.

그런데 몽천악은 마치 정말 고수라도 되는 양 상대를 하려 들고 있었으니.

황구의 눈에는 조금 뒤에 벌어질 상황과 또 그 이후에 자신과 단봉문에 쏟아질 사람들의 비난과 조소가 고스란히 보였다. 그러니 그로서는 참으로 이러지도 저러지도 못할 당황스럽고 난감한 상황이 아닐 수 없었다. 그리하여 그가 어정쩡한 자세로 제자리를 고수한 채 한숨만 내쉬며 두 사람을 번갈아 쳐다볼 때였다.

"빨리 비키세요."

소강이 말했다.

"다쳐요."

"……."

갈수록 점입가경인 상황에 황구는 쓴 입맛을 다실 수밖에 없었다.

더불어 일말의 연민과 곤혹이 어우러진 얼굴에 제발이지 이제 그만 하는 게 어떻겠나, 하는 무언의 의사를 담고 소강을 쳐다보는 외에 달리 방법이 없었고.

그러나 그것은 잠시였다.

"한 가지 확인할 것이 있소."

황구가 돌연 이채를 발하며 눈을 크게 뜨더니 말했다. 그런 그의 눈은 소년의 장도에 못 박혀 있었다.

"귀하의 칼 말이오."

"칼이 왜요?"

"물려받은 것이오?"

"그런데요?"

"……!"

다시 한 번 반짝, 하고 이채를 발하는 황구였다. 이어 마른침을 꿀꺽

삼키며 뜸을 들이더니 재차 물었다.

"그것이 그럼 적염도(赤閻刀)……?"

"맞아요."

"거짓말!"

황구가 큰 소리를 냈다.

"내가 들은 적염도는 결코 그런 칼이 아니야! 손잡이는 물론이고 칼집까지 온통 붉고, 귀기가 서려 있다고 했어! 더불어 칼날을 뽑으면 은은한 붉은 광채가 사이하게 흐르는 것이, 그것을 보는 것만으로도 혼이 달아날 정도라 했고!"

"난 또 무슨 소리라고."

소강이 별일 아니라는 듯이 대꾸했다.

"손잡이도 그렇고, 칼집도 그렇고 교체를 했기 때문이에요. 너무 낡고 흠이 많이 생겼는지라 사부님께서 물려주실 때 바꿔주셨거든요. 사실 워낙 닳고 손때가 묻어서 그대로 받았더라도 당신이 말하는 것과는 거리가 멀었을 거예요."

"그건 그렇다 치고."

듣고 생각해 보니 그 세월만도 백수십 년이었다. 일견 이해가 가고도 남는 일인지라 흠칫 말문이 막히는 듯하던 황구는, 그러나 이내 완고한 얼굴을 하고 재차 입을 열었다.

"그럼 칼날을 보여주시오. 그것은 바뀌지 않았을 것 아니오?"

"나중에 보세요."

소강이 머리를 흔들었다.

"대결을 하면 뽑지 않을 수 없을 테니."

"나는 지금 보고 싶소."

“안 돼요.”

“왜? 이유가 뭐요?”

황구의 즉각적인 물음에 소강이 정색을 했다.

“칼은 벼리거나 사람을 벨 때만 빼는 거예요.”

“……!”

“그리고 나는 아직 사부님께서 새로 만들어 전수해 주신 공부를 십성 연성하지 못했어요. 그래서 칼을 뽑으면 사람이 달라지고, 무엇이든 베고 싶은 충동을 이기지 못해요. 당신은 내 상대가 아니에요. 당신부터 베고 싶지는 않아요.”

“……!”

“얼른 내려가기나 하세요.”

소강이 묘한 미소를 지으며 말했다.

“그러면 보고 싶지 않아도 보게 될 거예요.”

“아무리 그래도 나는 지금 꼭 봐야 되겠소이다.”

잠시 얼이 빠진 듯 멍하니 있던 황구가 이내 어림없다는 표정으로 고집을 부렸지만 허사였다.

불쑥 몽천악이 끼어든 탓이다.

“내려가시오.”

“공자……!”

“더 이상 방해하면 당신부터 상대하겠소.”

그리고 정말 그렇게 하겠다는 듯이 그를 향해 머리끝이 곤두설 정도로 무서운 기세를 발하는 것이 아닌가.

질겁한 황구는 다리야 날 살려라 하고 잽싸게 제자리로 돌아갔다. 그렇다고 그것으로 완전히 포기한 것은 아니었다. 거기서 재차 무어라 말을 꺼내려 했다. 하지만 그럴 수가 없었다. 말을 하는 것은 고사하고, 도리어 더할 수 없이 크게 눈을 부릅뜨면서 스스로의 손으로 제 입을 틀어막아야 했다.

그럴 수밖에 없었다.

그가 자리로 돌아가는 순간, 비무대의 상황이 일변했던 것이다. 기다렸다는 듯이 두 사람에게서 기세가 폭출되었고, 그리하여 비무대는 황구가 있을 때와는 완전히 딴판인 무시무시한 기파와 살기만이 넘실거리는 전장으로 바뀌고 말았다.

놀라운 것은 소강이었다.

기세를 끌어올리는 순간, 그는 지금까지의 그가 아니었다. 순진하고 아름답게만 보이던 미소년은 온데간데없이 사라지고 전혀 다른 사람이 되어 있었다.

머리칼이 산발되어 허공으로 올올이 곤두서는 데 더해 천진난만하던 눈에서는 시퍼런 귀화가 폭사되었고, 준미하던 얼굴은 지옥에서 금방 튀어나온 피에 굶주린 어린 악귀의 그것과 다름 아니게 바뀌었다. 더구나 맛있는 먹이라도 앞에 둔 양 붉은 혀를 날름거리며 입술을 핥을 때는 더욱 그랬다. 얼마나 놀랍고 소름이 끼치는 광경이었던지, 비무대 가까이에서 보고 있던 사람들은 자신도 모르게 진저리를 치며 움찔움찔 뒷걸음질을 칠 정도였다. 멀리 있는 사람들도 놀란 가슴을 쓸어 내리는 시늉을 할 정도였고.

그러니 황구의 놀람이 어떠했겠는가.

그는 그제야 자신이 얼마나 사람을 잘못 보았는지 깨달았고, 그 앞에서 자신이 아무것도 모른 채 고집을 부리며 서 있었다는 생각에 모골마저 송연해질 지경이었다. 하기야 그를 잘못 판단하고 있었던 것은 다른 사람들이라고 다르지 않았다. 사실 조금 전까지만 해도 관중들의 대다수가 소강이 마도의 전인이라는 것 자체부터 의심했고, 더욱이 몽천악의 상대가 되리라고 믿는 사람은 거의 없었다. 심심풀이 구경거리라는 생각으로 지켜보고 있었을 뿐.

그러나 그것도 약과였다.

"끼아아앗!"

갑자기 소강의 입에서 괴성이 흘러나왔다.

조금 전까지만 해도 맑은 음성을 내던 소강의 것이라고는 도저히 믿을 수 없는 소리였다. 한밤의 처절한 귀곡성처럼, 그리고 꼭 쇠솥을 긁어대는 것처럼 얼마나 듣기 싫고 심혼을 후벼 파내는지 사람들은 자신도 모르게 귀를 막고 인상을 쓰면서 온몸에 경련을 일으켜야 했다. 이어 그대로 칼을 빼 든 소강이 몽천악을 쳐가는 모습에는 질끈 눈마저 감아야 했고. 조금 전 황구의 말대로 칼을 빼자마자 퍼져 나오는, 사람을 어떤 공포로 몰아넣는 붉고 요사한 기운에 더해 그것을 휘둘러 가는 소강의 모습이 흡사 피의 만찬을 즐기기 위해 달려드는 지옥의 나찰을 방불케 했던 것이다.

하지만 그것도 다가 아니었다.

이제까지와 달리 몽천악도 대산을 휘둘러 마주쳐 가는 가운데 쾅, 하고 칼과 칼이 부딪쳤다고는 믿을 수 없는 굉음을 동반한 최초의 격돌과, 또 그 이후에 이어지는 상황을 지켜보면서 사람들은 더욱 경악하지 않을 수 없었다. 그전까지는 단순히 그 형상이나 기세에 놀라고 두려움을 느꼈던 것이라면, 이제는 눈앞에서 드러나는 막강이라고밖에 표현하지 못할 엄청난 무위 때문이었다.

"아아……!"

“저, 저럴 수가……!”

다른 사람들은 물론이고 단 위의 사람들조차 자신도 모르게 감탄 같기도 하고, 탄식 같기도 한 탄성을 연신 내뱉을 정도로 모두가 벌린 입을 다물 줄 몰랐다.

처음의 격돌에서 몽천악에게 조금도 밀리지 않은 것에서도 그랬지만, 그것보다는 무슨 원한에 사무치기라도 한 사람처럼 조금도 여유를 주지 않고 계속해서 무지막지하게 휘둘러 가는 생사를 도외시한 것 같은 공격에서 더욱 그러했다. 더구나 회를 거듭할수록 더욱 미친 듯이 달려드는데다, 또 한층 속도도 빨라지고, 그러면서도 훨씬 사납고 무서워지는 형국이었으니.

오래지 않아 몽천악은 보이지도 않았다.

발이 땅에 닿지 않을 정도로 사방팔방을 점하며 소강이 빠르게 날아다녔기에 그러했고, 또 그 궤적을 따라 수없이 칼이 휘둘러지는데다가 칼에서 흘러나오는 붉은 기운이 점점 강해지며 반경을 넓히더니, 종내는 몽천악을 덮어버린 결과였다. 소강은 붉은 기운을 흩뿌리며 날아다니는 날개 달린 붉은 악마 같았다. 더불어 전권을 완전히 장악한 채 몽천악을 한자리에 몰아놓고는 제 혼자 주변을 날아다니며 무작스럽게 두들겨 대는 형상이었고.

관중들도 영향을 받았다.

소강이 발산하는 무시무시한 살기와 기파가 얼마나 강했던지 몽천악뿐만 아니라 전장인 비무대 전체를 점령한 것은 말할 것도 없고, 나아가 그 바깥쪽까지도 점점 영향력을 넓히며 확산된 탓이었다. 그리하여 비무대 주변에 몰려 있던 사람들 모두가 알 수 없는 어떤 위기감과 공포심을 느끼고는 어느 순간 자신도 모르는 사이 썰물처럼 한참이나 뒤로 물러나야 했다.

그런데 한 가지 특이할 만한 사항도 있었다.

소강이 그런 와중에도 연신 예의 괴성을 뱉어내고, 또 그와 한 가지 인 음성으로 그 사이사이 여러 가지 소리를 질러댄다는 것이 그것이었 다. 더불어 그 내용이 듣는 사람의 간담을 서늘하게 만들면서도, 또 한 편으로는 참으로 가관으로 여겨지는 것이란 사실 또한 그랬고.

"이런 버르장머리 없는 놈!"

"어딜 감히 이 어르신의 칼을 막아!"

"순순히 뒈져!"

"대가리를 따버리겠어!"

"어차피 넌 오늘 죽은 목숨이야!"

"곱게 모가지를 늘여!"

"계속 버틸래?"

대충 이런 내용들이었으니, 사람들이 긴장과 전율을 느끼며 집중하 고 있는 와중에서도 간간이 실소를 머금거나 머리를 내젓는 상황을 연 출하는 것도 무리가 아니었다.

물론 모두가 그렇지는 않았다.

적어도 남청과 거웅만큼은 그런 것에 전혀 신경 쓰지 않았다. 싸울 때는 무슨 짓을 해서든 전력을 다할 수 있으면 그것으로 그만이라고 생각하는 몽천악의 영향을 받고 있었기에 그러했다. 그래서 그들은 얼 마간 긴장된 표정으로 눈 한 번 깜빡이지 않고 뚫어져라 전장을 쳐다 보기에만 여념이 없었다.

그런 어느 순간이었다.

"정말 센 놈이네."

불쑥 거웅이 중얼거렸다.

"나중에 한번 붙어봐야지."

"이길 수 없을걸요."

남청이 굳은 음성으로 말을 받았다.

"나도 마찬가지고요. 적어도 지금으로서는. 아마 방어에 급급하다 패하기 십상일 것입니다."

"설마……!"

"설마가 아닙니다."

남청이 머리를 흔들며 말했다.

"알잖아요, 형님이 얼마나 강한지. 그런 형님이 이제까지처럼 상대의 무공을 관찰하기 위한 목적으로서가 아니라 진짜로 수세에 몰려 있어요. 저 아이는 저렇게 신나게 공세를 퍼붓고 있는데 말입니다. 물론 형님이 처음에 상대의 공세를 적극적으로 대처하지 않은 결과이고, 그렇지만 문호는 물샐틈없이 지키고 있으므로 머잖아 공세로 전환할 단서를 찾을 테고, 그러면 결국 견디지 못할 것은 틀림없이 저 아이가 될 것이라 믿고 있기는 하지만 말예요."

"……."

"어떻든 놀라운 아이입니다."

다시 시선을 전장에 고정하며 남청이 말을 이었다.

"어쩌면 저 아이는 벌써 각성을 이루었거나, 아니면 거의 그 단계에 와 있는지도 모르겠어요. 형님과 신창의 대전을 생각해 봐도 별로 다른 것이 없으니까요."

"그럼 사숙과 맞먹는다는 이야기잖아?"

"보다시피 현재 전개되고 있는 상황만으로서는 그 이상으로도 볼 수 있는 노릇이지요."

남청이 여전히 전장을 응시한 채 대꾸했다.

"하지만 그것이 다입니다. 그것이 끝이고요. 제아무리 저 아이가 강하고 무섭고 괴상해도, 그래도 형님만큼은 아니니까요. 형님은 더한 괴물이니까요. 결코 깊이가 드러나지 않는, 그리고 세상에 다시없을. 나는 설사 저 아이가 지금보다 훨씬 더 강하고, 그래서 형님이 당장 문호조차 제대로 방비하지 못하고 속절없이 몰리고 있는 상황이라 할지라도 마지막에 승자는 형님일 것이란 것을 믿어 의심치 않습니다. 불과 며칠 전에 분명히 형님이 어느 정도 버거워하고 밀리는 것을 봐놓고도, 이제 다시 신창과 붙는다면 틀림없이 형님이 이길 것이라고 확신하는, 내 스스로도 어디에서 오는지 모를 터무니없는 믿음을 가지고 있는 것처럼 말입니다."

◆제4장◆

귀환(歸還)

“아……!”

갑자기 깊은 탄식 같은 소리가 흘러나왔다.

거웅이 아니었다. 앞줄 중간쯤에 앉은 사람이었다. 그리고 그 외에도 남청과 거웅의 대화에 귀를 기울이던 주변의 사람들은 모두가 소리만 내지 않았다 뿐이지 놀란 눈을 하고 남청과 거웅을 돌아보고 있었다. 남청이 말한 내용은, 그중에서도 신창에 관한 부분은 더욱 그들에게 충격이 아닐 수 없었던 까닭이다.

그것은 단 위의 사람이라고 다르지 않았다.

그리하여 처음부터 일부러 멀찌감치 떨어져 앉아서는 의식적으로 눈길조차 마주치려 하지 않던 모용굉이 자신도 모르는 사이 팽연을 향해 질문을 던지도록 만들 정도였다.

“정말이란 말이오?”

“……!”

흠칫하는 눈으로 팽연이 돌아보자, 모용굉 스스로도 아차! 하는 심정이 있었지만 내친걸음으로 다시 물었다.

“정말 저자가 신창 이 노야와 겨루었소?”

“분명히.”

“직접 봤소?”

“두 눈으로 똑똑히.”

“…….”

모용굉은 한순간 말을 못했다.

그러나 이내 한줄기 어색한 미소를 떠올리며 다시 입을 열었다.

“노야가 저자에게 맞춰서 가르침을 내리는 일종의 대련이었거나, 아니면 다른 이유가 있었겠지요.”

“내가 알기에는 비무였소.”

“어림없는 소리!”

모용굉이 냉소를 터뜨렸다.

“지금 보니 저자가 만만치 않은 고수라는 것은 인정하겠소만, 그렇다고 신창 노야와 대등하게 겨루었다는 것은 말이 안 되오! 더구나 비무라니! 어떻게 그럴 수가 있단 말이오? 노야가 누군데!”

“믿고 싶지 않으면 믿지 마시오.”

팽연은 더 말하기 싫다는 듯이 고개를 전장으로 돌렸고, 그러한 속에서 마지막으로 이어 던진 말이 결정타가 되었다.

“다만 한 가지만은 알아두시구려. 노야는 그냥 겨루었던 것이 아니라 제남지부의 정남, 정 부주를 대신해서 비무에 응했다는 것을 말이오. 그것도 정 부주가 몽천악의 상대가 아니라는 것을 알기에 자청해서 나섰고 말이오.”

“……!”

모용굉은 더 이상 아무 말도 하지 못했다.

마치 얼이라도 빠진 사람처럼 멍하니 전장을 응시할 따름이었다. 어찌 그렇지 않겠는가. 이미 몽천악 등이 제남지부를 방문한다는 사실과 무엇 때문인지도 알고 있던 그였다. 팽연의 말대로라면 그것은 분명한 비무였다. 적당히 봐주거나, 또 이길 수 있는 것을 일부러 비기거나 할 수가 없는. 최선을 다하지 않을 수 없는. 모용굉으로서는 심장이 입 밖으로 나올 만큼 놀랄 일이 아닐 수 없었다. 팽연의 말을 액면 그대로 다 받아들이지 않는다 쳐도 마찬가지였다.

한데 일은 거기서 끝나지 않고 있었다.

더욱 놀랍게도 그런 몽천악을 궁지로 몰아넣고 있는 또 한 명의 무시무시한 인물이 눈앞에 있었다. 더구나 솜털도 채 가시지 않은 어린 소년이었으니, 모용굉으로서는 꿈이라도 꾸고 있는 것 같은 심정일 수밖에 없는 것이 당연했다.

그러나 그는 오래지 않아 망연자실에서 깨어났다.

“아아……!”

“엄청나다!”

돌연 여기저기에서 탄성이 흘러나왔기 때문이다. 더불어 쾅, 쾅, 쾅 하고 전장에서 이제까지보다 훨씬 큰 굉음들이 훨씬 짧은 간격을 두고 연이어서 터져 나온 까닭이기도 했다.

전장이 급변하고 있었다.

몽천악으로부터 시작된 것이었다. 드디어 그가 실마리를 찾아 공세로의 전환을 시도하더니, 이내 급속하게 이루어내고 있었다. 단 한 군데 틈도 없이 완벽하고 견고하게 몽천악을 덮어씌운 채 갈수록 강하게 압박하고 옥죄어가던 붉은 막이 어느 순간부터 엷어지고 있었다. 최초에는 아주 짧은 순간 대산이 형체를 드러내는 것에 불과했다. 온통 붉은 화판에 작은 점 하나가 떨어지듯이. 그러나 곧 그 횟수가 많아지며 붉은 막 여기저기에 흠집을 내더니 종내는 막을 해체시켜 버렸다.

그렇다고 소강이 수세에 몰렸다는 이야기는 아니었다.

소강은 여전히 붉은 도기를 흩뿌리며 사방으로 날아다녔고, 여전히 생사를 도외시한 것처럼 사납고 공격적이었으며, 그리하여 대부분의 공세를 주도하며 퍼부었다. 하지만 아무리 그렇다고 해도 조금 전까지의 일방적인 공세를 퍼부을 때와는 많은 차이가 있었다.

몽천악은 하나하나 그의 공세를 풀어냈고, 그 사이사이의 작은 틈을 비집고 반격을 가했다. 그것도 소강으로서는 갈수록 받아내기가 힘이 들 수밖에 없는 무지막지한 힘이 실린 도풍을 적절하고도 교묘하기 그지없게 운용해서는 공간을 점하면서 뿌려대는 것이었으니.

그런 상황이었으니 기실 갈수록 조급해지고 답답한 쪽은 소강이 되지 않을 수 없었다.

특히나 실전은 처음이었기에 더욱 그러했다.

사실 소강이 타인과 정식으로 겨루는 것은 지금이 첫 경험이었던 것이다. 그가 지금까지 가진 경험은 사부와의 대련이 다였다. 그렇다고 해서 그가 실전에 미숙하다는 것은 아니었다. 사부와의 대련은 녹록한 것이 아니었기에 그러했다. 제자의 어지간한 상처는 눈도 꿈쩍하지 않고, 오히려 그 상처를 집요하게 공격할 정도로 지독했던 사부였다. 물론 제자의 후일을 위한 사부 나름의 방법이었을 터였지만, 어떻든 그런 사부와 수도 없는 갖가지 형식과 방식의 대련을 치른 소강이었다. 싸움에 관한 한 어지간한 사람이 십 년 강호를 떠돈 것보다 더 많은 경험을 쌓았다고 봐도 무방할 정도였다.

하지만 그래도 달랐다.

생전 경험해 보지 못한 형태였고, 무공이었으며, 사람이었다. 무엇보다 사람이 그랬다. 사부와는 또 달랐다. 몽천악은 아무리 두들겨도 조금도 흔들리거나 흠이 나지 않는 철벽이었으며, 그러면서도 예리하기 그지없는 한 자루 면도(面刀) 같았다. 할 수 있는 모든 방법을 동원해서 공세를 퍼부어도 일정 이상은 어렵게 만들 수가 없는 사람이었다. 그것은 소강에게 커다란 놀라움이었고, 동시에 더한 투지를 불러일으키는 일이었으며, 더불어 비록 미미하기는 하지만 알 수 없는 어떤 불안과 두려움도 가져다주는 것이었다.

어떻든 그렇게 둘은 잘 어울리고 있었다.

한마디로, 어느 하나에 크게 치우침 없이 공수를 주고받는 치열한 대결이었다. 그런 가운데 시간은 점점 흘러갔고, 하지만 아무도 그것을 인지하지 못했다. 대결을 벌이는 두 사람이야 말할 것이 없고, 구경하는 사람들도 그러했다. 이만한 고수들의 이토록 격렬한 격투를 관전하는 것은 어지간한 고수라도 평생에 한 번 있을까 말까 할 정도로 쉬운 일이 아니었고, 그래서 단 한순간이라도 놓칠까 싶어 눈도 깜빡이지 않고 쳐다보고 있었으니 그럴 수밖에 없었다.

그렇게 얼마나 흘렀을까.

"얼마 남지 않았군요."

불쑥 남청이 중얼거리듯이 말했다.

"조만간 결판이 날 것입니다."

"어떻게 알아?"

거웅이 눈을 끔뻑거리며 반문했다.

"봐서는 아직도 먼 것 같은데?"

"아닙니다."

여전히 전장을 주시하며 남청이 대꾸했다.

"소강인지 하는 저 아이는 벌써부터 동요하고 있습니다. 그것을 감추려고 더욱 거칠고 과격하게 밀어붙여 왔고요. 하지만 그것도 이제 한계라고 보입니다. 형님의 흔들림없는 공수에는 전혀 통하지가 않는데다, 도리어 스스로의 공력만 소진시키는 결과가 되고 있으니까요. 자세히 보십시오. 얼마 전까지 그토록 과감하고 강하게 형님의 대산과 정면 충돌을 일으키던 것과 달리, 이제는 은연중 강한 부딪침은 피하는 인상까지 주고 있잖습니까."

"……!"

"아마도 머잖아 비장의 공부로, 아니면 전 공력을 다해 건곤일척의 승부를 내려 할 것입니다. 그리고 사실 이대로 계속 가서는 저 아이에게 승산이 없고요. 탈각을 이룬 형님의 공력과 무공의 운용을 따라갈 수는 없을 테니까요."

"……."

정말 그런지 살피겠다는 듯 거웅도 전장에 시선을 못 박는 사이, 폭도를 비롯한 주변의 대기석과 단 위에 앉은 사람들이 흘깃 남청을 일별했다. 그런 그들의 눈에 어린 것은 은은한 경이였다. 그들로서는 전혀 감지하지 못한 사실을 제꺽제꺽 잡아내는 것에서 그러했고, 더불어 그것으로 미루어 남청이 결코 자신들의 아래가 아닐 것이라는 추측이 동반된 데서 그러했다.

그러나 남청은 전혀 그것을 인식하지 못했다.

애초에 그들을 의식하지도, 보고 있지도 않았으니 당연한 일이었다. 더구나 자신이 예상했던 상황이 비무대에서 벌어지려 하고 있었으니 더욱 그럴 수밖에 없었다. 죽어라 공세를 퍼붓던 소강이 처음으로 뒤로 물러서는 것을 보았던 것이다.

이어 소강은 보는 사람들이 몸서리가 쳐질 만큼 사이하고 악귀 같은 미소를 떠올렸고, 또 그런 음성으로 이를 갈아붙였다.

"곱게 못 죽어주겠다, 이 말이지!"

아니, 말과 미소뿐이 아니었다.

기세와 모습도 그렇게 일변했다. 곧이어 기이하게도 눈에서 눈동자가 사라지더니 눈빛과 동공이 마치 제 칼처럼 붉게 물들고, 다시 한 번 머리칼이 온통 사방으로 허공을 향해 곤두서는 것이었다. 더불어 몽천악을 겨눈 적염도에서는 이제까지와는 비교도 되지 않는 피처럼 붉은 기운이 줄기줄기 뻗어 나오더니, 마치 피 안개가 피어오르는 것 같은 형상으로 그 자신까지도 감싸는 것이었다. 더구나 그러한 가운데 발산되는 살기와 적의는 가까이에서 관람하던 사람들이 자신도 모르게 숨을 멈춰야 할 정도로 더욱 무시무시하고 살벌하기 그지없었다.

그리고 다음 순간 그가 다시 소리쳤다.

"오냐! 아주 난도질을 해주마! 어디 이것도 받아봐라!"

말이 끝나자마자 그는 그대로 적염도를 휘둘러 몽천악에게로 쇄도했다. 이제까지와 달리 그리 빠른 공세는 아니었다. 오히려 보통보다도 늦은 편이었다. 하지만 그 품은 힘은 가공했다. 무엇이든 삼켜 버리고 말 무서운 힘을 간직한 거대한 해일 같은 붉은 물결이었다. 그것이 넘실거리며 덮쳐 가고 있었다.

그뿐이 아니었다.

동시에 적염도에서 끼이이잉, 하는 괴상하고 기이한 음향이 울려 나오고 있었다. 처음에는 미세하게 귀를 간질일 정도에 불과하던 것이 이내 급속하게 커지더니, 세상에서 가장 전율스럽고 귀기 어린 소음으로 장내를 뒤덮었다. 그것에 비하면 소강이 질러대던 괴성은 아무것도 아니었다. 그 위력이 얼마나 끔찍했던지 가까이 있던 관람객들 대부분이 반사적으로 바닥에 납작 엎드려서는 머리를 땅에 처박으며 죽어라 귀를 틀어막았고, 그러면서도 견디지 못해 몸부림을 칠 정도였다. 멀리 떨어져 있는 사람들도 별반 다르지 않았다. 내력을 끌어올려서 견딜 수 있는 몇몇을 제외하고는 모두가 머리를 깊이 움츠리며 귀를 있는 힘껏 틀어막고 있었다.

그래서 사람들은 거의가 보지 못했다, 두 사람의 마지막 격돌을.

그것은 소강이 일으키는 거대한 붉은 해일을 향해 몽천악이 대산을 거침없이 그어가면서 일어났다. 거침없다고는 하지만 부딪치기 전까지는 누가 봐도 당랑거철과 다름 아니었다. 적염도에 비해 대산은 도강은 고사하고 도풍조차 제대로 발산하지 않는 듯한 진행이었으니까.

그러나 부딪치는 순간에는 아니었다.

몽천악의 일격은 보기완 달리 소강의 그것에 비해 밀리지도 부족하지도 않았고, 그리하여 마치 그 공간에서 갑자기 거대한 화산이 솟구치며 터지기라도 하는 것 같은 충돌을 일으켰다. 죽어라 귀를 막고 있던 사람들조차 가슴까지 진탕될 정도로 커다란 굉음을 동반했고, 붉은 물결이 폭발을 일으키는 것처럼 비산했다. 가공하고도 화려한 격돌이었고, 그리고 그것으로 끝이었다.

장내는 일순간에 평온을 회복했다.

하나둘 사람들이 고개를 들고, 또 몸을 일으키는 가운데 승패는 분명하게 드러났다.

패자는 소강이었다.

그는 한쪽 무릎을 꿇고 있었고, 비무대 바닥에 늘어뜨리다시피 한 적염도를 억지로 움켜쥐고 있는 손에서 점점이 피가 흐르고 있었다. 본래의 귀엽고 아름답기까지 한 얼굴로 돌아온 입술 양쪽 가에서도 마찬가지였다. 안색도 해쓱하기 그지없었다. 반면에 몽천악은 아니었다. 단지 옷자락이 흐트러진 외에는 조금도 변화가 없었다. 처음처럼 대산을 쥔 채 제 본래의 자리에서 아무 일도 없었던 마냥 묵묵히 소강을 쳐다보고 있었다.

"제가……."

소강이 입을 열었다.

언제 그토록 심혼을 긁는 괴성을 내고, 또 무작스럽고 상스런 언사를 뱉어냈냐는 듯이 본래대로 돌아온 맑은 음성과 어투였지만, 그러나 그것은 어딘가 젖어 있었고 울먹임이 깃들어 있었다. 더불어 눈가에도 서서히 물기가 맺히고 있었고.

"제가, 진 것인가요? 정말……?"

"……."

몽천악은 아무 말도 하지 않았다.

소강도 대답을 듣고자 물은 것은 아니었다. 믿고 싶지 않은 자신의 패배를 받아들이기 위한 무의식적인 언행이었을 뿐이다. 그의 눈에 고여들던 물기가 이내 방울로 맺히더니 또르르 굴러 내리기 시작하는 것만 봐도 알 수 있는 일이었다. 더불어 그것을 감추거나 훔칠 생각도 하지 않는 것에서도 그러했고.

소강은 그렇게 한참을 울었다.

　아직 소년이라고는 하지만 어쨌든 강호인이었다. 제 말대로라면 벌써 일 년이나 강호를 떠돈, 알 것은 다 알 만한 한 사람의 무인이었다. 더구나 좀처럼 보기 드문 고수가 아니던가. 그런 사람이 소리만 내지 않는다 뿐, 그야말로 갈수록 펑펑 울고 있었다. 순식간에 앞섶이 흥건하게 젖을 정도였다.

　장내는 침묵과 정적 속에 빠져 있었다.

　몽천악은 물론이고, 다른 사람들도 아무 소리도 내지 않았다. 망연히 지켜보기만 했다. 싸울 때의 그토록 살벌하고, 사이하며, 완전히 다른 사람 같았던 모습과는 너무도 대비되는 이중적인 모습에 할 말을 잃어서였다. 또한 소강 같은 고수가 그런 행동을 보인다는 것이 놀랍고 기이해서이기도 했고. 더불어 다른 사람이 그러했으면 십중팔구 조소의 대상이나 놀림감이 되고 말았을 그의 행동이 이상하게도 가슴에 와 닿는 점이 있었던 탓이기도 했다.

　묘하게도 소강의 눈물 흘리는 모습은 보는 이로 하여금 그가 내심으로 느끼는 아픔을 자신의 것인 양 느끼게 하고, 그리하여 오히려 그에게 연민을 갖게 하면서 나아가 마음으로 감싸 안아주고 싶은 충동을 느끼게 만들었던 것이다.

　정적을 깬 사람은 몽천악이었다.

　"진 게 억울하냐?"

　어느 순간 그가 불쑥 묻자 그제야 소맷자락으로 눈물을 훔치는 소강이었다. 그리고는 머리를 흔들며 대꾸했다.

　"그래서가 아니에요. 실력이 모자라서 진걸요. 그렇지만 그걸 알면서도 왠지 눈물이 났어요."

　"단지 오늘의 결과일 뿐이다."

몽천악이 재차 입을 열었다.

"너는 아직 어리고, 따라서 내일은 어떻게 될지 아무도 모른다. 그리고 사실을 말하자면, 나도 오늘의 내가 아니었으면 패한 것은 내 쪽이었을 것이다. 너는 내가 지금까지 비무한 자 중 최고였다."

"위로하지 않아도 돼요. 실컷 울고 나니 시원하니까요."

소강이 이를 드러내며 겸연쩍은 웃음을 지었다.

"그리고 나도 알아요, 내가 어리다는 것을. 그러므로 또한 부족한 공부를 채우며 노력하다 보면 언젠가는 당신을 뛰어넘을 수 있으리란 것을요. 그때 나는 다시 도전하겠어요. 그때는 반드시 이길 거예요. 받아주실 거죠?"

"얼마든지."

몽천악의 대꾸에 언제 눈물을 흘렸느냐는 듯이 소강의 입가에 웃음이 헤, 하고 걸렸다. 매우 만족한 듯한, 그리고 역시 그럴 줄 알았다는 듯한 천진한 웃음이었다.

이어 그는 칼을 거두며 몸을 일으켰다.

그런데 바로 다음 순간이었다. 돌연 무엇인가를 떠올린 얼굴로 눈을 빛내더니 소강은 급히 다시 말을 꺼냈다.

"궁금한 게 있어요."

"……?"

몽천악의 얼굴에 의문이 떠오를 때 소강이 말을 이었다.

"마지막 접전에서 당신이 보여준 것 말예요. 그것이 무엇이었죠? 어째서 조금도 특별한 데가 없는 것 같던 당신의 일식(一式)이 도강(刀罡)에 도막(刀幕)까지 가미한 내 절초를 그토록 수월하게 찢어발길 수 있었던 거죠?"

"몰라서 묻는 게냐?"

몽천악이 반문했다.

"너 정도면 알아보았을 텐데……?"

"……!"

소강의 눈이 커졌다.

"정말 그것이었단 말인가요?"

"아마도."

"믿어지지가 않아요."

소강의 음성엔 경이가 가득했다.

"사부님도 만년에나 겨우 터득한 무시무종(無始無終)의 일식이었어요. 그런데 어떻게 당신이……."

"나는 아직 멀었다."

"……!"

"내게 이것을 보여준 사람은 월등했다. 아니, 완벽했다. 그에 비하면 나는 아직 흉내만 내는 정도에 불과하다."

말하는 와중에 무의식중에 그러한 것처럼 몽천악의 시선이 팽우광과 팽연을 일별하고 지나갔다. 그가 말하는 그 사람은 다름 아닌 팽가의 가주 팽화산이었던 것이다.

팽연과 팽우광도 다른 사람들과 마찬가지로 두 사람에게 이목을 집중하고 있었다. 하지만 짧은 순간이나마 몽천악의 시선을 느끼고 마주볼 수 있었던 사람은 팽우광 하나였다. 그리고 그와 동시에 그의 눈에서도 반짝, 하고 이채가 스쳐 지나갔다. 기실 그는 몽천악의 마지막 일도를 보면서 어디선가 본 듯한 인상을 받았고, 그래서 그에 골몰하고 있던 참이었다. 그러다 두 사람의 대화에 더해 몽천악의 행동에서 그것이 어디서였는지 깨달을 수 있었던 것이다.

하지만 그것은 그리 좋은 일이 아니었다.

'그사이 또 올라갔구나!'

팽우광은 그것으로 다시 한 번 좌절을 느껴야 했던 것이다.

'아버지가 보여준 지 얼마 되지도 않았는데, 아무리 탈각을 이루었다고 해도 벌써 그것을 손에 넣다니. 나도 나름대로 진전이 없는 것은 아니지만 도저히 당해낼 재간이 없구나……'

그리고 또 한 사람, 남청도 그랬다.

몽천악이 소강과 나누는 대화를 들으며 그도 팽우광과 한가지로 어딘가 씁쓸하면서도 부러움을 감추지 못하는 기색을 했다. 그도 두 사람이 하는 말을 분명히 알아듣고 있었던 것이다. 그래서 팽우광과 그리 다르지 않은 감정을 느끼는 것이고. 어쨌거나 그런 속에서도 그들은 비무대를 주시했고, 그사이 소강은 강한 불신과 부정이 어린 탄식 같은 소리를 내고 있었다.

"설마……!"

"……."

몽천악은 말없이 소강을 바라볼 뿐이었다.

그러다 소강이 불신과 부정의 눈빛을 거두지 않고 계속해서 자신을 바라보자 이윽고 입을 열었다.

"중원은 넓다, 사람도 많고."

"……!"

"곧 너도 알게 될 것이다."

그리고 몽천악은 고개를 돌려 황구를 쳐다보았다.

어서 다음 진행을 시키라는 뜻일 터였다. 그리하여 황구가 막 무어라 입을 열려는 순간이었다.

"집이 어디세요?"

불쑥 소강이 말했다. 그리고 몽천악의 시선이 자신에게로 돌아오기를 기다려 어깨를 으쓱하며 말을 이었다.

"나중에 찾아가려면 알아둬야지요."

"강호에서 찾아라."

"……!"

눈을 끔뻑거리던 소강이 물었다.

"집이 없어요?"

"너는 있느냐?"

"…….."

"너나 나나 어차피 강호인이 아니겠느냐."

초롱초롱한 눈망울로 자신을 빤히 바라보는 소강을 향해 이제 그만 내려가란 듯이 턱짓하며 몽천악이 말했다.

"흘러가다 보면 어디서든 만나게 될 일이다."

"그것참 좋은 말이군요. 아주 좋아요."

뭐가 그리 좋다는 것인지 연신 머리를 끄덕이면서 그 소리를 해대는 소강이었다. 그러다가 문득 몽천악에게 활짝 웃어 보인 그는 올라올 때와는 딴판인 신법을 발휘해 훌쩍 몸을 날리더니 순식간에 사람들 사이로 스며들어 버렸다.

다시 황구가 나섰다.

그러나 이번에는 아무도 올라서지 않았다.

소강이 나오기 전과 똑같이 시간을 두고 재촉하면서 한 식경을 흘려보낸 황구가 재차 열까지 세어봤지만 마찬가지였다.

　사실 그럴 수밖에 없을 일이었다. 무시무시한 대격돌을 본 참이었다. 그 이상의 실력을 자부하지 않는 한, 감히 요행을 믿고 올라올 강심장은 없을 터였다. 어떻든 그리하여 문주와 모종의 눈빛을 주고받은 황구가 이내 몸을 날려 비무대에 올라섰다.

　"이것으로 일차 도전의 장은 마치고."

　좌중을 둘러보며 황구가 이어 소리쳤다.

　"이제부터 정식 대회를 개최하도록 하겠습니다!"

　이어 몽천악을 돌아보더니 말했다.

　"비록 일이 이상한 방향으로 꼬이기는 했지만, 그러나 결과는 애초의 계획과 다름없이 되었으니 이제 본 문이 수립해 두었던 방식대로 대회를 진행하는 것이 타당할 듯합니다. 그러니 공자께서도 그만 칼을 거두고 자리로 돌아가 주십시오."

　그는 벌써 문주로부터 이런 상황에서 어떻게 진행해야 할지 지시를 받고 있었던 것이다. 물론 문주로서는 이런 처사가 몽천악에게도 득이라고 보았고, 또 그래서 그도 굳이 거절하지는 않으리라는 심중에서 내린 지시였고.

　그러나 아니었다.

　"싫소."

　몽천악은 일언지하에 잘랐다.

　"아직 앞줄 사람들이 남았소."

　"고, 공자, 그, 그것은……."

　"나는 내가 한 말은 지키는 사람이오."

　황구가 난처해하는 모습으로 손을 비비며 어쩔 줄 모르는 것에 아랑곳없이 몽천악은 단호하기만 했다.

“그들을 올라오게 하시오.”

“공자……!”

“더 말하지 않겠소.”

몽천악의 완강한 태도에 결국 황구는 그가 원하는 쪽으로 방향을 선회하여 진행하지 않을 수 없었다. 물론 문주의 동의를 먼저 구한 다음이었다. 황구는 우선 그에 대한 이야기를 좌중에 알리고 난 연후에 앞줄의 사람들을 바라보며 말했다.

“어느 분부터 올라오시겠습니까?”

앞줄의 사람들은 흠칫하는 기색으로 눈을 끔뻑이는 가운데 흘깃 서로를 돌아볼 뿐, 아무도 선뜻 움직이지 않았다.

“계속 시간만 보낼 수는 없습니다.”

잠시 기다리던 황구가 재차 소리쳤다.

“안 올라오시면 제가 임의대로 순서를 정하고 호명할 것입니다. 그래도 좋습니까?”

“……”

여전히 앞줄에서는 아무도 움직이지 않았다.

그리하여 황구가 다시 그들을 향해 말을 꺼내려는 순간이었다.

한 사람이 불쑥 몸을 일으켰다. 앞줄의 가운데쯤에 앉아 있던 조금 냉막해 보이는 인상의 인물이었다. 그러자 갑자기 좌중에서 탄성과 환호가 터져 나왔다.

“와아!”

“칠도추혼 막붕이다!”

“이번에도 재미있겠는걸!”

그 순간 황구 역시 자신도 모르게 내심 아! 하고 탄성을 발했고, 머리를 끄덕였다.

달리 그런 것이 아니었다.

먼저 나설 자격이 있고, 승산도 얼마간은 바라볼 수 있을 법하다는 의미였다. 그럴 수밖에 없었다. 칠도추혼(七刀追魂) 막붕(莫鵬)은 어느 누구를 만나도 일곱 초식 이상 칼을 전개하지 않으며, 그것으로 누구든 이길 수 있다고 알려진 도의 달인이었으니까. 더구나 실력의 편차가 크다는 십청십홍 중에서도 수위를 다투는 인물이었다. 앞, 뒷줄을 통틀어 적어도 실력으로는 누구에게도 뒤지지 않을 사람이고. 그럼에도 앞줄에 앉고, 또 단봉문으로서도 그렇게 할 수밖에 없었던 것은 단지 남들처럼 번듯한 배경이 없다는 단점 하나 때문이었다.

"……."

잠깐 동안 몽천악을 응시하던 막붕이 이내 성큼 걸음을 내딛었다.

기대에 찬 사람들의 시선도 그를 따랐다. 하지만 그것은 잠시였다. 이내 사람들의 시선은 어리둥절함과 의혹으로 물들었다. 다른 이유가 아니었다. 뜻밖에도 그는 비무대가 아닌 군중들 속으로 걸음을 옮기고 있었던 것이다.

"칠도추혼 막 공자!"

보다 못한 황구가 소리쳤다.

"비무대는 여깁니다! 어딜 가십니까?"

"지금은 아닌 것 같소."

못 들은 척하고 걸음을 옮기던 막붕은 황구가 두 번이나 재차 불렀을 때야 이윽고 걸음을 멈추고 돌아보며 대꾸했다. 황구의 눈에 더한 의혹이 물들었다.

“지금은 아니라니요?”

“지금의 나로서는 이길 수 없는 상대요.”

막굉이 몽천악을 일별하며 말했다.

“당장은 칠 도(七刀) 아니라 칠십, 칠백 번의 칼질로도 어림없겠소. 아니, 어쩌면 그의 한 초식도 제대로 받아내지 못할지도 모르겠고. 그의 칼이 이루어내는 경로와 실린 역도조차도 파악하지 못하고 있으니, 나로서는 후일을 기약할 수밖에. 더 실력을 기른 후에, 그때는 내가 찾아서라도 비무를 청할 것이오.”

“……!”

“물론 나도 칼을 쥔 무인인 이상, 승패를 떠나 지금 당장 붙어보고 싶은 투기가 일지 않는 것은 아니지만, 불행히도 이 대회는 순수한 비무만을 목적으로 하는 것이 아니질 않소. 상대가 안 되는 걸 뻔히 알면서 나서서 쓸데없이 저 사람의 힘을 빼고, 그로 인해 다른 사람 좋은 일만 시키기는 싫소. 하기야 나와 겨룬다고 해서 작은 손해라도 있을지 의문이기는 하지만.”

“그럼 기권을 한다는 말입니까?”

“꽁무니를 뺀다는 것이 정확하오.”

막붕이 자조 어린 미소를 떠올리며 말했다.

“나도 지금부터 구경꾼이 되어 관람이나 하겠소.”

“허……!”

난감하고 당혹스런 얼굴로 탄식만 하는 황구였다.

몽천악의 막강하다라고밖에 표현 못할 무위를 생각할 때 일견 이해가 가지 않는 것은 아니었지만, 그래도 설마 다른 사람도 아닌 막붕이 이렇게 나올 줄은 꿈에도 생각 못했던 것이다.

그러나 그것으로 끝이 아니었다.

황구로 하여금 더욱 벌린 입을 다물지 못하게 하는 일은 그 다음에 일어났다. 기다렸다는 듯이 하나둘씩 슬그머니 몸을 일으키더니 그의 뒤를 따르는 것이 아닌가.

적은 수도 아니었다.

처음에는 그토록 호기롭고 거칠 것이 없던 폭도 맹추경을 포함해서 앞줄의 거의 절반에 다다랐고, 심지어 뒷줄에서도 상당수가 그러했다. 이유는 물어보나마나였다. 소강과 몽천악의 대결을 본 다음이었다. 적으나 보는 눈이 있는 자라면 알 터였다. 어찌할 수 없는 실력의 차이를. 몽천악은 고사하고 소강조차도 언감생심이었다. 더구나 자신들과는 달리 어쩌면 몽천악과 승부가 되지 않을까 은근히 기대하고 있던 막붕조차 아예 전의를 상실하고 스스로 도망가는 마당이었다. 그러니 그들로선 의욕도, 희망도 가질 수가 없었던 것이다. 사실 현명한 선택이기도 했고.

"이, 이런……!"

어쩔 줄 모르는 사람은 황구였다.

문주도 마찬가지였다. 까딱하다가는 대회가 이대로 마감되는 수가 있었다. 그것은 결코 바라는 바가 아니었다. 그래서 무언가 조처를 취하려는 순간이었다.

삑, 삐이익!

갑자기 요란한 호각 소리가 울려 퍼지는 것이 아닌가.

그것은 연무장 바로 바깥에서 나는 소리였고, 다름 아닌 외적의 무단 침입 같은 긴급한 상황이 발생했을 때나 울리는 단봉문의 경계 신호였다. 그리하여 단봉문의 인물들은 말할 것이 없고, 다른 사람들도 모두가 의혹 어린 시선을 감추지 못하며 소리가 들려오는 쪽을 향해 고개를 돌릴 때였다.

"으헛!"

"뭐, 뭐야!"

군웅들의 시선이 향하는 연무장의 담장 한쪽에 제 편한 대로 서거나 걸터앉은 채 이제껏 비무를 구경하고 있던 사람들이 돌연 놀란 소리를 지르는 가운데, 분분히 몸을 움츠리거나 그대로 담장 안으로 뛰어내리는 것이 아닌가.

달리 그런 것이 아니었다.

일단의 사람들이 담장을 훨훨 날아 넘어 들어오는 것을 본 때문이고, 또 그런 그들의 신법과 기세가 워낙 빠르고 강했기에 행여 무슨 해라도 입을까 그런 것이었다.

그렇지만 담장을 타넘은 사람들은 군웅들의 그런 소란에 아랑곳없이 곧장 비무대로 날아왔고, 언제 그렇게 빠르게 신법을 발휘했냐 싶게 일제히 신형을 정지했다.

다음 순간이었다.

"공후아다!"

"모용세가의 가주다!"

"동정어은이다!"

사람들이 소리쳤다.

그랬다. 그들이었던 것이다. 떠날 때와 조금도 다름이 없는 공후아. 그와 어깨를 나란히 하고 있는 금사포(金獅袍)를 걸치고 머리에는 봉황관(鳳凰冠)을 얹은 반백의 노인. 아마도 모용가주일 터였다. 그를 알아본 군웅들의 외침에서도 그러했고, 또 모용굉과 모용수를 비롯한 모용세가 사람들의 반응을 봐도 그러했다. 그리고 동정어은 백초량과 천운보의 흑운대주를 비롯한 다섯 명.

그들이 함께 온 것은 우연이 아니었다.

기실 백초량 등은 벌써 하루 전에 도착해 있었다. 그렇지만 사정도 모르면서 함부로 일행 앞에 나타나다가는 타초경사(打草驚蛇)의 우를 범할 수가 있는지라 다른 사람은 두고 백초량 혼자서만 은밀히 변복한 채 팽연을 찾았고, 그로부터 그간의 이야기를 자세히 듣고는 자신들이 나설 시기가 아니라는 판단 아래 모습을 드러내지 않았던 터였다. 물론 모용세가에서 제남으로 들어올 수 있는 길목을 이중, 삼중으로 지키는 가운데 공후아가 나타나기를 기다렸을 것은 당연지사. 그리하여 마침내 같이 올 수 있었던 것이다.

"노부 백초량, 뭇 강호 제현들께 인사드리오."

일부는 여전히 소란스럽고, 일부는 의아한 모습으로 바라보기만 하는 가운데 얼른 백초량이 나서더니 먼저 사방의 군웅들을 향해 포권을 취하며 입을 열었다. 그리고는 단봉문주를 향해 몸을 고정시키더니 더욱 정중하게 포권하면서 말했다.

"예가 아닌 줄 아오나 부득이한 사정이 있어 이렇게 예고도 없이 불쑥 찾아와 대회를 방해하는 죄를 범하게 되었습니다. 그 죄는 후일 갚도록 하겠으니, 부디 그 연고와 경위를 들으신 후 사건의 진위를 가름하는 장이 될 수 있게 도와주시고, 아울러서 증인도 되어주시기를 부탁드립니다."

"허, 이게 대체 무슨 일인지……!"

안 그래도 심사가 복잡한 단봉문주가 짐짓 더욱 침중한 얼굴로 중얼거렸다. 그러나 어떻든 대회의 개최자요, 일문의 주인이었다. 이내 단 끝으로 나선 그는 포권을 취하며 예의부터 차렸다.

"평소 흠모하던 백 대협을 이렇게 뵙게 되어 참으로 기쁘기 한량없습니다만, 또 공명정대하기로 소문난 백 대협의 요청이라면야 제가 무슨 일이든 못 도와드리겠습니까만, 하지만 저로서는 도시 무엇을 어떻게 해야 할지 모르겠으니 난망하기만 합니다. 우선 무슨 영문인지부터 말해주시겠습니까?"

"말씀드리지요."

백초량이 제꺽 말을 받았다.

그리고는 대번에 본론으로 들어가서는 유장하면서도 일목요연한 언변으로 제령장 사건 전반에 대해 이야기했다. 이어 몽천악 등과 조우하면서 벌어졌던 일들도 빠뜨리는 것 없이 늘어놓았다. 물론 사건에 관계되는 이야기만 했을 것은 두말할 것이 없고.

그사이 비무대에는 새로 여러 사람이 올라와 합류했고, 그러면서 세 무리로 갈라졌다. 몽천악과 공후아, 그리고 남청과 거웅에 이어 합세한 팽연 등이 한 무리였고, 급히 뛰어 올라와 자신들의 가주에게 인사를 하고는 연신 무어라 낮은 음성과 전음을 발하는 속에 자연스럽게 무리를 형성한 모용세가 사람들이 또 한 무리였다. 자연 나머지는 백초량을 비롯한 그와 함께 온 사람들이었고.

"그렇게 단정적으로 말하지 마시오!"

한참 막바지를 달리고 있던 백초량의 이야기를 끊으며 나선 사람은 모용굉이었다.

그로서는 그럴 수밖에 없었다.

백초량의 이야기에 처음엔 설마! 하는 기색을 보이던 군웅들이 갈수록 웅성거리고 있었다. 그의 말을 사실로 받아들이기 시작했다는 증거가 아니고 무엇이겠는가. 가만히 두다가는 무어라 변명도 못해보고 중인들의 공적이 되는 수가 있었다.

더불어 무엇보다 가주 때문이었다.

가주는 인사만 받았을 뿐 어떻게 여기까지 왔고, 또 무슨 이야기를 들었는지는 아무리 물어도 묵묵부답이었다. 그렇다면 공후아로부터 모든 것을 들었고, 그것을 어느 정도 사실로 믿고 있다는 가정을 하지 않을 수 없었다. 그러므로 어떻게든 백초량을 걸고 넘어져서 본질을 흐리고 왜곡시킬 필요가 있었다. 그래야 가주가 무슨 소리를 들었든지, 그래서 무슨 생각을 하고 있든지 간에 그것을 근본적으로 뒤흔들 수가 있었다. 그리하여 결국 자신이 앞으로 할 말과 주장을 진실로 받아들이게 만들 수가 있는 것이고.

"밝혀진 진실은 아무것도 없지 않소!"

격앙된 어조로 모용굉이 말을 이었다.

"그런데 그렇게 확정적으로 작아를 범인으로 지목하고 매도하다니! 작아는 결코 그럴 아이가 아니외다! 모용세가는 어디까지나 협(俠)과 의(義)를 가풍의 본령으로 삼고 있는 명문정파요! 도의에 어긋나는 짓을 하지 않는 것은 물론이거니와 거짓을 말하거나 사실을 은폐하지도 않소! 작아가 아직 많은 부족함이 있는 것은 사실이나 아무리 그래도 모용세가의 일원이외다! 제 입으로 자신의 짓이 아니라고 한 이상, 그것은 분명한 사실일 것이오! 또한."

"잠깐만 기다려 주시오, 모용 대협."

모용굉의 말을 자르고 나선 사람은 단봉문주였다.

"아직 백 대협의 이야기가 끝나지 않았소이다."

"지금 그의 말만 듣고 본 가는 괄시하자는 것이오?"

“그럴 리가 있겠습니까.”

짐짓 과하게 반발하는 모용굉을 향해 미소와 함께 머리를 흔들어 보이며 단봉문주가 말을 받았다.

“나는 다만 백 대협께서 먼저 이야기를 시작했으니 일단은 끝까지 들어보자는 것입니다. 그 후에 얼마든지 모용 대협께서 이야기하고 반박할 수 있는 일이란 것이고요. 사실 그것이 분쟁 해결의 전통적이고 일반적인 방식이 아니겠습니까. 양쪽 서로 간의 의견과 주장을 펼치는 데도 그렇고, 또 듣고 판단할 몫을 지닌 우리로서도 치우침없이 사건을 파악할 수 있기 위해서는 그것이 가장 좋은 방법으로 보입니다만. 그러니 조금만 기다려 주십시오.”

“하지만 너무 일방적이지 않소!”

답답하다는 표정으로 제꺽 말꼬리를 잡는 모용굉이었다.

“듣고 있자니 견딜 수가 없소이다! 아무려면 본 가가.”

“문주 말대로 지금은 가만히 있거라.”

이번에 모용굉의 말을 끊고 나선 사람은 모용가주였다.

“지금 나서봐야 일부러 방해라도 한다는 괜한 오해를 살 여지만 줄 뿐이다. 설마하니 네가 정말 그럴 의도를 가지고 있는 것은 아니겠지?”

그는 모용굉과 모용수가 인사할 때를 제외하고는 줄곧 눈을 지그시 반개한 채 바닥에 시선을 드리우고 있었는데, 말을 하는 와중에도 별반 다르지 않은 모습이었다. 또 말소리조차 낮았는지라 멀리 있는 사람들은 그가 말하는지조차 알 수가 없을 정도였다.

어떻든 그의 그런 태도와 말에는 모용굉도 어쩔 수가 없었다. 잠시 억울하고 안타깝다는 표정으로 가주를 바라보며 입술을 들썩였지만,

결국은 한숨을 내쉬더니 입을 다물었다. 그에 백초량은 다시 이야기를 시작했고, 오래지 않아 끝을 냈다.

그러자 단봉문주가 바로 나섰다.

"이제 모용 대협께서 말씀하시지요."

"내가 이 일을 접한 것은."

기다렸다는 듯이 나선 모용굉은 처음 몽천악 등과 조우하면서 사건을 알았을 때부터 이야기를 시작했다.

백초량과는 달리 그는 웅변이라도 토하듯 음성의 고저장단과 호소력을 총동원했고, 그 결과 단번에 사람들의 이목을 집중시키는 데 성공했다. 하지만 그뿐이었다.

크게 관련도 없는 듯한 사족 같은 이야기까지 장황하게 곁들여서 늘어놓았던 것이 문제라면 문제였다. 그러면서 절대로 모용작이 범인이 아니며, 결코 그럴 수도 없고 그럴 사람도 아니라는 사실을 나름대로 설명하고 이해시키려 들었으니. 그렇다고 타당한 근거가 있다거나 증명이 가능한 것도 아니었다. 거의가 앞에서처럼 모용세가와 그 명성을 운운하며, 그것으로 정당성을 확보하려 들었을 따름이다. 사실 문제는 이것이 더 크게 작용했을 터였다.

그렇지만 그로서는 그럴 수밖에 없는 일이었다.

모용작에게서 사건의 사실 관계만 확인했을 뿐 그 세세한 부분이나 과정에 대해서는 들은 바도 없고, 듣고 싶지도 않았던 그였다. 따라서 백초량이 조목조목 늘어놓았던 상황적 증거에 대한 반박조차 설사 거짓으로 둘러대는 것일지언정 그는 제대로 할 수가 없었다. 무조건 아니라고 잡아떼는 것 외에는.

그러니 어떠했겠는가.

　갈수록 사람들의 반응이 시큰둥할 수밖에 없을 것은 당연지사일 터였다. 모용굉도 바보는 아닌지라 곧 그것을 감지했고, 그리하여 생각을 바꾸지 않을 수 없었다.

◆제5장◆

모용가주(慕容家主)

"폐일언하고."

우선 그는 좌중을 둘러보는 가운데 그대로 이야기를 마무리할 듯이 하며 잠시 뜸을 들였다. 그 다음 이내 백초량을 직시하고는 정광을 빛내며 윽박지르듯이 말했다.

"이제 본론으로 들어갑시다."

"새삼 본론이라니요?"

"본론이지요."

백초량의 어이없다는 표정을 무시하며 모용굉은 제꺽 말을 받았다.

"당신이 마음대로 본 가의 젊은 영재를 매도했으니, 그것을 증명해야 하지 않겠소? 당신은 분명히 알아야 할 것이오. 모두가 수긍할 만한 증거나 증인이 갖춰지지 않는다면, 본 가는 물론이고 강호동도들이 먼저 당신을 용서하지 않을 것이란 것을."

“듣던 중 반가운 소리요.”

백초량이 냉소를 머금고 대꾸했다.

“안 그래도 그것을 위해 굳이 실례를 무릅쓰고 이 자리까지 온 것이오. 많은 중인들이 보는 자리에서 철저히 진실을 규명하고, 그리하여 도무지 인정도 반성도 할 줄 모르는 철면피를 만천하에 공개하여 일벌백계하기 위해서 말이오.”

“말은 필요없소!”

차가운 콧방귀와 함께 모용굉이 말했다.

“입에 기름칠을 한 것 같은 당신과는 더 이상 왈가왈부하기 싫으니, 감히 내 조카를 천인공노할 인간으로 몰고 있는 당신의 그 잘난 물증이나 어서 보이시오!”

“분부 받들지요.”

어이쿠, 그러냐는 얼굴로 짐짓 포권까지 해 보인 백초량이 이내 고개를 돌리더니 흑운대의 대주에게 고갯짓을 했고, 그러자 흑운대주가 곧 군웅들 속의 한곳을 향해 소리쳤다.

“데리고 나오너라!”

그러자 군웅들 속에서 세 사람의 건장한 장한이 다른 세 사람을 데리고 나오더니, 그들을 부축하거나 안고는 몸을 날려 비무대로 올라서는 것이었다. 그리고는 데리고 나온 사람들을 백초량의 앞에 놓아두고 자신들은 흑운대주의 뒤로 가서 섰다.

남겨진 세 사람은 한눈에 봐도 무림인이 아니었다.

달리 그런 것이 아니라 한 사람은 환갑이 다 되어 보이는 얼마간 허리 구부러진 노파였고, 다른 두 사람은 청년들이기는 해도 어디 한곳 무인의 징후가 보이지 않았던 데 더해 둘 다 불안한 눈동자를 이리저리 굴리는 것이 누구라도 그것을 알 수 있을 정도였다. 그리하여 그들을 본 모용굉이 가소롭고 어이없다는 표정을 감추지 않으며 무어라 말을 꺼내려는 찰나였다.

"부탁이 있소."

불쑥 백초량이 그에게 말했다.

"나중에 당신에게도 기회를 줄 테니, 내가 이들에게 묻고 이야기를 듣는 동안 훼방을 놓지는 말아주시오."

"허허, 이거 참, 무슨 장난을 하자는 건지……."

실소부터 흘리는 모용굉이었다.

"어디 마음대로 해보시구려."

"고맙소이다."

정말 고맙다는 듯이 포권까지 해 보인 백초량이 그중 한 청년에게 먼저 말을 건넸다.

"우선 신분을 밝혀주게."

"이, 이름은, 과, 곽삼이고……."

목을 움츠린 채 눈동자를 굴리며 주변에 둘러선 사람들을 한참이나 일별한 다음에야 백초량에게 시선을 준 청년이 이윽고 기어들어 가는 목소리로 더듬거리며 말했다.

"저, 점소이를 하고 있습니다."

"어느 곳의? 어떤?"

"제, 제령장이 있는 마을의 보, 복록객점(福祿客店)이라는 곳이 제, 제가 일하는……."

"그날의 일을 말해보게."

백초량이 말을 잘랐다.

“사건이 일어나기 전날, 자네가 보고 들은 것을 모두 말일세.”

“그, 그러니까, 그날 낮에…….”

점소이가 여전히 더듬거리는 어투로 말하기 시작했다.

그 내용은 제남으로 오는 도중에 백초량 등으로부터 몽천악 등이 들은 것과 그리 다르지 않았다. 다른 것이 있다면 좀 더 자세하다는 것뿐이었다. 점소이는 모용작과 냉가 형제의 전체적인 모습뿐만 아니라 행동거지까지 기억하고 있었다. 물론 그들이 대로를 지나는 제령장의 여식에 대해 자신에게 물은 것과 그들끼리의 대화 중 자신이 들은 것을 기억하는 것은 말할 것도 없고.

“좋네. 잘 들었네.”

점소이의 이야기가 끝나자 백초량이 머리를 끄덕이며 말했다.

“마지막으로 한 가지만 확인해 주게.”

“무, 무엇을 말씀인지……?”

“그들이 원래는 이삼 일 묵어간다고 했다가 바로 다음날 이른 오전에 일찌감치 객점에서 나섰다는 것 말일세.”

“그, 그것은, 부, 분명합니다.”

점소이가 제꺽 대답했다.

“제, 제가 그, 그분들을 모셨기에 부, 분명히 그랬던 것을 기, 기억하고 있습니다.”

“알겠네. 수고했네.”

이어 백초량은 누가 무어라 입을 열 기회를 주지 않고 이내 다른 청년에게 질문을 던졌고, 그로 하여금 그 자신의 직업을 비롯한 사건에 관계된 모든 이야기를 하도록 만들었다.

청년은 제령장이 있는 마을의 유일한 포목점이자 잡화상이기도 한 상점의 점원이었다.

그는 모용작 등이 그날 오전에 자신의 상점에 들렀으며, 벙거지와 커다란 모자를 비롯한 바람막이 외투와 신발을 사 갔다는 것을 진술했다. 이어 늦은 오후에 다른 볼일로 나갔다가 산사(山寺)로 오르는 외진 길목에서 그들이 자신으로부터 산 것들로 변복을 한 채 배회하고 있는 것을 목격했다는 것도 아울러 증언했다. 더불어 그 물품들이 제령장주 딸의 변사체가 유기된 곳에서 그리 멀리 떨어지지 않은 장소에 버려져 있던 것과 똑같다는 것이 확실하다는 진술도 했다. 또한 한 흑운대의 무사가 내놓은 보자기 속의, 제령장에서 증거품으로 가져왔다는 옷가지와 모자들이 그것이라는 것도.

이렇게 되자 모용굉은 더 참아내지 못하고 곧장 무어라 입을 열어 항변을 하려고 시도했다.

하지만 이번 역시 대번에 제동을 걸고 들어오는 사람들 때문에 뜻을 이룰 수가 없었다. 단봉문주 등이 그들이었다. 사실 그들뿐이었다면 겁날 것이 없었지만, 거기다 공후아까지 가세를 하고 들어왔으니 그로서는 불가항력인 셈이었다.

이제 마지막으로 노파였다.

노파는 제령장이 있는 곳에서 커다란 산을 두 개 넘어야만 나오는, 족히 수십 리는 떨어진 인근 현의 사람이었고, 그 현의 초입에 있는 작은 주점(酒店)의 주인이었다. 그녀는 모용작 등이 자시(子時)도 한참이 지난 한밤중에 들이닥쳐서는 자신을 깨워 술을 마셨으며, 그 와중에 늘어놓는 말들로 미루어 그들이 제령장이 있는 마을에서 부랴부랴 달려왔다는 것을 알았다고 했다. 더불어 취중 음담패설 가운데 오늘의 그 계집은 어떻다느니, 없애길 잘했다느니 하는 등의 말까지 들었다고 증언했다. 당시 객점엔 그들밖에 없었고, 자신은 객청과 맞닿아 있는 자신의 방에 있었으며, 그래서 듣고 싶지 않아도 그들의 이야기가 선명하게 귀로 흘러들어 왔다는 것까지.

"나는 이것으로 끝이오. 들을 건 다 들었소."

노파의 이야기가 끝나자 백초량이 모용굉을 돌아보며 말했다.

"이제 당신 차례요. 더 알고 싶은 것이나, 혹은 의문점이 있다면 얼마든지 물어보시오."

"농담하는 게요?"

모용굉은 콧방귀부터 뀌며 대꾸했다.

"우리가 세 살 먹은 어린앤 줄 아시나 보구려!"

"그게 무슨 소리요?"

"당신 같으면 이 상황에서 상대의 장단에 놀아나겠냔 말이오."

어리둥절해하는 백초량을 향해 모용굉이 냉소를 머금으며 대꾸했다.

"대관절 이 사람들이 뭐요? 뜬금없이 데려와서 얼토당토않은 이야기를 늘어놓게 하고는, 우리더러 대체 뭘 어쩌란 말이오? 우리가 바보요? 어떻게 우리가 이자들의 말을 믿고, 또 그것으로 증거를 삼을 수가 있단 말이오? 당신들에 의해 짜인 각본을 안 그런 척 읊조리는 줄 어떻게 알고? 또 당신들이 가져온 그 증거품들이란 것 역시 그런 의미에서는 마찬가지고. 안 그렇소?"

"우리가 날조라도 하고 있다는 것이오?"

"글쎄, 그걸 누가 알겠소만."

여전히 냉소 어린 얼굴로 모용굉이 말했다.

"이 사람들을 증인으로 삼고, 또 그들의 말을 진실이라 주장하고 싶다면 다른 것은 차치하고라도 최소한 이 사람들의 신원을 보증해 줄 사람은 있어야 하지 않겠소? 당신들과 하등 연관이 없는, 그리고 그럴 만한 명성이나 인품을 지닌 사람으로 말이오. 하물며 여기는 이들이 산다는 곳과는 너무도 멀리 떨어진 곳이오. 당신이라면 덥석 아이고, 그렇습니까 하고 믿겠소?"

"……!"

이제껏 막힘이 없던 백초량의 입에서 한순간 말이 나오지 않았다.

듣고 보니 틀린 말이 아니었던 것이다. 빨리 오기 위해 급히 서두른 데다 증인과 증거라는 일차적인 것에만 집착한 것이 실수라면 실수였다. 그러나 백초량은 이내 본색을 회복했다. 이제 와서 그 문제를 어떻게 할 수는 없었지만, 그렇다고 여기서 다시 물러선다는 것은 말이 되지 않는 일이었고, 또 달리 방법이 없는 것도 아니었던 것이다. 그래서 무어라 막 입을 열려는 순간이었다.

"빈도가 끼어들어도 될는지 모르겠소이다."

단 위에서 불쑥 말하며 나서는 사람이 있었다.

낡고 헤진 도복(道服)에 도관(道冠)이지만 깨끗하고 단정하게 차려입은 차림새도 그렇고, 또 탐스런 백미(白眉) 백염(白髥)에 더해 그보다 더 길고 윤기가 흐르는 불진(拂塵)을 들고 있는 모습도 그렇고, 어딘가 범상치 않아 보이는 노도(老道)였다.

자연스럽게 사람들의 시선이 그에게로 몰리는 가운데, 그는 누구에게랄 것도 없이 비무대의 사람들을 향해 포권을 취해 보이더니, 이내 모용굉을 직시하며 말을 이었다.

"빈도를 아시지요?"

"알다마다요."

얼른 포권하며 모용굉이 대답했다.

"도력 높기로 이름난 모산(茅山)에서도 최고의 배분이시자 선학(仙學)에 있어서는 따를 사람이 없다고 세간에 우러름이 자자한 청구자(淸垢子) 선배님을 제가 어찌 모르겠습니까. 안 그래도 오늘 뜻밖에도 평소 흠모하던 선배님을 뵙고 인사를 나누면서 놀라고 기쁜 마음을 가눌 길이 없었는데……."

"그럼 빈도는 어떻겠습니까?"

청구자가 재차 물었다.

"자격이 있겠습니까?"

"……?"

모용굉이 어리둥절한 얼굴을 했다.

"무슨 말씀이신지……?"

"저 사람들 이야기입니다."

청구자가 제령장의 증인으로 나온 노파 등을 손짓하며 대꾸했다.

"만약 저들의 신원을 제가 보장할 수 있다고 한다면 어찌하시겠냐는 말씀입니다."

"……!"

모용굉의 안색이 홱 변했다.

그럴 수밖에 없었다.

기실 그가 조금 전에 늘어놓은 청구자에 대한 말은 조금도 빈말이 아니었다. 청구자는 모산의 도사들 중에서는 드물게 강호에 발이 넓고, 그러면서도 도사로서의 고고하고도 신중한 품위를 잃지 않기로 소문난 사람이었다. 또한 도사답게 일반의 세사에는 초연하기 그지없었지만 불의를 보면 참지 않을 줄도 알았고, 어쩔 수 없이 세사에 끼어드는 경우엔 공정하고 치우침이 없기로도 유명했다. 더불어 본신의 공부도 상당했고. 한마디로 강호에서 신망이 두터운 사람이었다. 하기야 그래서 이번에 단봉문에서도 애써 참관인 중의 하나로 모셔 와서는 깍듯하게 대접하고 있었던 것이고.

그런데 그런 그가 증인들의 신원을 보증하겠다고 나섰으니.

모용굉으로서는 아닌 밤중의 홍두깨 격으로 뒤통수라도 한 대 두들겨 맞는 듯한 기분이 아닐 수 없었다. 더불어 다 된 밥에 코라도 빠뜨리는 심정이었고, 나아가 무언가가 가슴속에서 덜컥 하고 내려앉는 것 같은 불안한 기분까지 느끼지 않을 수가 없었다.

하지만 그렇다고 마냥 가만히 있을 수도 없는 일.

"도장께서 보증하신다면야 달리 무슨 이의가 있겠습니까만."

그는 재빨리 생각을 추스르며 입을 열었다.

"그렇지만 사안이 사안인지라 그 내막을 알아보지 않을 수는 없는 일. 혹시 과거부터 저들을 알고 있기에 그러시는 것입니까? 아니면 다른 곡절이 있는지……?"

"정확히는 한 사람입니다."

청구자가 노파를 가리키며 말했다.

"저 사람은 예전부터 잘 알고 있습니다."

"아……!"

탄성은 백초량과 흑운대주 등의 입에서 나왔다.

환호의 의미를 담고 있는 탄성이었다. 안 그래도 뜻밖의 원군이었는데, 그렇다면 결정적일 수 있었기에 그러했다.

"우선 빈도의 친구 이야기부터 해야겠군요."

청구자가 말을 이었다.

"빈도에게 여러 강호의 친구들이 있는데, 그중에서도 술 때문에 아직 죽지도 못한다고 할 정도로 술이라면 사족을 쓰지 못하는 늙은 거지 친구가 하나 있습니다. 여러분들도 아마 모르지는 않으실 것입니다. 벌써 수십여 년 전부터 안휘(安徽)의 변두리에 있는 개방의 작은 분타(分打)에서 칩거하다시피."

"주준활개(酒樽活丐)!"

청구자의 말을 더 들을 것도 없다는 듯이, 그리고 특정한 어느 누구라고 지칭할 것도 없이 장내 대부분 사람들의 입에서 거의 동시에 튀어나오다시피 한 소리였다.

그럴 만도 했다.

왜냐하면 별호의 주인은 너무도 유명한 사람이었던 것이다. 좋은 방면으로 그런 것이 아니었다. 차기 방주로 극진히 키워지다가 결국 그 지위를 박탈당하고 만, 개방에서는 좀처럼 드문 경우를 연출한 사람이기에 그러했다.

거기다 기인이사가 많기로 소문난 개방에서도 둘째가라면 서러워할 만큼 무서운 솜씨를 지니고 있으면서도 안휘의 분타랄 것도 없는 다 쓰러져 가는 소규모 분타의 만년 분타주로밖에 머물지 못하고 있고, 본인 역시 조금도 벗어날 생각을 않는 사람이기에 또한 그러했다. 그리고 무엇보다 그 이유가 모두 술 때문이라는 것을 온 강호가 다 알 정도로 술꾼이었기에 더욱 그러할 수밖에 없었고. 오죽했으면 이름은 아예 부르는 사람이 없어 본인마저·잊어버렸다고 할 정도이고, 또 별호마저 주준활개이겠는가. 술통 속에 빠져 사는 거지라니. 사실 별호라고 하기에도 민망한 것이었다.

하기야 그것도 오감하다고 할 수 있었다.

도리어 개방 내의 배분있는 사람들은 아예 그를 주충(酒蟲)이니, 주중악귀(酒中惡鬼)니, 주유악충(酒卣惡蟲)이니 하는, 참으로 고상하지 못한 호칭으로만 불렀으니.

"그렇습니다."

청구자가 웃으며 머리를 끄덕였다.

"그렇다 보니 비록 빈도는 술을 좋아하지 않지만, 그 친구를 만날 때면 꼼짝없이 주점으로 끌려가지 않을 수가 없답니다. 특히나 그 근간에 괜찮은 술집이라도 발견했을라 치면 그곳이 어디든, 시간이 어떻든 가리지 않고 만나자마자 어김없이 빈도를 납치하다시피 데려갔지요. 딴에는 대접을 한답시고 말입니다."

"……."

"그런 중에 알게 되었지요."

한 호흡 쉰 청구자가 노파를 눈짓하며 말을 이었다.

"벌써 십 년도 더 된 것 같군요. 도화주(桃花酒) 하나만큼은 기가 막히게 담는 데가 머잖은 곳에 있다면서 언제나처럼 무작정 나를 끌고는 제 말과는 달리 백 리도 더 달려서 저 사람의 주점으로 이끌고 갔던 것이. 그 후로도 서너 번인가 갔고요. 작년 중반쯤이 마지막이군요, 그 이후로는 아직 그를 찾아가지 못했으니. 어떻든 그런 연고로 저 여인의 말이 적어도 신분상에 있어서는 모두 사실과 다름이 없다는 것을 빈도가 보증할 수 있소이다."

"……."

"그 말 진짜야?"

모용굉이 소태라도 씹는 듯한 표정으로 노파를 바라보고, 또 다른 사람들도 새삼 노파를 바라보는 가운데 찾아온 짧은 침묵을 깬 사람은 공후아였다.

"정말 좋아?"

"예? 무슨……?"

뜬금없는 물음에 청구자는 어리둥절한 얼굴을 할 수밖에 없었다. 그러자 공후아가 입맛을 다시며 재차 물었다.

"도화주 말이야. 정말 주충, 그놈이 말한 대로 기가 막힐 정도로 맛있었어?"

"그, 글쎄요……."

청구자가 황당하다는 얼굴로 더듬거렸다.

"술을 즐기지 않는 저로서는 무어라 드릴 말씀이……."

"어떻든? 말코, 너도 마셔는 봤을 거 아냐?"

목숨이 경각에 달린 일이라도 되는 양 제꺽 다그치는 공후아였다.

"설마 입에도 대지 않았다는 말은 아니겠지? 그렇다면 널 끌고 다닐 주충 놈이 아니잖아! 아니, 괜찮은 술집을 찾았다고 널 보자마자 데리고 갈 정도라면 너도 상당한 술꾼이란 이야기나 마찬가지지! 그렇지 않고서야 주충, 그놈이."

"마시기는 했습니다만."

더 됐다간 무슨 험한 소리가 나올지 모르겠는지라 청구자는 얼른 말을 채뜨렸다.

"그런데……."

"그런데?"

"솔직히 말씀드리면."

바짝 다그치고 드는 공후아의 모습에 청구자가 할 수 없다는 듯이 한숨을 내쉬며 말했다.

“저는 전혀 아니었습니다.”

“엥? 전혀 아니라니?”

공후아의 눈이 동그래졌다.

“맛이 없었어?”

“일반 시중의 것보다도 못했습니다. 향기도 맛도 그랬습니다. 적어도 제 입에는…….”

“그럴 리가……!”

공후아가 못 믿겠다는 얼굴로 눈을 끔뻑거렸다.

“혹시 그때 네 입맛이 이상했다던가, 그런 거 아냐?”

“한두 번도 아닌데 계속 입맛이 이상했을 리야 있겠습니까. 다만 제가 술맛을 잘 몰라서 그럴 수는 있겠다 싶어 지난해에는 따로 호로병을 준비했다가 얼마간 담아 가지고 가서는 술을 좋아하는 다른 벗들에게 맛보여 봤습니다.”

“그랬더니?”

“마찬가지였습니다.”

청구자가 머리를 저으며 대꾸했다.

“그들도 저처럼 독하기만 할 뿐, 시중의 도화주보다도 훨씬 못하다고 했습니다. 아니, 더 정확히 말하면 마치 맹물에다가 아무 향기도 없는 화주(火酒) 같은 다른 독한 술을 섞어 넣은 것처럼 무미건조하기 짝이 없다고 했습니다.”

“그것참……!”

공후아가 도무지 이해가 가지 않는다는 얼굴로 고개를 갸웃거렸다.

그것은 흥미 어린 시선으로 두 사람을 주목하고 있던 장내의 다른 술을 좋아하는 사람들도 그리 다르지 않았다. 어찌 그렇지 않겠는가.

천하가 인정하는 술꾼 주준활개였다. 그런 그가 기가 막힌다고까지 칭찬한 술이었고, 더구나 먼 길을 몇 번이나 친구에게 대접하고자 데려갈 정도였다. 특별해도 한참 특별한 술이라야 했다.

그런데 대접받은 당사자는 전혀 아니라니. 누구도 공감이 가지 않을 이야기일 수밖에 없었다.

특히나 공후아의 곤혹은 더 컸다.

왜냐하면 제 습관대로 과거 그는 주준활개를 보자마자 흥이 동해 그와 얼마간 붙어 다녔었고, 그러면서 최소한 술에 관한 한은 그 어떤 것에서든 그의 뒤꿈치도 따라갈 수 없다고 애초에 손발 다 든 기억이 있었기 때문이다.

"어떤 잔이었어?"

공후아가 돌연 무언가를 떠올린 얼굴을 하더니 급히 물었다.

"그놈은 어떤 잔으로 마셨어? 제 거야? 주점 거야?"

"자신의 옥배(玉杯)였습니다."

청구자가 눈을 끔뻑거리며 대꾸했다.

"때로는 그것은 저를 주고, 금배(金杯)에 마시기도 했고요."

"그렇다면 더욱 이상하잖아!"

공후아가 인상을 찡그렸다.

다른 이유가 아니었다.

주준활개에게는 한 가지 기이한 버릇이 있었다. 본래 그는 개방 제자라면 누구나 지니고 다니는 신분을 나타냄과 동시에 비럭질에도 쓰는 마대 자루 외에도 또 하나를 더욱 신주단지처럼 차고 다녔는데, 거기에는 다름 아닌 그가 보물처럼 여기는 수십 개의 다양하고 진귀한 술잔들이 들어 있었다. 그리하여 귀하고 맛있는 술을 발견하면 반드시 그 풍미에 맞추어 알맞은 잔을 꺼내 마셨고, 바로 그것이었다. 진정 주당다운 면모라면 면모였고, 일종의 괴벽이라면 괴벽이었다.

그러나 그것은 단순히 그렇게 치부하고 말 것만은 아니었다.

그것은 또한 다른 사람들에게는 세상에서 가장 정확하고 분명한 잣대를 제공하기도 했다. 그가 어떤 술잔을 쓰느냐만 봐도 그 집의 술의 수준이 어떤지를 단번에 알 수 있었으니 그럴 수밖에 없었다. 따라서 그의 괴벽은 술에 관한 한 최고인 사람이 무언으로 내보이는, 누구도 감히 반박 못할 절대적인 평가이기도 한 셈이었다. 그래서 술을 만들어 파는 주루 같은 곳에서는 그를 역병처럼 두려워하기도 하고, 반대로 재신처럼 여기며 추앙하기도 했다. 그가 제 술잔을 꺼내느냐 아니냐는 단순한 행위 하나에 따라 그 주루의 술에 대한 사람들의 인식이 달라지고, 더불어 장사의 흥망이 결정되어 버리기 때문이다.

그랬으니 공후아를 비롯한 다른 사람들은 물론이고 청구자마저 자신이 말해놓고도 의아하고 이상한 표정을 지우지 못하는 것이 어쩌면 당연한 일일 터였다.

그런데 그때였다.

"진짜 술꾼은 알지요."

불쑥 한 사람이 말했다.

"내 도화주가 얼마나 좋은 것인지는."

노파였다. 그녀는 얼마간 두려움이 가시지 않은 눈빛 속에서도 자부심을 드러내며 조심스럽게 말을 이었다.

"듣자 하니 주점을 열었던 십여 년 전부터 거의 한 달에 한두 번은 꼭 들러서 도화주를 찾는 노화자(老花子)를 말하는 모양인데, 그야말로 진정한 주당이지요. 그는 단번에 내 도화주가 진미(珍味)라는 것을 알아보았으니까요."

"어떻게 진미라는 거야?"

공후아가 말꼬리를 잡았다.

"어째서 다른 사람은 그 맛을 모르는 것이고?"

"이야기하자면 길어질 것 같습니다만……."

"아무리 길어도 상관없어. 말해."

노파가 얼마간 불안과 망설임이 깃든 눈으로 쭈뼛쭈뼛 주변을 둘러보고, 또 주변의 다른 사람들도 술이라면 자다가도 일어날 정도로 좋아하는 몇몇 사람들을 제외하고는 거의 모두가 갑자기 화제가 이상한 데로 빠지는 것에 대한 어이없음과 불만 어린 기색이 완연했지만, 특히나 제령장 일에 관련된 사람들은 더욱 그러했고. 그러나 조금도 개의치 않는 공후아였다.

그럴 수밖에 없었다.

기실 그에게 있어 제령장의 일은 적당히 재미있는 흥밋거리이자 소일거리에 불과했지만, 술에 관한 것은 당장 오감이 작동하는 무엇보다 급하고 구미가 당기는 문제였던 것이다.

공후아가 재차 노파를 재촉했다.

"얼른 이야기해 봐."

"제 도화주는 가전(家傳)의 술입니다."

슬쩍 눈치를 보면서 노파가 다시 입을 열었다.

"먼 선대부터 전해 내려온 가전의 비법으로 만듭니다. 그래서 다른 도화주와는 차이가 있을 수밖에 없고요. 그러나 그렇다고 해도, 그리고 돌아가신 할아버지와 아버지로부터 참으로 훌륭한 술이라는 말을 수없이 들었어도, 사실은 근년까지 저도 과연 그런지는 전혀 몰랐습니다. 저도 술을 좋아하기는 합니다만, 그것은 빚는 과정과 그 향취에 대한 것일 뿐 마시는 것을 즐기지는 않는지라 무엇이 어떻게 좋은지 판별할 수가 없었던 이유지요. 또한 과거 친가(親家)와 시가(媤家)에서 곱게 안방을 지키고 있었을 때는 물론이고, 남편이 일찍 떠나 버린 후 가세가 기울어 주점을 차리고 난 후에도 도화주가 좋다는 사람이 거의 없었기 때문이기도 하고요."

"……!"

"오히려 주점을 하면서 남에게 배우고, 또 들은풍월로 만든 다른 술들이 훨씬 손님들로부터 사랑을 받았으니까요. 안 되겠다 싶어 거의 이문을 남기지 않을 정도로 도화주를 싸게 팔았음에도 불구하고 말입니다. 만약 한 번씩 찾아와서는 참으로 애지중지하면서 마셔주는 그 노화자가 아니었다면, 어쩌면 벌써 오래전에 도화주 만들기를 포기했을지도 모릅니다."

"……."

"그런데 얼마 전부터였지요."

잠시 말을 끊었던 노파가 계속했다.

"뜻밖에도 저도 드디어 그 진미를 알 수 있게 되었답니다. 그래서 어째서 아버지와 그 노화자가 도화주를 그토록 좋은 술이라고 했는지도 그제야 이해했고요."

"어떻게 알았는데?"

"냄새입니다."

"냄새……?"

"그렇습니다."

노파가 크게 머리를 끄덕였다.

“저는 냄새로 알게 되었습니다. 좋은 술은 확실히 냄새가 다르더군요. 고래(古來)로부터 똑같은 술이라도 담는 시기와 통에 따라 다르고, 숙성 시기에 따라 그 맛이 천차만별이라고 하지 않습니까. 맛과 향으로 그것을 구분하고, 또 그렇게 알아낼 수 있어야 진정한 주당이라고 이르고요. 그런데 저는 어느 순간부터인가 주향을 맡는 것만으로 그 모든 것을 알 수 있게 되었습니다. 사실은 지금도 맛으로는 아무것도 모르고요. 어떻든 그렇게 되자 자연 제 도화주가 얼마나 좋은 술인지도 알게 되었지요.”

“허……!”

“저도 어떻게 해서 한순간에 갑자기 그렇게 될 수 있었는지는 잘 모릅니다. 다만 십수 년을 매일같이 술을 빚고, 또 술과 생활하면서 주향을 맡다 보니 나도 모르게 어느 순간부터 그 향의 차이를 느끼게 되었고, 그리하여 분별력이 생긴 것이 아닐까 추측해 볼 따름입니다. 만약 제가 술을 좋아해서 자주 마시는 사람이었다면, 아마도 이렇게 되지는 못했을 것입니다.”

“그럴듯한 추측이야.”

공후아가 크게 머리를 끄덕였다.

“아마 틀림없을 거야. 그것도 일종의 탈각이라면 탈각이라고 할 수 있는 일이고, 그러니 얼마든지 그런 식으로 올 수도 있을 거야. 종류가 다르기는 하지만, 불과 얼마 전에 그 비슷한 경우를 직접 눈앞에서 보기도 했으니…….”

뒷말을 흐리며 공후아가 힐끔 몽천악을 일별했다.

하지만 그것이 무엇을 뜻하는지 모르는 노파는 그저 동의해 주는 것이 감사하다는 얼굴로 슬쩍 고개를 숙여 보이더니 말을 이었다.

“원래 가전의 도화주는 특별한 방법으로 주정(酒精)을 만들어서는 갓 피어난 도화(桃花)만으로 향을 가미한 후, 비전에 의해 삼 년 이상을 숙성시켜야만 됩니다.”

“삼 년이나?”

“그렇습니다.”

노파가 머리를 끄덕였다.

“그래야 무미건조하지도 천박하게 짙지도 않은 은은하고 그윽한 향이 머무는 듯 마는 듯한 가운데 가전 도화주 본연의 담백하고도 깊은 맛이 우러나오기 때문입니다. 또 다른 술과 달리 한 번 제대로 맛이 들면 어지간해서는 변하는 법이 없는 것도 그래서이고요. 사실 그 모두가 비전의 주정으로 인한 것이기도 합니다. 더불어 또 그로 인해 진정한 주당 외에는 입맛을 당기게 하지 못한다는 난제가 생기는 것이기도 하고요. 주정 자체가 워낙 담백한데다 숙성되면서 또 도화 향조차 희석시키고 감추어 버리는 것이 원인입니다. 술에 정말 정통하지 않고서는 좀처럼 그 주향조차 정확히 알아챌 수가 없으니까요. 따라서 그 진가는 더욱 알 수가 없을 것은 당연한 일. 그래서 진정으로 알아주는 사람이 드물 수밖에 없고요.”

“그랬군요!”

청구자가 탄성처럼 말했다.

“그래서 빈도나 빈도의 다른 친우들로서는 그 맛을 알 수가 없었던 것이군요.”

“그런 술이 있었다니!”

거의 동시에 공후아가 말했다.

“좋아! 내 후일 반드시 마셔보도록 하지!”

“나도! 나도 데려가 줘!”

거웅도 거들었지만, 공후아는 거들떠보지도 않았다. 대신에 언제 그렇게 술에 집착했느냐는 듯이 냉엄한 얼굴을 하고는 모용굉 등에게로 고개를 돌리더니 말했다.

“더 할 말이 있느냐?”

“……!”

“모산의 말코도사에 더해 이제 주충, 그 인간까지 신원 보증인으로 등장한 셈이다. 그게 아니라도 이 정도면 이들의 신원을 더 의심하지 못할 일이고. 그렇지 않느냐?”

“그, 그렇기는 합니다만…….”

모용굉은 당황함과 난감함을 감추지 못하는 속에서도, 그러나 포기하지 않았다. 힐끗 모용가주와 모용수를 일별한 다음 그는 굳은 얼굴을 하고 말을 이었다.

“저들의 신원이 보증되었다고 해서 저들의 말을 모두 사실이라고 믿을 수는 없지 않겠습니까?”

“그건 또 무슨 소리냐?”

“생각해 보십시오.”

공후아의 눈길이 날카로워지자 모용굉은 움찔 시선을 피하면서도 입만은 조금도 그렇지가 않았다.

“정말 이들이 자신들이 말한 곳에 살고, 또 그런 직업을 가지고 있다고 해도 그렇습니다. 그렇더라도 저들의 말을 믿을 수는 없습니다. 왜냐하면 이들은 제령장 인근에 사는 사람들이기 때문이고, 또한 그사이 시간도 충분했기 때문입니다. 물론 꼭 그렇다는 것은 아닙니다만, 그러나 하고자만 한다면 얼마든지 저들로 하여금 사실이 아니거나 다른 이야기를 하게 할 수도 있을 것입니다. 다른 것 필요없이 은자 몇 푼만 쥐어줘도 얼씨구나 하고 시키는 대로 할 자들이 아니겠습니까! 당사자들도 없는 마당에."

"함부로 말하지 말아요!"

대뜸 반발하고 나선 사람은 노파였다.

처음엔 일말의 불안과 두려움을 감추지 못하던 그녀였지만, 도화주 이야기를 하면서 마음이 풀어지고 안정이 된 듯 이제는 제법 카랑카랑한 음성에 노여움마저 서려 있었다.

"내 비록 궁벽한 곳에서 허름한 주점을 하고 있지만, 이날까지 단 한 번도 도의에 어긋난 짓은 하지 않고 살았어요! 돈에 팔려 양심을 저버린 적은 더욱 없고요! 그런데 은자 몇 푼에 어쩐다니! 내가 여기까지 온 것은 억울하게 희생된 한 낭자의 이야기가 남의 일 같지 않았기 때문입니다! 사람을 함부로."

"그만! 됐소이다."

노파의 말을 자른 사람은 백초량이었다.

이어 그는 여전히 노기를 감추지 못하는 노파를 비롯한 다른 두 사람을 한쪽으로 물러서게 손짓한 다음 모용굉에게 말을 이었다.

"그러니까, 증인이고 증거고 하나도 못 믿겠다, 이 말이오?"

"우리 아닌 누구라도 마찬가지일 것이오."

모용굉이 냉랭하게 대꾸했다.

"당신들의 일방적인 주장만 듣고 어떻게 믿겠소? 당사자인 작아와 냉가 형제도 없는데 말이오. 적어도 그들이 있는 자리에서 공정한 절차에 의해 양측의 심문과 대질이 이루어고, 그리하여 진실이 규명된 다음이라야 하지 않겠소?"

"그럼 한 가지 묻겠소."

"물어보시오."

"모용작과 냉가 형제, 그들은 어디 있소?"

"내가 묻고 싶은 말이외다."

모용굉이 백초량을 직시하며 말했다.

"아무 말 없이 사라질 아이들이 아니오. 더구나 당신들이 씌우고자 하는 억울한 누명을 백일하에 벗기겠다고 당신들을 기다리고 있던 아이들이외다. 그래서 나는 아까부터 입이 근질근질했소. 혹시 당신들의 짓이 아니오? 그 아이들로 하여금 옴짝달싹 못하고 올가미를 쓰게 하기 위해서 혹시."

"억지 부리지 마시오!"

말을 자르는 백초량의 눈에 분노의 광채가 피어올랐다.

"우리가 당장 필요로 하는 것이 그들의 존재임을 모르시오? 그들이 없다면 오늘 우린 여기에 올 필요가 없었소!"

"그렇다면 대체 누가 데려갔단 말이오?"

"허허……."

백초량이 어이없다는 얼굴로 실소를 흘러냈다.

참으로 교묘한 모용굉의 언변이었기에 그러했다. 어디로 갔냐는 것도 아니고, 누가 데려갔냐 반문하고 있었다. 모용세가 측에서 어디로 빼돌린 것 아니냐는, 백초량 진영에서 제기할 만한 의혹과 반문을 그것으로 사전에 차단하는 것이었다.

"일수천검이 검만 빠르고 날카로운 줄 알았더니, 혀는 그 이상이구려. 일수만설(一手萬舌)이라고 해야 옳겠소."

"과찬의 말씀을."

모용굉이 짐짓 웃으며 말을 받았다.

상대의 말속에 들어 있는 빈정거림과 가시를 몰라서가 아니었다. 은근히 화가 치밀지 않는 것도 아니었고. 무림인이라면 누구라도 그러할 터였다. 검을 혀에 빗대어 그보다 못하다고 놀리는데 기분이 좋을 사람은 없을 테니. 하지만 진실이 어떻든 상관없이, 스스로 보고 들은 것만으로 판단해서 얼마든지 소문을 내고 말을 뱉을 수 있는 군중들 앞이었다. 자신이 먼저 화를 내거나 달려들어서는 안 되었다. 결국 마지막에는 무력으로 시비를 가리지 않을 수 없다 해도, 또 팽가나 공후아 등이 가세하면 이길 가능성이 희박하다 하더라도 마찬가지였다. 일단은 군중들을 혼돈스럽게 하고, 종내에는 최소한 심정적으로나마 자신의 편으로 만드는 것이 중요했다.

그렇지만 백초량도 그리 만만한 사람이 아니었다. 그리하여 분기를 참지 못해 나서려는 흑운대주 등을 제지하며 그가 다시 무어라 입을 열려는 순간이었다.

그보다 앞선 사람이 있었다.

"어때? 내 말이 맞지?"

공후아였고, 상대는 모용가주였다.

"한 치 틀림도 없지?"

"……."

"어떻게 할래?"

모두가 의아해하거나 곤혹스러워하는 표정으로 둘을 쳐다보는 가운데 모용가주가 아무 말을 않자 공후아가 재차 말했다.

"내가 나설까? 아니면 네가 할래?"

"지금부터는 제게 맡겨주십시오."

얼마간 얼이라도 빠진 듯이 멍하니 있던 가주가 이윽고 입을 열었다.

"저 둘을 제외한 다른 사람들은 뒤로 조금 물러주시고요."

"좋아, 그렇게 하지."

흔쾌히 머리를 끄덕인 공후아는 모용가주와 모용굉과 모용수만 남겨둔 채 모든 사람을 몇 걸음씩 뒤로 물러서게 했다. 그리고 자신도 몽천악 등의 곁으로 물러났다.

몽천악은 시종 어찌 보면 무감정하고, 어찌 보면 무언가 불만이 있는 듯한 시선과 표정으로 묵묵히 서 있을 따름이었다. 그렇지만 그의 곁에 있던 남청과 팽연은 달랐다. 그들은 호기심 어린 얼굴을 감추지 못한 채 공후아가 자신들의 곁에 다가와 설 때를 기다리며 그를 응시했다. 모용가주에게 무슨 말을 했기에 조금 전에 자신의 말이 틀림없냐고 했는지 궁금했던 까닭이다.

그러나 그들은 그를 향해 무어라 입을 열기도 전에 제지당하고 말았다. 미리 그것을 안 공후아가 머리를 흔들어 보인 이유였다. 이어 그는 다른 데 신경 쓰지 말고 모용가주 등 세 사람에게나 집중하라는 시늉을 했다. 그에 결국 남청과 팽연도 다른 사람들처럼 세 사람에게 시선을 고정하지 않을 수 없었다.

그렇게 사람들의 이목이 집중된 가운데, 모용가주는 두 사람의 앞으로 가더니 잠시 그들을 번갈아 쳐다보았다. 그러다 어느 순간 모용굉을 직시했다. 그러자 모용굉은 그의 시선을 견디지 못하고 오래지 않아 결국 먼저 입을 열었다.

"가, 가주님……."

"그놈은 무어라더냐?"

기다렸다는 듯이 모용가주가 물었다.

"제 놈이 한 짓이라더냐?"

"아닙니다!"

재빨리 반박하는 모용굉이었다.

"작아가 한 짓이 아닙니다."

"셋째는 부인했습니다."

모용수가 얼른 거들었다.

"절대 자신은 그런 짓을 하지 않았다고 했습니다. 이제는 셋째도 성인입니다. 과거와 다릅니다. 지난 일 년 동안을 생각해 보십시오, 아버지. 아버지나 제가 시키는 대로 은인자중하며 공부에 힘쓰지 않았습니까. 무엇이 가문과 제 자신을 위하는 일인지 지금은 아는 녀석입니다. 제 무덤을 제가 팔 리가 없습니다."

"그런데 거기는 왜 가?"

"제 탓입니다."

◆제6장◆
진실(眞實)

"······!"

가주의 눈에 이채가 떠올랐다.

"네 탓?"

"제가 일을 좀 시켰습니다."

머리를 숙여 보이며 모용수가 대꾸했다.

"본가를 떠날 수가 없는 상황에서 시급한 일이 생겨 셋째에게 부탁을 했습니다. 공교롭게도 사건이 벌어진 인근이었고, 그래서 일을 끝내고 다음 목적지인 팽가로 떠나기 전에 하루 이틀 쉬어 간다는 것이 우연히 그곳이었을 뿐이라고 했습니다."

"그놈은 지금 어디에 있느냐?"

모용굉을 향해 재차 모용가주가 물었다.

"어느 곳에 숨도록 했느냐?"

“수, 숨기지 않았습니다.”

“억울합니다, 아버지!”

모용굉에 이어 모용수가 다시 거들고 나섰다.

“아버지는 저희보다 타인들의 말을 더 신임하십니까? 셋째가 잘못한 것이 없는데 저희가 무엇 때문에 셋째를 숨긴단 말입니까? 저희는 지금까지 애타게 셋째를 찾고 있었고, 셋째가 빨리 무사히 돌아오기만을 기다리고 있었습니다. 그 녀석이 혹여 납치라도 된 것은 아닌지 가슴 조이면서 말입니다.”

“둘째야.”

“예, 아버지.”

“나는 알고 있다.”

가주의 음성은 어디까지나 조용하고 낮았다.

“그동안 네 숙부와 모의해서는 네가 나와 첫째의 눈을 가리고 몇 번이나 셋째가 저지른 좋지 못한 일을 덮어주었다는 것을. 그중에는 네가 말한 은인자중하며 공부에 힘썼다는 지난 일 년 안에 벌어진 일도 있었고. 그렇지 않느냐?”

“……!”

침착하고 막힘없이 대응하던 모용수가 움찔하며 입을 열지 못했다. 더불어 얼굴까지 얼마큼 해쓱해지고 있었다. 가주도 대답을 듣고자 한 것은 아닌 듯 말을 이었다.

“나는 또 아는 것이 있다.”

“무, 무엇을 말씀인지……?”

“두 가지다.”

“……!”

"먼저 셋째가 적어도 너에게는 아무것도 숨기지 않는다는 사실이다. 숨긴다고 해서 모를 너도 아니고. 그렇지?"

"그, 그거야 제가 형이니까……."

"첫째도 형이다."

"혀, 형님은."

"안다."

가주가 더듬거리는 모용수의 말을 가로챘다.

"첫째는 내 자식답지 않게 의지가 굳고 완고하면서도 똑 부러지는 성격이지. 철두철미한 것을 좋아하고, 작심을 하면 반드시 이루고야 말고. 하기야 그래서 처음부터 셋째 문제를 너에게 맡겼던 것이고. 만약 셋째를 첫째에게 맡겨두었다면, 아마도 벌써 무슨 사단이 나도 크게 났을 것이니."

"……."

"두 번째는."

수긍하듯 더는 대꾸를 않는 모용수를 향해 슬쩍 엷은 미소를 지어 보인 가주가 다시 말을 이었다.

"네가 내 앞에서 무엇인가 숨기거나 감추는 것이 있을 때에는 평소보다 더욱 논리 정연해지고, 또 말이 많아진다는 것이다. 너는 혹시 이것을 알고 있느냐?"

"아, 아버지……!"

"그만하면 됐다."

아연한 얼굴의 모용수를 향해 가주는 머리를 흔들었다.

"부모만큼 자식을 아는 사람은 없다. 나는 조금 전까지도 설마하며 단정을 내리지 않고 있었는데, 이제는 확신을 내려야 할 듯하구나. 셋째 짓이란 것을."

"……."

"그렇지?"

"아, 아닙니다."

한참 만에야 모용굉이 대답했다.

그것도 마치 곧 숨이라도 넘어가는 사람의 그것처럼 간신히 말문을 열어서는 억지로 쥐어 짜내어 잇는 듯한 음성이었다. 그런데 다음 순간이었다. 어렵사리 말문을 열고 나자 이제껏 해쓱하던 안색과 어떤 복잡한 감정의 파동을 감추지 못하던 시선이 언제 그랬냐 싶게 본래의 모습으로 돌아오는 것이 아닌가.

그리고 말을 이었다.

"믿어주십시오, 아버지."

"작아는 분명히 아니라고 했습니다."

모용굉까지 가세했다.

"저희는 작아를 믿습니다."

"어리석은……."

가주가 길게 한숨을 내쉬며 고통과 슬픔과 연민이 어우러지는 눈길로 두 사람을 쳐다보았다. 그러다가 다시 그들만 알아들을 수 있을 정도로 낮게 중얼거렸다.

"이미 내가 어찌할 수 없는 지경인 것을……."

"……?"

한순간 두 사람은 곤혹스럽고 어리둥절한 얼굴을 했다.

하지만 잠시였다. 이내 그것은 흔적없이 사라져 버렸다. 아니, 그 정도가 아니라 이제까지의 난감함과 불안함뿐이던 기색이 사라지고 오히려 반색으로 바뀌었다는 것이 옳았다. 다른 사람의 시선을 의식해서 드러내 놓지를 않았을 뿐, 그들의 눈 깊숙한 곳에서는 극명하게 환희가 피어오르고 있었으니까.

다른 이유가 아니었다.

가주의 독백 같은 말을 제 편한 대로 해석한 탓이었다. 즉, 가주가 자신들을 질책하거나 무언가 언질을 주기 위해서 하는 말이 아니라 가주 스스로 사태를 깨닫고는 이제 어쩔 수 없이 자신들의 의향에 따를 수밖에 없는 처지가 되었다는 것을 한탄을 빌어 우회적으로 표시하는 것이라고 이해했던 것이다.

기실 그럴 만도 했다.

가주의 성격 때문이었다. 평소 머리 회전이 빠르고 무공이 뛰어나기는 하지만 일을 추진하는 데 있어서는 우유부단하다고 할 정도로 과단성이 부족하고, 또 귀가 엷은 탓에 종종 일을 그르치거나 용두사미 격으로 만들고 마는 경우가 많았던 것이다. 모용세가가 성세를 이루고 있는 듯하면서도 내적으로는 오히려 궁핍하게 된 것도 따지고 보면 모두 가주의 그런 성격 탓이었다.

그것은 이런 종류의 일에 있어서도 그리 다르지 않았다.

그래서 두 사람은 자신들을 닦달한 끝에 가주가 진상을 나름대로 확신하게 되었지만, 그러나 두 사람이 조금도 포기하거나 굽히려 들지 않자 처음의 마음을 바꾸고 만 것으로 이해한 것이다. 더구나 팔은 안으로 굽는 것이 당연하다는 생각을 벌써부터 기본적으로 가지고 있었음에야. 사실 누구라도 그러할 터였고.

“우선은 작아부터 찾아야 할 일입니다.”

때는 이때다 하고 둘은 재빨리 말을 이었다.

"그렇습니다. 그리고 그 녀석의 입에서 진실을 들어야 합니다. 그때까지는 어느 누가 무슨 말을 해도 수긍할 수 없습니다. 수긍해서도 안 될 일이고 말입니다."

그러나 곧 그들은 무언가 잘못되었음을 깨닫고 입을 다물지 않을 수 없었다. 자신들의 말에 가주가 머리를 흔드는 것을 보았기 때문이다. 더불어 그런 가주의 눈 속에 이제껏 자신들에게 한 번도 보여준 적 없는, 어떤 말로 표현할 수 없는 막막한 처연함과 안타까움이 가득 차 올라 있는 것을 본 때문이기도 하고.

더구나 오래잖아 자신들에게서 시선을 떼서는 물끄러미 하늘을 응시하며 홀로 중얼거리는 이어지는 장면에서는, 두 사람은 무엇 때문에 그런지 정확히 이유도 모르면서 불현듯 가슴이 철렁 내려앉는 것 같은 기분을 느껴야 했다.

"다 내 탓이지……."

참으로 처연한 음성이었다.

"아비답지도 못했고, 가주답지도 못했던……."

"가, 가주님……!"

"아버지……!"

아연하고 곤혹스러운 표정을 감추지 못하는 속에서도 부지불식간에 머리를 숙이는 두 사람이었다. 그만큼 가주의 태도는 그들이 상상할 수 있는 범주를 벗어나 있었던 것이다. 도무지 무슨 생각으로 그리는 것인지 짐작조차 할 수 없었다.

그들을 주목하고 있던 다른 사람이라고 다르지 않았다.

그들 역시 의아함을 떠올린 채 눈만 멀뚱거리고 있었다. 아무리 도덕군자에 정의로운 사람이라도 제 피붙이의 일에는 공정하기가 힘든

법이고, 또 매우 불리한 처지라고는 하지만 그렇다고 아직 진상이 완전히 드러난 것도 아니었다. 더구나 그렇게 공정하다거나 정의롭다고 소문난 모용가주도 아니었다. 사람들이 아는 그라면 적어도 사실이 명명백백히 드러나기 전까지는 무슨 수를 써서라도 제 자식을 편들고 보호하고자 할 사람이었다. 그런데 묘하게도 이미 모든 것을 인정하고 받아들이는 듯한 태도를 취하고 있었으니.

그렇다고 그것을 곧이곧대로 믿을 수는 없는 일.

그래서 사람들은 그것을 어떤 의미로 수용하고 판단해야 할지 몰랐기에 그럴 수밖에 없었던 것이다.

심지어 공후아도 마찬가지였다.

기실 그는 오는 도중에 모용가주에게 사건에 관계된 그간의 이야기를 해주었다. 그러면서 얼마간 거짓말을 곁들여서 진실은 이미 드러나 있는 것과 마찬가지며, 만약 계속 억지를 부리며 발뺌을 하면 자신은 물론이고 우내칠존 일부와 천룡맹을 포함한 자신이 움직이게 만들 수 있는 모든 사람을 동원해서라도 응분의 대가를 치르도록 할 것이라고 엄포를 놓았었다. 더불어 자신들이 가더라도 모용작이 없는 상황에서 모용굉 등이 어떻게 나올 것인지에 대해서도 나름대로 예측했고, 그것이 그대로 들어맞았기에 조금 전 가주에게 그렇게 말하며 내보낼 수 있었던 것이다.

그렇게 한 의도는 다른 것이 아니었다.

그는 다만 그로 하여금 백초량이 데려온 증인들과 그 증거들을 얼마간 인정하게 하고, 나아가 머잖은 어느 날로 날짜를 확실하게 잡은 다음 그날까지 모용작을 찾아서는 중인환시하에 적절한 심문을 받게 하고, 그리하여 죄가 드러나면 그 죄에 따라 벌을 받게 하겠다는 분명한 약조를 받아내면 그만이라는 생각이었다. 더불어 만약에라도 모용작을 찾아내지 못했다거나 하는 등의 이유로 약속한 날짜에 그를 참석시키지 못하는 경우에는 그 죄를 그것으로 완전히 인정함과 아울러, 그 대가와 벌을 가주 스스로와 모용세가가 대신 받겠다는 약속 역시 따로 떼어놓을 수가 없는 것이었고.

그래서 공후아는 백초량 등과도 암중에 벌써 논의를 했고, 그리하여 그들의 동의까지 받아낸 상황이었다.

물론 백초량 등으로서는 내심 불만이 없지 않았다.

하지만 그렇다고 무작정 밀어붙일 수도 없는 일이었기에 어쩔 수가 없었다. 상대가 함부로 몰아세우기에는 부담스러울 수밖에 없는 오대세가 중의 하나인 모용세가이기에 그러했고, 무엇보다 당사자인 모용작이 사라져 버린 마당이었기에 그러했다. 그렇다고 약속해 놓고는 모용작을 제대로 지키지 못한 팽연과 몽천악 등에게 무어라 할 수도 없었다. 그래 봐야 모용작이 돌아올 일도 아니고, 득도 없었다. 더구나 공후아가 모든 것은 자신 때문이니 추궁을 하려면 자신에게 해야 한다고 미리 선수까지 쳐둔 상황이었으니.

기실 그것이 사실이기도 했다.

원래 몽천악은 약속대로 모용작을 철저히 지키며 붙잡아둘 생각이었다. 또 흑아까지 동원해서 그렇게 했고. 하지만 공후아가 자신이 책임질 테니 자신이 하는 대로 두고 보라며 떼를 쓰다시피 하는 데는 결국 그도 손을 놓을 수밖에 없었다. 그 후 공후아는 그를 모용굉에게 넘겨주었고, 또 감시마저 소홀히 한 끝에 끝내는 그의 실종이라는 최악의 사태를 불러오고 말았던 것이다. 물론 그것이 과연 우연인지 필연인지는 공후아 그 자신밖에 모를 노릇이었지만.

어쨌거나 공후아는 그래서 모용가주가 두 사람을 다그친 다음에는 결국 당사자가 없는 지금으로서는 어떻게 단정을 내릴 수가 없으니, 다른 방안을 강구하는 것이 좋지 않겠냐고 자신에게 상의를 해오리라 예상하고 있었다. 그러면 적당히 이야기를 하다가 못 이기는 척 앞서의 미리 생각해 둔 조건들을 약조하게 할 작정이었다. 그것이 그가 바라는 가장 좋은 전개였다.

그런데 상황은 전혀 달랐으니.

'대체 무슨 생각을 하고 있는 거지……?'

그러니 공후아 역시 다른 사람들과 한가지인 표정으로 가주를 바라보며 눈을 끔뻑거리는 가운데 내심은 더욱 의아해하고 곤혹스러워하지 않을 수가 없었다.

'설마 이것으로 제 자식 놈의 죄를 인정하고, 죗값을 받게 하겠다는 말인가? 그럴 리가 없겠지! 오히려 무슨 다른 술수를 부리려는 것이겠지! 아무렴! 그럴 거야……!'

그러나 아니었다.

그도, 그리고 다른 사람들도 이어지는 모용가주의 다음 말들에서 그것을 확연히 깨달을 수 있었다.

"숨기려면 제대로나 할 일이지."

"……!"

"그전에 그럴 일을 하지 말았어야 하고."

"무, 무슨 그런 말씀을……?"

당혹감을 감추지 못하는 모용수였다.

아직도 명백히 드러난 것은 아무것도 없고, 그러므로 조금만 더 버티며 잡아떼다 보면 오래잖아 이 난국을 헤쳐 갈 수 있으리라 굳게 믿고 있는 그와는 달리 모든 것이 끝난 양 가주는 말하고 있었기에 그럴 수밖에 없었다.

"어리석은 놈."

그제야 가주는 하늘에 두었던 시선을 그에게로 돌리더니 말했다.

"셋째는 벌써부터 이곳에 있다."

"예엇……?"

"그, 그럴 리가요!"

더할 수 없이 눈을 동그랗게 뜨며 기절초풍할 듯이 놀라는 모용수와 모용굉이었다. 물론 다른 사람들이라고 별반 다를 리가 없었고, 오히려 공후아나 백초량 등은 더욱 놀라고 있었다. 금시초문인데다, 그것이 사실이라 해도 가주가 그것을 어떻게 알 수 있었는지 도무지 이해할 수가 없었던 것이다.

그렇게 집중되는 사람들의 시선에 아랑곳없이 가주는 천천히 고개를 돌려서는 비무대 바깥의 군중들 속에다 눈길을 두더니, 얼마간 음성을 높여 말했다.

"이제 그만 데리고 나오시구려!"

그러자 바로 다음 순간이었다.

기다렸다는 듯이 한곳에서 세 가닥의 인영이 비쾌하게 솟구쳐 올랐다. 가주의 시선과는 다른 방향인 연무장 한쪽 담벼락 가까이에 있는 큰 나무 아래에서였다. 그들은 놀라운 신법을 발휘하며 순식간에 비무대 위로 떨어져 내렸다. 모두가 장포로 몸을 감싸고, 거기에다 턱까지 가리는 커다란 방갓을 쓴 사람들이었다. 그중 하나는 무언가 상당히 큰 자루를 어깨에 둘러메고 있었다. 그 때문인지 그는 다른 두 사람에 비해서는 조금은 굼뜬 동작으로 뒤늦게 비무대에 당도했다. 이어 그는 지체없이 자루를 다른 두 사람의 앞에다 내려놓더니 묶여진 자루의 주둥이를 풀었다.

“아……!”

“이럴 수가……!”

무엇인가? 하며 주시하던 사람들의 입에서 자신도 모르게 짧은 탄성들이 새어 나왔다.

다른 이유가 아니었다.

자루 속에서 나온 물건은 다름 아닌 사람이었고, 그것도 수혈이 짚여 깊게 잠든 채인 모용작이었던 것이다. 그사이 자루를 메고 왔던 방갓인은 다른 두 사람에게 깊이 머리를 숙여 보이더니 그대로 몸을 날렸고, 이내 군중들 속으로 흔적도 없이 사라져 버렸다. 사실 그는 다른 두 사람의 수하 신분이었고, 그래서 단지 모용작이 든 자루를 가져오는 것으로 제 소임을 다했던 것이다.

그러나 다른 사람들은 그 영문을 몰랐다.

그래서 그의 그러한 행동은 안 그래도 놀라고 곤혹스러워하는 사람들을 더욱 혼란스럽게 했고, 그 결과 사람들로 하여금 다만 멍한 시선으로 모용작과 방갓인들과 또 그가 사라진 곳을 번갈아 쳐다보기에도 바쁘게 만들었다.

심자어 모용가주조차 그러했다.

비록. 어떤 사람이 모용작을 데리고 나올 줄은 알았지만, 정확히 어떤 식으로 그러할지는 전혀 몰랐던 까닭이다. 그런 상황에서 난데없는 방갓인들에다 더해 모용작이 자루에 담겨져 나오는 상상도 못했던 일을 보았으니 그럴 수밖에 없었다.

기실 그는 전음을 들었을 뿐이다.

백초량이 데려온 세 사람이 진술을 마친 후 청구자가 나선 와중이었다. 당시 그는 오는 도중에 공후아에게서 들은 사건의 전말에 더해 백초량과 중인들의 진술을 경청, 종합하면서 내심 모용작이 저지른 일이 틀림없다는, 거의 단정에 가까운 결론을 내리고 있었다. 그렇지만 그때까지만 해도 그도 모용굉이나 모용수와 마찬가지로 그것을 사람들 앞에서 까발리고 인정할 생각이 조금도 없었다. 자식을 사지로 내모는 일이고, 세가를 구렁텅이에 빠뜨리는 일이었기에 그럴 수밖에 없었다. 그리하여 도리어 그는 어떻게 하면 이 난국을 타개할 수 있을까 고심에 고심을 거듭하고 있었다.

그때 불쑥 전음이 파고들었다.

"조용히 듣기만 해주십시오."

전음에서 이르는 대로 하지 않으려고 해도 않을 수가 없었다.

왜냐하면 설사 내놓고 찾는다 해도 도저히 방법이 없을 만큼 그 방향은 고사하고, 상대가 멀리 있는지 가까이 있는지조차 분간 못할 정도로 교묘하게 조절된 전음이었기 때문이다. 무서운 고수란 이야기였고, 더불어 그 음성에서 결코 적으로는 맞닥뜨리고 싶지 않은 한 사람을 떠올릴 수 있었기에 더욱 그러했다.

"제 목소리를 기억하시지요?"

전음이 이어졌다.

"뵌 지 그리 오랜 세월이 흐른 것은 아니니 아시리라 믿고 본론만 간단하게 말씀드리겠습니다. 저는 지금 셋째 아드님인 모용작을 데리고 있습니다."

"……!"

가주의 눈이 번쩍 뜨여졌다.

그 심정을 짐작하듯 잠시 멈추었던 전음은 이내 다시 시작되었다.

"어쩌다 보니 본의 아니게 그리되었습니다. 한데 그러다 보니 그가 지금 논란이 되고 있는 사건을 저지른 장본인이라는 것을 알게 되었습니다. 더불어 일수천검과 둘째 아드님이 모의해서 가주님 몰래 그를 피신시킴과 아울러 공범인 냉가 형제를 아무도 모르게 감쪽같이 처치해 버렸고, 그것으로 사건을 완전히 은폐하려 했다는 것도 말입니다. 물론 아드님 본인에게서도 확인을 했고요. 그렇다고 아드님을 고문하거나 한 것은 아니니 안심하십시오. 제가 알고자만 하면 그 정도는 여반장이란 것을 아실 것입니다."

"……!"

"본래는 이대로 있다가 오늘의 대회 일정이 끝날 즈음 데리고 나가 진실을 중인들 앞에 토로하게 하고 그대로 목을 자르려 했습니다. 그럴 만한 죄를 저질렀으니까요. 그러나 이내 마음을 고쳐먹지 않을 수가 없었습니다. 가주까지 오신 마당이기에 그러하고, 또 그간 저희와 모용세가 간에 쌓아온 깊은 교분을 나 몰라라 할 수가 없었기에 또한 그렇습니다. 그렇다고 오해는 하지 마십시오. 아드님을 이대로 놓아주겠다는 것도, 또 이제부터 모르는 척하겠다는 것도 아니니까요. 그럴 수는 없습니다."

"……!"

가주의 눈에 자신도 모르는 사이 핏발이 번지고 있었지만, 그것을 아는지 모르는지 전음은 한 치의 망설임도 없이 계속되었다.

"아드님을 놓아주면 필경 다시 잠적해 버려 사건은 오리무중으로 빠질 테고, 그리하여 세월이 지나면 유야무야될 것이 뻔하니까요. 그것은 있을 수가 없는 일입니다. 하기야 사리 분명하신 가주께서도 그런 것은 원치 않으실 줄로 믿습니다만. 죄를 지었으면 벌을 받아야 합니다. 아무리 모용세가이고, 가주의 자식이라고 해도 예외일 수는 없습니다. 그것이 또한 저희가 강호에 천명한 분명한 철칙이기도 하고요. 또 그런 것이 아니라 해도 이번 일은 결코 용서할 수가 없는 일입니다. 강호인도 아닌 여인을 강제로 욕보인 것으로도 모자라 살인멸구(殺人滅口)까지 저지르다니.”

“…….”

이제 묵묵히 눈을 감는 가주의 귀로 전음은 계속해서 이어졌다.

“저는 다만 최소한 가주께는 먼저 알리고, 그리하여 가주께서 판단하기에 가장 좋은 방식으로 깔끔하게 일을 처리할 시간을 드리고자 하는 것입니다.”

“…….”

“제 생각입니다만, 이참에 가주가 친히 모용작을 처벌함으로써 모용가와 가주의 공명정대함을 보이시고, 또 그러한 처신을 뭇 중인들 앞에서 이행하여 천하에 알림으로써 오히려 세가의 기반을 공고히 하는 계기로 삼았으면 합니다. 아무리 망나니라도 자식인 이상 어찌 아픔과 애착이 없을 수 있겠습니까만, 그러나 이미 돌이킬 수 없는 일입니다. 괜한 집착으로 가주와 세가까지 위험에 처하는 일이 없도록 읍참마속의 심정으로 현명한 결단을 내리시기 바랍니다. 더불어 제가 기다리다 못해 제 발로 아드님을 데리고 나가는 무례한 일을 행하기 전에 결정하시고 불러주시기를 또한 바랍니다.”

그것으로 전음은 끝이 났고, 그때부터 가주는 깊은 고민에 빠졌으며, 결국 어떤 결심을 할 수밖에 없었다. 그리하여 공후아의 충동질에 선뜻 나선 것이었다. 또한 그래서 모용수와 모용굉과의 대화도 그렇게 이끌었던 것이고.

그런 사정이었으니 모용가주로서는 다른 문제는 둘째치고 모용작을 데리고 나온 사람이 그 한 사람이 아니라는 사실만으로도 허를 찔린 셈이 아닐 수 없었던 것이다.

그렇지만 그것이 다가 아니었다.

그를 비롯한 그 자리의 다른 사람들의 눈을 둥그렇게 만드는 일이 뒤이어 또 벌어졌다.

"당신들이었군."

방갓인들에게로 한 걸음 불쑥 다가서며 아는 척하는 사람이 있었던 것이다. 그것도 이제껏 아무런 상관도 없는 사람마냥 석상이나 다름없이 자리를 지키고 서 있던 몽천악이었으니, 사람들로서는 뜻밖이라는 생각을 가지지 않을 수 없었다.

장포와 방갓으로 완전히 가린 탓에 사실상 외부로 보이는 것만으로는 그들의 신분을 알아낸다는 것이 도저히 불가능한 상황이었다. 말 한마디 하지 않은 상황이었고. 그런데 몽천악은 단번에 알아낸 것처럼 말하니 당연한 일이라 할 수 있었다.

하지만 그런 외중에도 사람들은 몽천악에게 시선을 두고 있지 않았다. 태반이 반사적으로 방갓인들에게로 시선을 돌리고 있었다. 그들의 반응이 더 궁금했던 이유였다.

"정말 네 말대로구나."

방갓인 중 하나가 그제야 방갓을 벗으며 입을 열었다.

"이렇게 대번에 알아보다니."

"개 코를 가졌다고 했잖아요."

다른 방갓인도 방갓을 벗으며 대꾸했다.

어딘가 퉁명스러운 데가 있었지만 고운 여인의 음성이었다. 그렇지만 그녀의 그런 음성과 말한 내용에 신경을 쓰는 사람은 거의 없었다. 왜냐하면 첫 방갓인의 얼굴이 드러나는 순간 사람들은 눈을 둥그렇게 뜨며 놀라기에도 바빴으니까.

"아, 아니!"

"이게 누구신가!"

"양 부총사가 아니십니까!"

그랬다. 그는 다름 아닌 천룡맹의 양군휘였던 것이다. 다른 한 사람은 양소군이었고. 하지만 음성 이전에 바로 양소군을 알아본 사람은 몇 없었다. 장포로 인해 남자처럼 보인 탓이다. 거기다 머리까지 남자처럼 묶고 있었으니 더했고. 물론 그렇다고는 해도 그녀가 여인임을 못 알아볼 정도는 아니었다. 얼굴까지 바꾼 완벽한 변장도 아닌데다, 워낙 뛰어난 미모로 인해 웬만큼 눈썰미가 있는 사람이라면 자세히 살피지 않아도 알아볼 수 있었다.

잠시간 분분한 인사가 오갔다.

상황이 상황인지라 거의가 제자리를 고수한 채 행하는 짧은 포권과 간단한 인사말들에 불과했지만, 또 그럴 만한 고수들만 나누는 것이었지만, 그러나 비무대와 단 위를 합치면 만만찮은 인원이다 보니 그것도 꽤 시간이 걸렸다.

그사이 몽천악은 틈틈이 전해오는 양소군의 전음을 들었다.

다른 내용이 아니었다. 팽소용에게서 이미 며칠 전에 제령장 사건에 관계된 모든 내용을 들었다는 것과 그날부터 팽소용에게도 알리지 않고 수하들을 동원해 모용작의 종적을 쫓게 했으며, 결국 그를 붙잡아 오늘 새벽에야 간신히 제남지부까지 데려온 일과 이 일을 어떻게 처리하는 게 좋을지 고민하다 양군휘의 협조를 구한 일, 그리고 안 그래도 올 일이 있었던 그와 함께 늦지 않게 연무장으로 와서는 모용가주에게 전음을 전한 후 추이를 지켜보고 있었던 것 등등이었다.

그렇게 그녀의 전음이 끝나고, 또 그들 오누이와 그럴 만한 사람들 간의 인사도 끝나가는 즈음이었다.

"그것만이 아니지?"

불쑥 몽천악이 말했다.

"다른 일도 했지?"

"……?"

양소군이 어리둥절한 얼굴을 하고, 다른 사람들도 더욱 영문을 모르겠단 표정으로 쳐다볼 때 몽천악이 재차 말했다.

"그 일도 너희들 짓이지?"

"무슨 소리야? 뭘?"

"사람도 올려 보냈잖아."

"……!"

다른 사람들은 여전히 영문 모를 얼굴을 하고 있는 가운데, 양소군은 놀랐다는 듯이 눈을 동그랗게 뜨더니 이내 배시시 웃었다.

"모를 줄 알았는데……. 어떻게 알았어?"

"그 정도 이름있는 자들이 뭐가 아쉬워서 시작하자마자 대뜸 올라와? 더구나 그러한 성격을 지닌 것도 아닌데, 마치 뭐에 쫓기기라도 하는 사람처럼 허겁지겁 달려들었잖아. 그런 것을 보고도 모를까. 그것도 한 사람도 아니고 말이야."

"내가 수고를 좀 했지."

양군휘가 끼어들었다.

"가만히 두고 보다가는 혹시나 하며 너도나도 우르르 달려들 것이 뻔한 일, 괜한 시간 낭비잖아. 결국 자네만 귀찮고 짜증나는 일이 될 테고. 그리고 이번 기회에 자네의 솜씨를 알리고 명성을 쌓는 것도 나쁘지 않은 일이고, 그렇다면 그 편이 훨씬 도움이 될 것이라고 생각했거든. 소군의 언질도 있었고. 그래서 과거에 안면도 있는 두 사람에게 조용히 협조를 구했지. 그 바람에 자네도 몇 번 싸우지 않고 쉽게 비무를 끝냈잖아."

"아……!"

"그나저나 놀랐어."

그제야 무슨 소린지 안 몇몇이 낮은 탄성을 냈지만 양군휘는 전혀 신경 쓰지 않고 몽천악만 바라본 채 말을 이었다.

"그래도 그 두 사람이라면 어느 정도는 버틸 줄 알았는데, 단 한 수를 못 받아내고 꼬리를 말고 말다니. 생각 밖이었어. 그새 또 진전이 있었던 모양이지? 그렇지만 나도."

"아무래도 그 일도 너희들 짓 같아."

몽천악이 딴소리를 하며 양군휘의 말을 잘랐다.

"아니면 그렇게 공교로울 일이 없어."

"뭘 말이야……?"

"갑자기 강남공자란 자가 가버린 일."

"그건 꼭 너 때문은 아니었어."

대꾸는 양소군이 했다.

"그자는 여기에 있을 처지가 아니야."

"화재가 나서 그자 집이 다 탔거든."

양군휘가 거들었다.

"물론 그자가 여기로 출발한 이후에 벌어진 일이고, 또 본 맹처럼 빠른 소식통을 가진 것도 아니라서 그자는 알 수가 없었고. 그래서 누이가 친절을 발휘해서 슬쩍 알려줬다더군. 아마도 자네를 위한 마음이 작용을 했기에 군이 그렇게까지 했으리라고 나는 생각하지만 뭐, 누이는 아니라니."

양군휘의 말이 갑자기 중도에서 뚝 끊겼다.

흠칫 자신에게로 향하는 양소군의 눈길 때문이 아니었다.

자신의 발 아래 눕혀져 있는 모용굉에게서 시선을 뗄 줄 모른 채 모용가주가 무의식중에 그러하듯 한 걸음씩 점점 다가오는 것을 본 때문이었다. 그러나 그가 그에 대해 무슨 말이나 행동을 취하기도 전에 먼저 나선 사람이 있었다.

"멈추시오!"

백초량이었다.

"당신이 그자와 상봉하는 것은 나중 일이오. 우선은 그자에게서 사건의 진상부터 듣고 밝혀야 할 일이오."

"그럴 것 없소이다, 백 대협."

그가 성큼 앞을 막아서자 멈칫 멈추어 서서 백초량을 바라보던 모용가주가 고개를 저으며 말했다.

"내 다 인정하겠소."

"아, 아버지……!"

기겁하고 아연실색한 얼굴로 모용수가 먼저 다가들었지만, 모용가주는 돌아보지도 않고 손을 내저으면서 그를 제지하고는 말을 이었다.

"백 대협이 제시한 증인과 증거는 물론이고, 사건에 대한 백 대협의 주장도 모두 수용하고 인정하겠소. 더불어 그에 대해 여러분들이 내리는 어떤 처분이라도 달게 받겠소이다. 그러니 먼저 그 아이를 내가 깨워 몇 마디 이를 수 있도록 해주시오. 부탁하겠소."

이어 깊이 포권까지 취하는 가주였다.

"……."

잠시간의 무언가 색다른 침묵이 왔다.

천만뜻밖인 가주의 태도 때문이었다. 사실 가주로 하여금 그렇게 나오지 않을 수 없도록 만든 장본인인 양군휘 남매와 또 그들로부터 그 사정을 모두 들어 알고 있는 몽천악을 제외하고는 아무도 예상 못한 일이었으니 당연하다 할 수 있었다.

백초량 등은 더했다.

그들은 불신을 감추지 못하는 가운데 곤혹과 당황까지 내비치면서 서로를 돌아보았다. 그간 가주의 언행에서 혹시 하는 생각이 없지는 않았지만, 그래도 설마 이렇게까지 나올 줄은 조금도 짐작 못했기에 귀로 듣고도 선뜻 믿어지지가 않았던 것이다.

"진심이시오?"

백초량이 입을 열었다.

"그 말 믿어도 되겠소?"

"나도 일가의 가주외다."

가주가 얼굴을 굳히며 말했다.

"이런 일이 아니고, 또 일이 이 지경에 이르지 않았더라도 거짓을 말하지는 않소."

"……."

눈을 끔뻑이며 잠시 가주를 응시하던 백초량이 여전히 얼굴 한켠에 어려 있던 불신의 빛을 지우지 못하는 속에서도 묵묵히 머리를 끄덕였다. 그러더니 슬쩍 옆으로 걸음을 옮겨 길을 비켜주었다. 아마도 지켜보겠다는 뜻일 터였다.

양군휘 남매 역시 뒤로 한 걸음씩 물러섰다.

그사이 걸음을 옮겨 모용작의 곁에 이른 가주는 혈을 쳐 그를 깨웠다. 눈을 뜬 모용작은 잠시 어리둥절한 표정으로 눈동자를 굴렸지만, 이내 모용가주에게 시선을 고정하더니 경악으로 가득 찬 눈을 부릅뜨고는 부리나케 몸을 일으켰다. 이어 사색이 된 어쩔 줄 모르는 얼굴로 목을 움츠리며 황망히 허리를 굽혔다.

"아, 아버지……!"

그에게 있어 세상에서 가장 두려운 존재였다.

사방에 얼마나 많은 사람들이 운집해 있으며, 또 어떤 사람들이 주변에 둘러서서 자신을 바라보고 있는지는 전혀 눈에 들어오지 않았다. 나아가 당장 자신의 처지가 어떤 지경인지도 생각할 겨를이 없었다. 그에게는 아버지밖에 보이지 않았고, 더불어 단지 아버지에게 혼나는 것이 겁날 뿐이었다.

어릴 때부터였다.

일곱 살 코흘리개 시절, 제 방에 몰래 불을 지른 다음에 시치미를 뚝 떼고는 말 못하는 벙어리 하인에게 그것을 덮어씌운 일이 시작이었다. 그것을 필두로 열대여섯쯤까지도 그는 그 또래의 악의없는 장난과는 거리가 먼 무수한 질 나쁜 사건과 사고들을 세가 내외를 가리지 않고 일으켰고, 그럴 때마다 죽지 않을 만큼 벌을 받고 혼이 났다. 그러면서 형성된 두려움이었다.

그렇지만 그에게도 나름의 이유는 있었다.

그는 어린 시절의 아이들 누구나 그렇듯이 아버지에게 칭찬을 듣고, 또 인정을 받고 싶어 했다. 아니, 다른 아이들에 비해서 그 열망이 더욱 강했다. 하지만 조금도 그렇지를 못했다. 작은 일에도 두 형에게는 칭찬과 애정 어린 충고를 아끼지 않는 아버지였지만, 그에게는 언제나 무관심하고 냉랭했다. 그의 어린 마음에는 그렇게 보였다. 그리하여 그는 좀 더 획기적이고 충격적인 일로 아버지의 시선을 끌고자 했고, 그래서 행한 일들이 아비의 주의를 끄는 데는 성공했지만, 그러나 결과는 정반대로 나타난 것이었다.

당시 그는 잘잘못을 알기에는 너무 어린 나이였고, 거기다 단지 아비의 관심을 끌겠다는 한 가지에만 마음이 사로잡혀 있었으니 더욱 선악의 구분이 있었을 리 없었다. 더구나 주변에는 그것을 제대로 가르쳐 줄 사람조차 없었다. 아버지와 형들은 물론이고, 심지어 어머니조차 제각기 나름의 일로 바빴으니.

그것이 문제였다.

모용작이라고 제 아비가 진노하는 것을 좋아할 리 없었다. 아니, 오히려 어느 누구보다도 그것을 싫어했다는 것이 옳았다. 세상에서 제일 두려운 것이 아버지의 화난 얼굴이었고, 그에게 혼나는 것이었으니까. 그러나 그로서는 다른 방법이 없었다. 아버지께 혼나는 것은 죽기보다 싫었지만, 그래도 관심을 받지 못하는 것보다는 나았다. 그래서 악순환은 반복될 수밖에 없었던 것이다.

물론 지금까지도 그렇다는 것은 아니었다.

열대여섯 즈음에 제 어머니의 방을 출입하는 어린 시녀를 강제로 범하고는 오히려 도둑으로 몰아 쫓아내려 한 사건을 저지른 이후로 모용작은 더 이상 그런 식으로 아버지의 주의를 끌고 싶어 하지 않게 되었다. 자연 세가 내에서는 물론이고 세가 인근에서도 사고를 치지 않게 되었고, 그래서 당시엔 가주를 비롯한 세가 사람들도 그가 개과천선했다고 크게 기뻐했을 정도였다.

그러나 곧 사람들은 알았다.

그것이 아니란 것을. 그전처럼 드러내 놓지 않을 뿐, 그리고 과거처럼 다반사로 벌이지 않을 뿐 여전하다는 것을. 오히려 더욱 나쁜 짓을 은밀하게 행한다는 것을.

그때는 이미 머리가 굵어진 모용작이었다.

자신이 벌이는 일이 역효과만 낸다는 것을 모르지 않았고, 또 이미 아비의 관심이 필요한 시기도 아니었다. 그렇지만 자신도 모르게 재미를 들이고 만 나쁜 짓들을 그만둘 수는 없었다. 특히나 여인에 대한 것은 더욱 그랬다. 그리하여 도리어 어떻게 하면 아버지의 진노를 불러일으키지 않고 몰래 즐길까 궁리하며 일을 벌이게 되었으니 당연한 결과라 할 수 있었다.

"아, 아버지……!"

가주가 물끄러미 바라보고만 있자, 그 무언의 공포를 이기지 못하고 이제는 덜덜 몸까지 떠는 모용작이었다. 그제야 가주는 길게 한숨을 내쉬더니 이윽고 입을 열었다.

"네 탓만 할 수는 없겠지."

"……!"

"따지자면 애초부터 제대로 가르치지 못한 내 탓이 오히려 더 크다고 할 수 있을 터이니. 그렇지만 가슴 아픈 실망만은 어쩔 수가 없구나. 죄를 저지르는 것으로도 모자라 살인멸구를 도모할 정도에까지 이르렀을 줄이야."

◆제7장◆
부정(父情)

“아, 아닙니다!”

모용작은 여전히 떠듬거리는 와중에도 소리치듯 대꾸했다.

“제, 제가 죽이지 않았습니다!”

“……!”

가주의 눈꼬리가 꿈틀했다.

동시에 처연하기만 하던 눈에 사나운 노기와 냉기가 어렸다. 감히 자신 앞에서까지 거짓말을 하려 들고 발뺌을 하려 한다고 생각한 이유였다. 그러나 그것은 잠시였다. 그는 이어지는 모용작의 말에서 이내 그것이 아니라는 것을 깨달았고, 그리하여 그의 눈은 다시 본래의 처연함으로 돌아갔다.

“냉, 냉가 형제입니다!”

모용작은 계속 소리쳤다.

"저는 죽일 생각까지는 없었습니다! 하지만 그들이 그래야 안전하고, 뒷일도 깨끗하다며 그렇게 하고 말았습니다!"

자신을 피신시키기 전에 모용수는 말했었다. 앞으로는 누가 물어도 절대로 그가 한 짓이 아니라고, 모르는 일이라 말하라고. 목에 칼이 들어와도 그렇게 하라고. 설사 자신과 숙부가 다시 묻는 경우가 있어도 마찬가지라고. 그리하여 모용작은 그 앞에서 맹세를 했고, 또 스스로도 반드시 그렇게 하리라고 내심 굳게 다짐했었다.

그러나 아버지 앞에서는 모두 허사였다.

아버지의 모든 것을 알고 있는 듯한 처연한 눈빛과 낮으면서도 속을 파헤치는 듯한 음성에는 소용이 없었다. 망설이거나 염두를 굴릴 생각조차 못했다. 그저 사실대로 말해 자신이 죽인 것은 아니라는 것을 빨리 증명하고 싶을 뿐이었다. 더구나 벌써 모든 것을 알고 확인하는 양 군휘 남매 앞에서 모두 밝혀 버린 다음이었음에야.

"제 잘못이 없다는 것은 아닙니다!"

모용작은 이제 울먹이는 음성이었다.

"그렇지만 제가 모든 죄를 뒤집어쓸 수는 없습니다. 저는 다만 처음에, 이런 시골에도 저토록 대단한 미인이 존재하는구나! 하는 감탄의 말을 뱉었을 뿐입니다! 그리고 그것을 그들이 과하게 받아들여 그 여자에 대해 알아오는 것을 말리지 않았고, 또 변복을 하는 등의 묘안이 있으니 그 여자를 뒤따라가서 재미를 봐도 아무 문제 없을 것이라고 부추기는 것에 넘어갔을 따름입니다!"

"그것이 사실이냐?"

"분명한 사실입니다."

"그들이 없다고 덮어씌우려는 것은 아니고?"

"절대로 그렇지 않습니다!"

펄쩍 뛰며 호소하는 모용작이었다.

"믿어주십시오! 이제 와서 무엇을 속이겠습니까! 제 배를 갈라 그것을 입증할 수 있다면 당장 그렇게 해 보이고 싶습니다! 제발 헤아려 주십시오, 아버지!"

"……."

가주는 잠시 아무 말 않았다.

대신 어떤 희미한 통한과 책망이 깃든 눈을 돌려 모용수와 모용굉을 일별하는 것이었다.

이유는 간단했다.

미리 이런 사실을 알아서 냉가 형제를 살려두고 잘 대처했더라면, 비록 쉬운 일은 아니겠지만 그래도 그들을 희생양으로 삼아 모용작이 살길을 찾아낼 수도 있었으리란 생각 때문이었다. 산다 해도 무공이 전폐되거나 사지가 온전하지 않기 십상이겠지만, 그렇더라도 산 것과 죽은 것은 천양지차였다.

물론 이제는 아무 소용 없는 생각이었다.

죽은 사람들을 살릴 수도, 또 죽인 것을 아무도 모르게 하지도 못했으니. 그것을 알기에 가주도 처음엔 무심코 자신의 시선을 받던 두 사람이 한순간 아차! 하는 얼굴로 곤혹과 당황함을 감추지 못하는 것을 보면서도 오히려 아무 내색을 않는 것이었다.

"그나마 다행이구나."

이내 고개를 돌린 가주가 모용작에게 말했다.

"악이 골수까지 물든 것은 아닌 듯하니."

"그렇다고 달라질 것은 아무것도 없소."

찬물을 끼얹듯 가주의 말을 자르면서 불쑥 끼어든 사람은 백초량이었다. 그가 냉랭한 얼굴을 하고 말을 이었다.

"냉가 형제가 모용작의 수하인 이상, 아니, 설사 그것이 아니라 해도 범행에 가담을 한 이상에는 어쨌거나 책임을 피할 수 없소. 목숨 값은 목숨으로밖에 갚지 못하는 것이 강호의 법. 하물며 간살(奸殺)이외다. 더욱이 모용작은 흉수들의 우두머리이고. 우리는 그 대가를 받아낼 것이오. 어떤 경우라도! 반드시!"

"어찌 그 심정을 모르겠소만."

가주가 말을 받았다.

"여지가 있지는 않겠소?"

"여지라니? 무슨 소리요?"

낚아채듯 대받는 백초량의 음성이 쨍! 하고 솟아올랐다.

"설마하니 사람의 일인 이상 누구나 실수할 수 있다느니, 참회라느니, 죄만 미워하라느니, 당신과 세가의 안면을 봐달라느니 하는 등의 이야기를 하자는 것은 아니겠지요? 또 그런 미명 아래 모용작의 목숨만은 붙여놓는 처벌이나, 아니면 그에 상응하는 보상으로 대체해 보려는 가당찮은 궁리를 하는 것도 아니겠지요? 행여 그럴 양이라면 아예 입도 뻥긋하지 마시오!"

"그런 것이 아니라."

"다시 한 번 분명히 이야기해 두겠소!"

들을 것도 없다는 듯이 가주의 말을 끊는 백초량이었다.

"우리는 다른 그 어떤 것도 필요없소! 모용작과 냉가 형제, 이 세 사람의 목 외에는."

"……."

너무도 완강한 태도에 어떻게 할 방법이 없기라도 하다는 듯이 잠시간 아무런 대응 없이 백초량의 시선을 물끄러미 바라보고만 있던 가주가 불쑥 말했다.

"나는 어떻소?"

"……?"

백초량이 눈을 끔뻑거렸다.

"무슨 뜻이오?"

"대신 내 목을 내놓아도 여지가 없겠느냔 말이오."

무심하고 조용한 대꾸였지만 반향은 컸다.

"지, 지금, 무, 무슨 소리를……!"

이제껏 논리 정연하고 냉철하기만 하던 백초량이 더할 수 없이 휘둥그레진 눈을 하고 흠칫 한 걸음 물러서며 말까지 더듬거릴 정도였으니 다른 사람들은 어떠했겠는가. 모두가 자신도 모르게 벌어지는 입을 다물지 못하는 가운데 혹시 잘못 들은 것은 아닌가 하는 표정으로 경악 어린 눈을 끔뻑거렸고, 심지어 양소군 남매와 몽천악조차 확연히 놀란 빛을 감추지 못하고 있었다. 일이 여기에 이른 이상 가주가 다른 생각을 하지 않으리라는 것은 그들도 알고 있었지만, 설마 이런 제안을 내놓을 줄은 생각도 못했던 것이다.

모용세가 사람들은 더했다.

모용굉과 모용수는 무어라 말을 하고 싶은데도 너무나 놀라고 기가 막혀서 도무지 말을 뱉어낼 수가 없는 사람의 형상이었고, 모용작은 거기에 더해 갑자기 무슨 병에라도 걸린 사람처럼 사시나무 떨듯 몸을 부들부들 떨고 있었다.

"그 정도는 봐줄 수 있겠지요?"

가주가 태연히 말을 이었다.

"본디 강호상에서는 물론이고, 관(官)에서조차 어지간히 중대한 죄를 저지른 죄인일지라도 다른 혈육이 있어 대신 그 대가를 치르고자 한다면 그것을 인정해 주는 법이 아니겠소? 내 비록 그리 대단하지는 않아도, 그렇다고 자식을 대신하지 못할 정도로 가치가 없는 사람이란 생각은 않는데, 어떻소?"

"……!"

"나로서도 부족하오?"

"지금 우리를 떠보고자 하는 것이오?"

이내 본색을 회복하며 냉랭하게 반문하는 백초량이었다.

그로서는 그렇게밖에 이해할 수 없었다. 아무리 자식을 사랑하는 부모라고 해도 이렇게 쉽게 스스로의 목으로 대신하자고 나올 수는 없었다. 하물며 일가의 가주였다. 거기다 더해 모용작은 아주 행실이 좋지 못한 망나니였고, 그래서 아예 내놓았다고 해도 과언이 아닌 인물이 아니던가.

따라서 백초량은, 자신의 조금도 여지를 주지 않는 강경한 압박과 대응에 내심 화가 난, 가주가 그것을 빌미로 자신들을 은근히 핍박하고 희롱하려 드는 것으로밖에 받아들일 수가 없었다. 그리고 그것으로 기회를 잡아 반전의 돌파구를 만들고자 하는 술수를 부리는 것 이외로는 여겨지지가 않았고.

"사람 희롱하려 들지 마시오."

백초량은 더욱 냉랭한 얼굴로 말을 이었다.

"그런 식으로 나온다면, 정말 그대로 받아들여 가주의 목숨으로 대체하는 수가 있소."

“내가 바라는 바요.”

“……!”

“나는 진심이오.”

가주는 진지하기만 했다.

“깊이 생각한 끝에 내린 결정이고.”

“그, 그래도 어떻게 그런……!”

“어떻든 내 자식이오. 더불어 나는 모용세가의 가주요. 아무리 죽을
죄를 지었어도 타인의 손에 내 자식이자 세가의 식솔인 이 아이의 목
숨을 맡길 수는 없소. 그것은 본 가로선 참을 수 없는 모욕이오. 그럴
바엔 차라리 내 손으로 직접 거두는 것이 낫소. 하지만 그렇다고 진정
내 손으로 내 자식을 죽일 수는 없는 노릇. 그렇다면 내게 남은 길은
하나뿐이지 않겠소?”

“……!”

백초량은 더 이상 아무 말도 하지 못한 채 마치 생경하고 충격적인
무엇인가를 보기라도 하듯 멍하니 가주를 바라보았고, 다른 사람들도
마찬가지였다.

이제는 모두가 가주의 진심을 느꼈기에 그럴 수밖에 없었다.

그렇게 찾아온 기이한 정적은 한참이나 이어졌고, 그것을 깬 사람은
다름 아닌 모용작이었다. 그때까지도 여전히 몸을 떨며 형언할 수 없
는 복잡한 감정의 파장을 드러내는 가운데 가주를 하염없이 바라보고
있던 그가, 어느 순간 무너지듯 털썩 무릎을 꿇으며 엎드리더니 흐느끼
기 시작했던 것이다. 폐부를 찢고 나오는 듯한 억눌리고 가슴 저미는
낮은 흐느낌이었다.

그리고 그때였다.

“안 됩니다, 아버지!”

“말도 안 됩니다, 가주님!”

모용수와 모용굉이 부르짖으며 날아와 가주 앞에 역시 무릎을 꿇는 것이었다. 다른 모용세가의 인물들도 마찬가지였다. 그들 역시 소리치며 부리나케 달려와 그들의 뒤에 부복했다. 그사이 두 사람은 결연하고도 통분에 찬 음성으로 재차 소리쳤다.

“있을 수가 없는 일입니다!”

“셋째 같은 놈을 위해 가주님이 희생하다니요!”

“셋째를 열 번 살릴 수 있다 해도 안 됩니다!”

“세가는 어쩌란 말입니까! 저희들은 또 어쩌고요!”

“재고(再考)해 주십시오!”

가만히 두면 끝없이 터져 나올 듯한 두 사람의 외침을 손을 들어 제지한 가주가 만감이 교차하는 시선으로 그들을 바라보며 말했다.

“지금부터 말하는 것은 가주로서 내리는 영이니 새겨듣고 그대로 시행해야 할 것이다. 더불어 중도에 가로막는 일이 있어서도 아니 될 것이고. 알겠느냐?”

“……!”

흠칫하는 와중에서도 두 사람뿐만 아니라 모용가의 인물들 모두가 부복한 자세를 단정히 하며 깊이 머리를 조아렸다. 가주의 영이란 말 때문이었다.

“내 뒤는 첫째가 잇는다.”

가주가 말을 이었다.

“너희들이 잘 보필해서.”

“가, 가주님!”

“아버지!”

영이란 사실을 금세 잊고는 기겁한 얼굴을 하고 고개를 발딱 쳐든 모용광과 모용수가 가주의 말을 끊으며 소리쳤다. 가주의 말은 자신의 죽음을 기정사실로 하고 마지막을 준비하는 것이었기에 그러했다. 그러나 그들은 더 이상 어떤 말도 행동도 할 수 없었다.

갑자기 끼어든 한 사람 때문이다.

“진정이냐?”

공후아였다.

“정말 네가 대신 죽겠다는 거냐?”

“제가 죽는 걸 원하지 않으십니까?”

“당연하지.”

공후아가 눈을 부라리며 대꾸했다.

“죄를 지은 놈은 따로 있는데, 네가 왜 죽어?”

“그럼 셋째를 살려주시겠습니까?”

가주가 무심한 눈을 하고 말을 받았다.

“그러면 제가 이럴 필요는 없지요.”

“말이 안 되는 소리!”

공후아가 펄쩍 뛰었다.

“그놈은 죽을죄를 지었어!”

“그렇다면 아무 말씀 마십시오.”

“평소 문제만 일으키던 죽어도 싼 놈이잖아!”

공후아가 인상을 쓰면서 버럭 소리쳤다.

“오히려 앓던 이가 빠진 것처럼 홀가분한 일일 텐데, 왜 그래? 그리고 자식 하나 없는 셈치면 되고 말이야! 그래도 둘이나 남잖아! 놈이 죽는 것을 방관한다고 해서 널 욕할 사람은 아무도 없어! 그리고 벌은 죄를 지은 놈이 받는 거야!"

"혈혈단신인 노선배님은 모르십니다."

가주가 낮게 한숨을 불어내며 말했다.

"아비가 어떤 것인지, 그리고 나아가 일가의 가주란 자리가 무엇을 의미하는지."

"……!"

"그것은 무거운 책임과 희생을 요구하는 것과 다름 아닙니다. 명문이란 탈을 쓰고 있지 않다면 또 모르겠습니다만, 그리고 어떤 결과가 되었든 간에 일이 당사자만 있는 가운데에서 조용히 처리되는 경우라면 또한 달라지겠습니다만, 이렇게 보는 눈이 무수한데다 모든 것이 완전히 까발려져 버린 지금의 상황으로서는 어쩔 수가 없습니다. 내게는 선택의 여지가 없습니다. 세가의 명예를 위해서라도, 그리고 제 자신을 위해서도 말입니다."

"허……!"

공후아가 어이없다는 얼굴로 탄식했다. 그가 보기에는 이유도 아니었던 것이다. 그러나 그는 그에 관해 더 말할 수가 없었다. 그사이 가주는 얼른 화제를 바꾸었기 때문이다.

"그보다 약속이나 지켜주십시오."

"약속이라니? 뭘……?"

공후아가 의혹을 떠올렸다. 가주가 대꾸했다.

"노선배님을 군말없이 따라오는 대신에 부탁 두 가지를 들어주겠다고 했잖습니까."

"그런데?"

"지금 하겠습니다."

"쩝……."

쓴 입맛부터 다시는 공후아였다.

"빨리도 돌아오는군. 말해봐. 뭔데?"

"저 하나로 이 일을 마무리 지어주십시오."

백초랑을 힐끔 쳐다보며 가주가 대꾸했다.

"다시는 이 일로 셋째를 괴롭히는 일이 없어야 합니다. 노선배님만 믿겠으니 책임지셔야 합니다."

"냉가 형제인지 하는 놈들은?"

"그들은 이미 죽었습니다."

"……!"

공후아의 눈이 커지는 것을 보며 가주는 무심하게 말을 이었다.

"셋째를 보호하기는커녕 도리어 구렁텅이에 몰아넣은 것을 참지 못한 둘째와 아우가 손을 쓰고 만 모양입니다. 시신은 화골산(火骨散)으로 없애 버렸고요."

"과연."

공후아가 그럴 줄 알았다는 듯이 머리를 끄덕였다.

이어 짐짓 고리눈을 하고는 모용굉과 모용수를 노려보았다. 그렇지만 더 이상 다른 말이나 행동은 않았다. 벌써 그들이 실종되었을 때부터 짐작되는 바가 있었고, 그리고 지금 와서 자신을 속였다고 그들을 혼내봐야 아무 소득도 없는 일이기에 그러했다. 그리하여 곧 모용가주에게 고개를 돌리며 말했다.

"다른 하나는?"

"후일 본 가를 한 번 도와주십시오."

“……!”

공후아가 흠칫 이채를 떠올리며 가주를 쳐다보았다.

내용이 생각지도 못한 것이기에 그렇기도 했지만, 그보다는 다른 이유가 있었다. 뜻밖에도 전음이었던 것이다. 그러나 까닭이 있겠거니 하고 그도 이내 전음으로 대꾸를 했다.

“언제? 무슨 일에?”

“시기는 저도 알 수 없습니다.”

가주가 모용수 등을 눈짓하며 대꾸했다.

“어떻든 일이 생기면 본 가에서 누군가 찾아갈 테니 얼마간 본 가에 와 계시기만 하면 됩니다.”

“다 좋은데 말이야.”

영 마음에 안 든다는 떨떠름한 표정으로 가주를 응시하던 공후아가 문득 무엇을 떠올렸는지 헤벌쭉 웃으며 토를 달았다.

“내가 어디에 있는 줄 알고 어떻게 찾아? 설마하니 어딜 가든 행선지를 항상 너희들에게 알려달라는 것은 아니겠지? 아니면 사람을 꽁무니에 달고 다니란 것이든지 말이야? 설사 내가 죽는 한이 있어도 그런 짓은 못하는 것 알지?”

“염려 마십시오.”

자신만만한 가주였다.

“다 찾아 모실 방법이 있으니.”

“……?”

곤혹스런 표정을 감추지 못하던 공후아가 돌연 아차! 하는 얼굴로 인상을 썼다.

“너, 혹시!”

"……."

"천리향이지? 그걸 썼지?"

"어쩔 수가 없었습니다."

"이런……!"

공후아가 아뿔싸! 하는 얼굴을 했다.

"제남이 백 리도 남지 않은 산중에서 기어이 제가 가지고 다니는 차를 한잔 끓여 먹고 가자는 게 어쩐지 수상하다 했더니. 거기서 차에 천리향을 풀었지? 맞지?"

"죄송합니다."

가주가 얼른 포권을 취했다.

"본 가에 위험이 닥칠 것을 뻔히 알면서도, 또 노선배님이면 충분히 막을 수 있다는 것을 알면서도 가만히 있을 수는 없었습니다. 어차피 제 부탁을 들어주신다는 노선배님의 약속을 얻은 다음이기도 했고요. 그렇다고 언제 닥칠지도 모르는 일에 노선배님께 계속 본 가에 머물러 주십사, 할 수도 없는 일. 그래서 본가비전의 천리향을 차에 섞어 드시게 했습니다. 해량해 주십시오."

"이런 젠장맞을!"

공후아가 머리를 숙여 이리저리 제 몸의 냄새를 맡는 시늉을 하며 투덜거렸다.

"걱정하지 마십시오."

가주가 얼른 말했다.

"아시잖습니까. 무색(無色), 무미(無味), 무취(無臭)로 본 가의 훈련받은 신응(神鷹) 외에는 그 무엇도 그 냄새를 맡거나 자취를 찾을 수 없다는 것을. 불편한 것은 조금도 없을 것입니다."

“어떻든 언제 올지도 모르는 그놈의 신응이 찾아올 때까지 계속 천리향을 풍기며 살아야 한다는 것이 기분 나쁘다는 거야! 무슨 꼬리표를 달고 다니는 것도 아니고!”

“일 년입니다.”

가주가 말을 받았다.

“그 기간이 지나면 저절로 없어집니다. 그 안에 신응이 찾아가면 본가로 오셔서 해약을 복용하시면 되고요.”

“할 수 없지. 약속은 약속이니…….”

말은 그래도 공후아는 여전히 소태를 씹는 듯한 표정이었다.

그렇거나 말거나 가주는 감사의 표시로 다시 한 번 깊이 포권했다. 이어 그는 백초량 등에게도 포권을 취해 보이는 것이었다. 많은 의미가 깃든 행동이었다. 그에 그때까지도 멍하니 보고만 있던 백초량 등이 황망히 답례했다. 그리고 다급하게 무어라 입을 열려 했지만, 가주가 결연하고도 굳은 얼굴과 눈빛으로 묵묵히 머리를 내젓는 것을 보고는 움찔 입을 다물고 말았다.

하지만 잠시였다.

“다시 한 번 생각해 보시오.”

모용수 등에게로 고개를 돌리는 가주를 향해 백초량이 말했다.

“가주의 위신과 모용세가의 무게를 생각해서, 그리고 공 선배를 존중하는 마음에서, 또 이런 경우 관례에 따라 우리도 달리 고집을 피우지는 않겠소만, 하지만 이것은 아니라고 생각하오. 벌은 모용작이 받아야 하오. 더구나 이미 적지 않은 죄업에 물든 자요. 다음에 다시 그런 짓을 않는다고 어떻게 장담하겠소? 십중팔구는 또 저지를 것이오. 그렇다면 그때는 과연 누가 있어 막아주겠소?”

"이제 그럴 일은 없을 것이오."

머리를 흔들며 대꾸한 가주가 모용작을 직시했다.

"그렇지?"

"……!"

이제껏 망연자실 넋을 놓고 있던 모용작이 흠칫 가주를 바라보았다. 가주가 재차 말했다.

"그렇지 않느냐?"

"차, 차라리……."

하염없이 눈물을 흘리며 얼굴을 푸들거리는 가운데 한동안 입만 우물거릴 뿐, 마치 난생처음 입을 열기라도 하는 사람처럼 도무지 말을 꺼내지 못하던 모용작이 간신히 말소리를 흘려냈다. 그리고 나자 이내 금제에서 풀리기라도 한 사람마냥 과격하게 머리를 땅에 찧어 박은 채 연이어 울면서 소리치는 것이었다.

"차라리 저를 죽여주십시오! 죽어도 제가 죽어야지, 왜 아버지가 죽습니까! 모두 제 죄가 아니겠습니까! 제가 잘못했습니다, 아버지! 제가 죽어야 합니다!"

조금 전까지만 해도 어림도 없었을 말과 행동이었다.

제 대신 아버지가 죽겠다고 나서는 것에 놀라고 죄책감도 들고 슬프지 않은 것은 아니었지만, 그렇다고 그것을 말리거나 반대할 생각은 조금도 없었던 그였다. 도리어 내심은 아비로서 당연히 해야 할 일이라는 생각까지 하고 있었고, 어떻게든 빨리 이 일이 마무리되어 세가로 돌아가기만 바라고 있었다.

그러던 것이 묘하게도 아비의 계속된 말을 들으며 어느 순간부터 스스로에 대한 회한과 자책이 생기더니, 그것이 점점 커져 종내에는 자신도 모르게 소리를 지르게 된 것이다. 기실 그 자신은 제대로 자각하지 못하고 있지만, 이제야 진정으로 부정이란 것과 가족 간의 정을 가슴속으로 느끼게 된 까닭이었다.

어쨌거나 그것이 도화선이었다.

"제가 대신하겠습니다!"

모용수도 격앙된 모습으로 머리를 숙이며 소리쳤다.

"셋째를 제대로 인도하지 못한 제 죄가 가장 큽니다!"

"제가 낫습니다!"

모용굉도 나섰다.

"숙부로서 의무를 다하지 못했습니다! 그리고 나이도 그렇고, 하는 일도 그렇고 제가 적격입니다! 세가를 위해 제가 죽겠습니다!"

서로 자신이 죽겠다고 나서며 울부짖는 형국이었다. 얼마간 처절하게 보이기도 하고, 한편 사정을 알고 보는 사람으로서는 조금은 어이없게 느껴지기도 하는.

그런데 다음 순간이었다.

모용작은 여전히 울부짖는 가운데서 모용굉과 모용수의 음성이 갑자기 뚝 그치는 데 더해 흠칫 눈을 크게 뜨고는 가주를 바라보는 것이 아닌가. 가주가 아무런 다른 말이나 행동을 취하지 않았는데도 그러했다.

이유는 하나였다. 가주가 그들에게만 전음을 발했던 것이다.

"어리석은 놈들!"

그것도 불호령 같은 전음이었다.

"아직도 모르겠느냐! 이것은 오히려 내가 의도하는 바란 것을! 그리고 필연이란 것을!"

“……?”

“물론 지금의 이 난국을 타개할 방법은 우리들 중 하나가 죽는 외에는 없고, 또 아비로서 셋째를 위해 죽는 것이 거리낄 것이 없다만, 그러나 다른 이유도 있다.”

“무슨 말씀이신지……?”

“휴우…….”

잠시 말을 멈추고 한숨부터 내쉰 가주가 전음을 이었다.

“지금부터 하는 말은 너희만 알고 있어야 한다. 아니, 듣고는 즉시 잊어버리도록 해라. 첫째에게도 절대로 이야기하는 경우가 있어서는 안 될 것이다. 셋째도 마찬가지고. 너희가 알고 있다는 것이 드러나는 날엔 모든 것이 허사가 될 터이니.”

“……?”

“제대로 된 계획도, 충분한 자금도 확보하지 않은 채 세가의 힘을 키우겠다고 무리를 한 것이 근본적인 문제였다.”

잠시 뜸을 들인 가주가 본격적인 이야기를 시작했다.

“그로 인해 겉으로는 팽창하는 것처럼 보였지만 내실은 형편이 없어졌고, 그런 가운데 몇 년 전 조사전(祖祀殿)을 개축하는 데 더해 인근의 노른자위 땅까지 사들인다고 욕심을 부린 것이 직접적이고 결정적인 원인이라 할 수 있다. 그때라도 마음을 고쳐먹고 내실을 기하는 데 힘썼더라면 이런 일은 없었을 것을. 비록 낡았어도 당장 어찌 될 조사전도 아니었고, 또 땅도 그리 급하게 필요한 것도 아니었는데 말이다. 어떻게든 그전까지의 내 실수를 만회하려 한 짧은 생각이 실수였다. 더불어 그런 틈을 비집고 들어와 유혹하는 그들의 달콤한 제안을 이기지 못하고 덥석 잡았던 것이 더 큰 실수였고. 어리석게도 그들에게서 자금을 빌리다니…….”

“그들이라니요?”

모용수가 의문을 떠올리며 물었다.

“누구를 말씀하시는 것입니까?”

“밀상(密商).”

“헉!”

전음으로 이야기를 나누는 중이란 사실도 잊고 모용수의 입에서 경악성이 그대로 터져 나왔다.

모용굉도 소리만 내지 않았다 뿐 놀라기는 마찬가지였고. 그에 사람들의 시선이 의혹을 띠고 그들에게로 몰렸지만, 어떻든 그들로서는 그럴 수밖에 없는 일이었다.

밀상.

그들은 말 그대로 비밀 조직이었다.

그들은 오직 은자를 위해서 움직이며, 은자라면 제 살이라도 베어 팔 정도로 피도 눈물도 없는 지독한 암흑의 상인들이기도 했다. 그렇지만 그 수가 얼마나 되는지, 조직원이 어떤 사람들인지, 얼마만한 자금을 운용하는지 구체적으로 밝혀진 것은 아무것도 없었다. 하지만 세 살 먹은 강호의 어린아이라도 알고 있었다. 그들의 인맥은 일반 상인들 속에는 말할 것이 없고, 관과 무림에까지도 깊이, 그리고 고루 망라되어 퍼져 있으며, 어쩌면 천하의 무수한 관인(官人)들을 다 합친 것보다 머릿수가 더 많을지도 모른다는 것을. 더불어 그 자금 역시 황제가 운용할 수 있는 것보다도 훨씬 많을지 모른다는 것을. 따라서 그 힘은 상상을 초월한다는 것을.

그렇지 않다면 그들이 무림에 적을 두고 있는 것이 아님에도 그 어떤 무림의 문파도 그들을 감히 무시하지 못하는 일이 벌어질 리는 없을 터였다. 아니, 그 정도가 아니었다. 설사 구파일방의 장문이라 할지라도 그들을 입에 올릴 때면 조심을 할 지경이었다. 그들과 거래를 하려 들지 않는 것은 말할 것이 없고. 오죽했으면 어떤 방파가 갑자기 몰락하거나 주인이 바뀌는 경우, 혹시 밀상과의 거래 때문은 아닌가 하고 먼저 의심부터 할 정도이겠는가.

그래서 강호에서 밀상은 불문율이었다.

입에 올리지도 않으며, 거래도 하지 않는 것이.

'밀상이라니……!'

모용수는 내심 절망 어린 탄식을 했다.

그러며 그는 그제야 모든 것을 이해할 수 있었다. 왜 아버지가 오늘 처음 나타날 때부터 평소와는 전혀 다른 언행을 보였는지, 또 양군휘 등에 의해 모용작이 잡혀 있다는 사실을 자신들에게 미리 전음으로 알려주고 대책을 강구할 수 있었음에도 어찌해서 그렇게 하지 않았는지, 그리고 무엇 때문에 다른 생각은 추호도 하지 않고 줄곧 죽음을 택하려 들었는지. 그리고 지난 이 년 동안 어딘지 모르게 얼굴이 그늘져 보였던 이유까지도.

"다 내 어리석음 탓이다."

착잡한 음성으로 가주가 전음을 이었다.

"그래서 죽어야 하고."

"하, 하지만……."

"벌써 지난달에 일차 기일이 지났다. 두세 달 안에 다시 독촉이 올

것이다. 이번 독촉장을 받고도 갚지 못하면 아마 본 가를 송두리째 접수하려 할 것이다."

"다른 곳에서 빌리면."

"바보 같은 소리!"

모용굉의 말을 자르며 가주는 머리를 흔들었다.

"그동안 한 번도 이자조차 준 적이 없는 탓에 이미 이자만도 원금을 훨씬 넘는다. 누가 그런 거금을 가지고 있고, 또 선뜻 빌려준단 말이냐? 설사 빌려줄 사람이 있다고 해도 문제다. 본 가를 다 팔아도 갚을 수 있을까 말까 한 그 돈을 나중에 무슨 수로 갚는단 이야기냐? 있을 수 없는 일이다."

"……!"

"다른 방법이 없다."

모용수 등이 눈만 둥그렇게 뜨고 있는 가운데 가주가 말을 이었다.

"다행히 그들은 나와 거래를 했고, 그래서 거래 사실도 나밖에 아는 사람이 없고, 또한 계약서도 그들이 가진 것뿐이다. 내 것은 벌써 없애버렸으니. 그러니 나만 없으면 된다. 너희들은 금시초문이라고 얼마든지 발뺌할 수 있는 일이다."

"하, 하지만 그것으로 물러날까요?"

"어림도 없겠지."

태연히 말을 받는 가주였다.

"그래서 안전장치를 만들어두었다."

"안전장치라니요……?"

"조금 전 공후아와 전음으로 나눈 것이 그것이다."

이어 그는 그 내용을 모두 이야기해 주었다. 그리고 말을 이었다.

“공후아가 있으면 적어도 너희들이 다치거나 본 가가 속절없이 그들에게 넘어가는 일은 없을 것이다.”

“공후아 하나로 그렇게 된단 말입니까?”

모용수가 불신을 떠올리며 말했다.

“다른 곳도 아닌 밀상인데요?”

“오직 그만이 할 수 있다.”

“……!”

“너희들은 모른다.”

한줄기 미소를 떠올리며 가주가 말을 받았다.

“공후아가 어떠한 사람인지. 차라리 천룡맹을 건드릴지언정 공후아를 화나게 만들지 말란 말을 들어보았을 것이다. 그것은 사람들이 알듯 단순히 그가 신법을 이용해서 상대를 끈질기게 괴롭히기 때문만은 아니다. 자세한 사정을 말할 수도 없고, 그럴 여가도 없다만 한 가지만은 알고 있어라. 아무리 악명 높은 천하의 밀상이라도 공후아만큼은 함부로 어찌할 수 없다. 공후아를 건드린다는 것은 무림 전체를 건드리는 것이라 해도 과언이 아니니까. 밀상은 누구보다도 그것을 잘 알고 있을 것이다. 그러니 너희들은 일이 닥치면 신응을 풀어 얼른 그를 찾아야 하고, 또 죽기 살기로 그에게 매달려야 할 것이다. 그래야 너희도 살고, 본 가도 산다. 명심해라.”

“……!”

“더 말 않겠다!”

전음을 풀며 가주가 소리쳤다.

“앞으로 가주는 첫째다. 너희도 그에는 불만은 없으리라 믿는다. 모든 면에서 월등한 놈이니. 너희들이 잘 보필한다면 머잖아 본 가가 강호에 우뚝 서는 것도 꿈은 아닐 것이다. 혹시라도 나와 같은 전철을 밟는 일이 있어서는 안 된다."

"명심하겠습니다."

"그리고 셋째는 자숙해라."

가주가 그제야 울부짖음을 그치며 자신을 바라보는 모용작을 냉엄한 시선으로 직시하면서 말했다.

"돌아가는 즉시 연무동으로 들어가라. 기한은 삼 년이다. 그 안에는 연무동에서 나올 생각을 마라. 무공을 익히고, 책을 읽도록 해라. 그래서 새로운 사람이 되어 첫째를 돕도록 해라. 이제는 무엇이 옳은 길이고, 또 네 길이 무엇인지 알았을 줄 믿는다."

이어 하나하나 모용가의 인물들을 둘러보더니 말을 이었다.

"모두가 최선을 다한다면 본 가의 중흥도 머지않은 일일 것이다."

그것이 마지막이었다.

다음 순간에 그는 갑자기 그대로 스르르 쓰러져 버렸다. 사람들은 모두 멍하니 보고만 있었을 따름이다. 심지어 모용수 등도 그러했다. 아무리 미리부터 예고를 했다고 해도, 그래도 이토록 쉽게, 그리고 갑작스럽게 그가 스스로의 목숨을 끊어버릴 줄은 꿈에도 몰랐기에 그럴 수밖에 없었다. 쿵, 하고 바닥에 모로 쓰러진 그의 몸이 전혀 움직이지 않는 데 더해 칠공에서 피까지 흘러나오는 것을 보고 나서야 사람들은 그것을 알았다.

"아, 아버지!"

첫 외침은 모용작의 입에서 터져 나왔다.

이어지는 다른 모용세가 사람들의 오열과 울부짖음 속에 어떤 숙연함과 알 수 없는 무거움이 장내를 덮었다. 다른 사람들은 충격 어린 복잡한 감정을 담고 망연히 그들을 지켜볼 따름이었다. 그를 죽음으로 몰았다고 할 수 있는 사람들도, 그리고 구경만 한 사람들도 모두 그랬다. 무수한 죽음을 보고, 또 직접 사람을 죽이기도 해본 사람들이 태반이었지만 이런 경우는 처음이었던 것이다.

그래서일 터였다.

근 반 시진 후, 시신을 수습한 모용세가의 사람들이 모두 떠나고도 분위기가 얼마간 그러했던 것은. 결국 단봉문주가 나서서 말을 꺼냄으로써 사람들의 이목을 집중시키고 난 다음에야 그것은 가셨다.

"오늘은 여기서 그치는 것이 좋겠습니다!"

그러고 보니 벌써 해가 지고 있었다.

"이만 오늘의 일정을 마치도록 하겠습니다!"

문주의 눈짓을 받은 황구가 좌중을 둘러보며 소리쳤다.

"대회는 그대로 이어서 내일 다시 열릴 것입니다! 모쪼록 내일도 많이 왕림해 주시기 바랍니다!"

그러고도 황구는 한동안 여러 가지 이야기를 했지만, 듣고 있는 사람은 거의 없었다. 끝이라는 소리를 듣자마자 군웅들은 자리를 뜨기 시작했고, 그로 인한 웅성거림과 번잡스러움으로 황구의 말소리가 아예 들리지 않을 지경이었다. 워낙 수가 많았던 관계로 군웅들이 연무장을 다 빠져나가는 데만도 근 한 식경이 걸렸다.

이어서 참가자들과 그에 연관된 사람들이 단봉문 무사들의 인도 아래 정해진 숙소로 향했다.

그러나 모두가 그런 것은 아니었다.

애초에 비무대에 있던 공후아와 몽천악 일행을 비롯한 양소군 남매, 백초량 일행, 그리고 팽소용과 수하들은 다른 사람들과 같이 숙소로 보내고 자신들만 남은 팽연과 팽우광은 움직일 생각을 않았다. 물론 그 사이 비무대로 내려온 단봉문주를 비롯한 황구는 벌써 각자의 제자리와 제 할 일을 찾아 떠난 다른 단봉문의 인사들이나 일반 무사들과 달리 주인 된 도리로 남아 있었고.

그리고 또 있었다.

군웅들이 모두 썰물처럼 빠져나간 텅 빈 연무장 한쪽에 덩그마니 혼자 남아 있는 인물이 있었다. 다름 아닌 소강이었다. 자연 그에게로 남아 있는 사람들의 시선이 몰릴 것은 당연지사. 그런 속에 그는 얼마간 비무대와 연무장 바깥을 번갈아 쳐다보면서 안절부절못하는 형상이었다. 마치 비무대로 갈 것인지, 아니면 밖으로 나갈 것인지 정하지 못하고 망설이는 사람처럼.

하지만 잠시였다.

그는 이내 사람들을 향해 활짝 미소를 지어 보이더니 몸을 움직였다. 비무대를 향해서였다. 한 번 움직이기 시작한 그는 조금도 머뭇거리지 않았다. 순식간에 비무대에 이르렀고, 훌쩍 뛰어오르더니 의혹과 궁금증을 담은 채 자신에게서 떨어질 줄 모르는 사람들의 시선에 아랑곳없이 몽천악의 앞으로 다가와 서는 것이었다. 그리고는 여인이 지어도 그보다 아름답고 어울릴 수 없을 듯한 얼마간 겸연쩍고 수줍음에 찬 미소를 떠올리며 말했다.

"생각해 봤는데요."

"……?"

"더 좋은 방법이 있어요."

"무슨 소리냐?"

"후일 당신을 찾아가겠다는 약속 말예요."

다시 한 번 미소를 지으며 소강이 대꾸했다.

"사부님이 명하신 일 년 유랑도 끝난 마당에 굳이 혼자 떠돌면서 수련한 다음에 그렇게 할 까닭이 없을 것 같아요. 나중에 당신을 찾아내는 문제도 그렇고, 무엇보다 혼자 돌아다니기가 이젠 싫증나거든요."

"나와 함께 다니기라도 하겠다는 거냐?"

"바로 그래요."

소강이 활짝 웃었다.

"당신을 따라다니면 재미있는 일이 많을 것 같아요. 오늘은 또 무얼 하고, 또 어디로 가야 하나 하는 고민도 할 필요가 없을 테고요. 그리고 당신도 일종의 수련을 쌓기 위한 비무행이라면서요? 내가 지긴 했지만 어떻든 동행하다 보면 서로 배울 점이 있고, 도움이 되는 것도 있지 않겠어요? 심심하지도 않을 테고요. 또한 나로서는 당신을 조금이라도 더 파악해 놓아야 후일 상대하기가 쉽기도 하고요. 설마하니 당신이 그런 것을 겁내지는 않겠지요?"

◆제8장◆
전말(顚末)

"귀찮게는 않을게요."

몽천악이 묵묵히 바라보고만 있자 그것을 어떻게 할까 고민하는 것으로 착각한 소강은 얼른 말을 이었다. 이제까지의 어딘가 느물거리는 듯하던 어조와는 다른 얼마간 사정조의 풀죽은 음성이었다.

"그리고 아주 싫은 일만 아니면 웬만한 일은 시키는 대로 다 할게요. 또한 내 입은 내가 책임질 수 있어요. 이래 봬도 나, 은자 많아요. 사부님께서 물려주신 게 많거든요."

아직 어린 소강이었다.

지난 일 년 동안 아무런 간섭도 받지 않는 가운데 자유분방하게 제 마음대로 할 수 있었던 유랑이 싫었던 것은 아니었다. 오히려 너무도 흥미진진하고 재미있었다.

하지만 반면에 한 번씩 세상에 혼자 버려진 듯한 외로움 역시 느끼지 않을 수 없었고, 그럴 때는 견디기 또한 쉽지가 않았다. 무엇보다 자신만을 위해 주던 사부에 대한 그리움이 사무치게 밀려올 때면 더욱 그러했다. 특하나 제 말처럼 무엇을 하고 어디로 가야 할지 모를 때가 제일 그러했고.

그래서였다.

이렇게 몽천악에게 동행을 사정하다시피 하고 나오는 것은.

그렇다고 상대가 누구라도 이러했을 소강은 아니었다. 외유내강에 나름대로 경험도 쌓았다면 쌓은 그였다. 몽천악을 만나지 않았으면 결코 이런 심사를 드러낼 일이 없었다. 몽천악을 대하고 겨루면서 사부가 그러했던 것처럼 무뚝뚝한 속에서도 따스한 애정을 품고 대하는 듯한 느낌을 받았던 것이 이유였다.

몽천악은 여전히 소강을 바라보기만 할 뿐이었다.

소강을 받아들여야 할지 말아야 할지 갈등하거나, 그를 거절할 궁리를 하느라 그런 것이 아니었다.

그로서는 소강의 합류를 싫어할 이유가 없었다.

그럼에도 그러한 것은 뜻밖에도 백초량이 전음을 보내오고 있었던 탓에 그것에 귀 기울여야 했기 때문이었다. 다름 아닌 소강을 받아들이라는 내용이 그 첫째였고, 더불어 양소군 남매와 깊은 친분을 쌓는 것은 자신이 볼 때 고려해 보는 것이 좋겠다는 내용이 두 번째였다. 그런데 소강에 대한 것은 별문제였지만, 양소군 남매에 대한 것은 그로서는 왜 그래야 하는지 이해가 가지 않았다. 더불어 백초량이 자신에게 어째서 그런 소리를 하는지도 마찬가지였고.

그래서 얼마간 그것을 생각하느라 소강에 대해서는 신경을 쓸 여가가 없었던 것이다. 소강이 그것을 알 리 없었다. 그리하여 그는 이제

조바심까지 드러냈다.

"안 될까요?"

"안 될 이유가 없지."

대답은 남청이 했다.

"하고 싶은 대로 하면 돼. 소형제 같은 사람을 누가 마다할까. 어차피 오는 사람 막지도, 가는 사람 잡지도 않을 형님이기도 하고."

그러나 소강은 힐끔 남청을 일별했을 뿐 이내 다시 몽천악에게 시선을 돌려 고정하는 것이었다. 몽천악의 직접적인 대답을 듣지 않고는 마음이 놓이지 않는 것처럼.

그제야 몽천악도 입을 열었다.

"좋도록 해라."

"……!"

소강의 얼굴에 대번에 웃음꽃이 활짝 피어났다.

그리고 곧 입을 열어 그 기쁨을 표현하고자 했지만, 그러나 말을 꺼낼 수는 없었다. 그보다 한발 앞선 사람이 있었던 탓이다.

"여러분들도 이제 그만 숙소로 가서 쉬시는 게 좋겠습니다."

단봉문주였다. 그가 몽천악 일행과 팽가 사람들을 돌아보며 말했다.

대회 개최자의 입장이기에 중요한 손님들로 하여금 푹 쉬고 내일을 준비하라는 배려에서 그런 것만은 아니었다. 그랬다면 이렇게 소강이 더 말을 못하도록 교묘하게 막으며 먼저 말을 꺼내지는 않았을 터였다. 그의 평소 성정이라면 최소한 소강이 기쁨을 표현할 시간은 주고, 또 설사 말을 한다 해도 소강을 동행으로 맞이한 축하부터 몽천악에게 건넸을 터였다. 그것이 순서였고.

사실은 그도 한시가 급했던 것이다.

계획과는 너무도 다르게 대회가 진행된 탓이었다. 더구나 양군휘 남매까지 출현한 마당이었다. 위기감을 느끼지 않을 수 없었다. 어서 거처로 돌아가 전서를 띄워 이런 사실을 당주에게 알리고 자문을 구해야 했다. 설사 지난번 당주가 와서 말한 대로 어떤 대답이나 다른 지시를 받을 수 없다 하더라도 그래야 했다. 어떻든 그것은 그의 의무였으니까. 그래서 그는 몽천악 등의 대답을 기다리지도 않고 이어서 바로 양소군 남매와 백초량 일행에게로 고개를 돌렸다.

"여러분들은 어떻게 하시겠습니까? 저로서는 모처럼 왕림들 하셨으니 비록 누추하지만 며칠 본 문에 머무르시면 바랄 것이 없겠습니다만. 계속 대회도 관람하시고요."

"그래도 되겠습니까?"

"되고말고요."

양군휘의 대꾸에 문주가 제꺽 말을 받았다.

"다만 혹시라도 대접이 부족할까 그것이 걱정입니다."

"대접이야 부족할 까닭이 있겠습니까. 이미 만반의 준비를 해놓고 기다리고 계신 것으로 아는데. 물론 이제는 그리 쓸모가 없게 되어버리기는 했지만."

"……!"

문주의 얼굴에 순간적으로 당황이 떠올랐다.

하지만 언제 그랬냐 싶게 이내 곤혹으로 바뀌며 말했다.

"무슨 말씀이신지……?"

"꾸미고 있는 일이 있잖습니까."

"꾸미는 일이라니요?"

문주는 짐짓 눈을 둥그렇게 떴다.

"도대체 지금 무슨 소리를 하시는 것입니까?"

"시치미를 떼셔도 소용없습니다."

양군휘가 빙글빙글 웃으며 말을 받았다.

"다 알고 온 바이니."

"무슨 말인지 도통 모르겠구려."

더욱 어리둥절하고 영문을 모르겠다는 얼굴을 하며 문주가 말했다.

"좀 알아들을 수 있게 이야기해 주시겠소이까?"

"해드리지요, 어차피 그러려고 온 것이니."

양군휘가 머리를 끄덕이며 말했다.

"내가 여기 온 것은 모용작 때문이 아닙니다. 그것은 부차적인 것이고 주목적은 따로 있습니다. 나는 문주를 깨우쳐 드리고, 또 알려드릴 것이 있어서 왔습니다."

"……?"

"문주는 아셔야 합니다."

여전히 얼굴 가득 곤혹스러움을 떠올리고 있는 문주를 응시하며 잠시 뜸을 들인 양군휘가 말을 이었다.

"본 맹은 이미 모든 것을 알고 있다는 것을. 문주가 벌써 오래전에 그들과 손을 잡았다는 것도, 그리고 그들의 사주에 의해 이번 대회를 열었으며 음모가 있다는 것도, 또 구체적으로 음모가 무엇이며 또한 그것으로 획책하는 바가 무엇인지도 모두 말입니다. 우리의 정보망이 녹록치 않다는 것은 잘 아시지요?"

"……!"

짧은 순간 부르르 몸을 떠는 가운데 문주의 안색이 일변했지만 모르는 척 양군휘는 말을 계속했다.

"본래 본 맹에서는 모르는 척 기다리다가 결정적인 순간에 들이쳐 일거에 모두 쓸어버릴 계획이었습니다. 본 맹에 칼을 들이대는 자들을 용서할 수는 없으니까요. 하지만 그것을 그대로 밀고 가기에는 얼마간 거리낌이 있었습니다. 그러면 결국 이미 두더지처럼 숨어버린 음모의 주재자들 대신에 언제나처럼 하수인에 불과한 문주와 단봉문만 희생될 것이 뻔하기 때문입니다."

"……!"

"더불어 아직은 문주나 단봉문이 본 맹에 직접적인 해를 입힌 것이 없고, 또한 그동안 강호에서의 평판도 그리 나쁘지 않으며, 나아가 얼마든지 개선의 여지가 있다는 점도 고려하지 않을 수 없었고요. 만약 그런 것을 감안하지 않고 계획대로 밀어붙인다면, 내막을 모르는 강호 동도들은 겉으로 벌어진 결과만 보고는 또다시 본 맹의 무도함과 잔인함을 성토하고 비난하게 될 것이 자명한 일. 그것은 본 맹으로서도 부담이 아닐 수 없고, 무엇보다 그러한 결말은 문주를 사주한 자들이 바라 마지않는 바라는 것입니다."

"……!"

"그래서 계획을 수정한 것입니다."

한 호흡 쉰 양군휘가 말을 이었다.

"그것이 아니었다면 일부러 신창 봉공까지 모시고, 그것도 관심만 가지면 다 알도록 드러내 놓고 제남지부를 방문하지는 않았을 것입니다. 더불어 오늘 제가 이렇게 찾아온 것도 마찬가지이고요. 우리는 미리 경종을 울려주고자 했던 것입니다. 아울러 차라리 모든 것을 알려주고, 그리하여 문주가 더 이상 그들의 꼭두각시 노릇을 하지 못하도록 막으려는 생각이고요. 이것은 문주에게도 기회입니다. 그들과는 당장 손을 끊으십시오. 문주와 단봉문이 앞으로도 살아남기 위해서는 그래야 합니다. 제가 깨우쳐 드릴 것이 있다고 했던 것도 그것이고 요."

"나, 나는, 여전히 무슨 소린지 모르겠소이다."

완전히 흙빛으로 변한 안색에 떨리다 못해 떠듬거리기까지 하는 음성. 좀처럼 양군휘를 마주 보지 못하는 시선. 어느 모로 보아도 양군휘의 이야기를 온전히 시인하는 것과 다름없는 모습임에도 불구하고 문주의 입에서 나오는 소리는 그것이 아니었다.

혹시 모른다는 일말의 기대나 뒷일을 걱정한 때문이 아니었다.

문주는 누구보다 앞서 양군휘가 모든 것을 알고 있다는 것을 인정하고 있으며, 또 그가 빈말을 하지는 않는다는 것도 알고 있었다. 그럼에도 그러한 것은 다른 이유가 아니었다. 양군휘의 말을 시인하고 그의 제안을 받아들이려고 하면 할수록 환영처럼 떠올라 머릿속에서 어른거리는 죽은 딸의 모습 때문이었다. 그것을 보면서도 순순히 시인하고 처분만 바랄 수는 없었다.

"할 수 없군요."

양군휘가 정색을 했다.

"그 전말을 제 입으로 모두 이야기해야만 승복하시겠다면 그렇게 할 수밖에요."

"진작 그랬어야지!"

그때까지 잔뜩 궁금증과 호기심 어린 얼굴로 귀 기울이고 있던 공후아가 더는 참지 못하겠다는 듯이 말을 받고 나섰다.

"얼른 무슨 일인지 자세히 얘기해 봐! 그전에 우선 무슨 음모의 주재

자라느니, 문주의 뒤에 있다느니 하는 그자들이 누군지 그것부터 말해 주고 말이야!"

"아시잖습니까."

양군휘가 시선을 돌리며 말했다.

"노골적으로 본 맹을 적으로 삼는 자들이 누군지."

"엥? 그럼 흑방이란 소리잖아!"

공후아가 눈을 둥그렇게 떴다.

"그놈들이야?"

"틀림없이."

"아……!"

몇몇이 놀란 얼굴을 하고 탄성을 발했다.

탄성을 발하지 않은 사람들도 거의가 얼굴 가득 경이와 경악을 떠올리는 것은 마찬가지였다. 그사이 공후아는 홱 고개를 돌리더니 단봉문주에게 물었다.

"그동안 강호에 떠돈 소문이 사실이었어?"

그러나 문주는 대답은커녕 들은 척도 않았다. 아예 눈마저 감고 석상처럼 서 있을 뿐이었다.

"우연히 도룡도를 얻은 것이 시작이었습니다."

양군휘가 무심한 시선을 문주에게 드리운 채 이야기를 꺼냈다.

"그들은 그것을 이용해서 우리에게 타격을 줄 음모를 고안해 냈고, 그리하여 결국 문주로 하여금 대회를 열도록 획책한 것입니다. 비무초 친이 목적인 척하면서, 그리고 초청장도 선별해서 보내고, 또 그 사람들만 겨루는 비공개의 대회라고 알리는 등 최대한 본 맹의 주의를 끌지 않으려고 애쓰면서 말입니다. 물론 종내에는 지금처럼 되도록 예정

되어 있었고요. 그래야 본래의 목표이자 유인하고자 하는 사람을 자연스럽게 불러낼 수가 있으니까요.”

“유인하고자 하는 사람이라니?”

“집도도인(輯盜刀人)입니다.”

“아……!”

공후아가 탄성을 발했다.

다른 사람들도 거의가 그랬다.

집도도인이 고수가 부지기수인 천룡맹에서도 알아주는 고수이기 때문이기도 했고, 또 그럼에도 턱없이 낮은 직위에 머물러 있기 때문이기도 했다. 더불어 무엇보다 그 까닭인, 그의 괴팍하기 짝이 없는 성정에다 더한 그를 그의 실력 이상으로 강호에서 유명하게 만든, 그가 가지고 있는 한 가지 괴벽 때문이었다.

별호 그대로 그는 칼에 환장한 사람이었다.

유명하거나 마음에 드는 칼이 있으면 도둑질도 마다 않을 정도로 수단과 방법을 가리지 않고 자신의 것으로 만들어야 직성이 풀렸다. 오죽했으면 그의 칼에 대한 집착과 그로 인한 분란을 보다 못한 천룡맹주가 그에게 병기고나 지키며 그 안의 칼이나 가지고 놀라고 했겠는가. 그때부터 집도도인은 병기고의 문지기가 되었고, 스스로 만족하는 가운데 지금까지도 그대로였다.

“도룡도는 본디 그가 무척 탐을 내는 칼 중의 하나입니다.”

힐끔 사람들을 둘러보며 양군휘가 말했다.

“그것을 그들도 잘 알고 있기에 도룡도를 걸고 이 대회를 열 생각을 한 것이지요. 그 사실을 은밀히 유포시켜 그의 귀에 들어가게 함으로써 자연스럽게 그를 이 대회로 유인하려 했고요. 그래야 만인이 보는

앞에서 교묘하게 올가미를 씌우고, 또 그것으로 본 맹까지도 타격을 줄
수 있으니까요."

"어떻게 말이냐?"

공후아가 의문을 떠올렸다.

"어차피 도룡도가 걸린 대회이고, 종내는 아무나 나서도 되게 되었
는데, 그가 온들 무슨 수로 올가미를 씌워?"

"말씀드렸다시피 준비해 놓은 것이 있습니다."

단봉문주를 다시 한 번 일별하며 양군휘가 대꾸했다.

"원래 도룡도는 주인이 무수히 바뀐 끝에 이십여 년 전 신도일절(神
刀一絶)이 마지막으로 소유하고 있었고, 그런데 어느 날 하룻밤 새에
그와 그의 가문이 모조리 몰살당하면서 도룡도도 자취를 감춘 사실은
아시고 계시지요?"

"알다마다."

공후아가 드물게도 얼굴을 굳히며 머리를 끄덕였다.

"아직도 많은 사람들이 궁금해하고 있고, 또 그 실마리를 찾아다니
고 있을 정도로 풀리지 않는 무림의 공안인 것을. 당시 나도 그 덕에
많이 돌아다녔었고."

"그것을 이용하려 했지요."

양군휘가 제꺽 말을 받았다.

"그때 요행히 살아남은 사람이 있고, 흉수가 무서워서 도룡도를 지
금까지 간직한 채 숨어 살고 있었으며, 이제야 세상에 나와 알린다는
식으로 가공의 이야기와 사람을 만들어서는 집도도인에게 뒤집어씌우
려 했던 것입니다."

"흉수가 그리고?"

“그렇습니다.”

“잘만 연극을 한다면 효과는 있겠군.”

“효과가 있는 정도이겠습니까.”

양군휘가 제꺽 말을 받았다.

“집도도인이라면 얼마든지 그런 짓을 하고도 남고, 또 그것을 사람들은 잘 알고 있습니다. 더구나 그 증인으로 선택한 사람은 안 그래도 그에게 원한이 골수까지 사무친 사람입니다. 그런 그가 안면 있는 사람들도 알아보지 못하게 얼굴을 완전히 바꾼 채 군웅들 앞에 나타나서는 죽음으로 진실임을 증명할 테니 복수해 달라고 호소하면서 스스로 목숨을 끊어버린다면 과연 누가 믿지 않을 수 있겠습니까. 아마도 군웅들은 그것을 기정사실로 받아들이는 데 더해 당장 집도도인을 용서하려 들지 않을 것입니다. 그렇게 되면 결국 그 여파와 혐의가 본 맹까지 미치리라는 것은 불을 보듯 뻔한 사실이 아니겠습니까.”

“기가 막힌 계략이군!”

탄성하던 공후아가 문득 눈을 끔뻑였다.

“그런데 그런 사실은 어떻게 알았지?”

“운이 좋았습니다.”

양군휘가 어깨를 으쓱해 보이며 말했다.

“우연한 기회에 이 일을 주관하고 있는 흑하당주(黑河堂主)의 수족인 자를 나포하고, 그로부터 듣지 못했다면 아무것도 모른 채 당할 수밖에 없었을 것입니다.”

“……!”

흠칫 눈을 떴다가 이내 감는 단봉문주였다.

흑하당주란 말 때문이었다. 그는 며칠 전 자신에게 들러 밀담을 나누었던 그 독사눈빛이었던 것이다. 더불어 그제야 어떻게 된 일인지 깨달았기 때문이기도 했고.

모르는 척 양군휘는 제 하던 말을 이어갔다.

"물론 본 맹의 힘이라면 그것이 아니라도 어떻게든 대회 전에 음모임을 알아냈을 수도 있을 것입니다. 하지만 그렇게 되면 제 놈들은 쏙 빠진 채 미끼와 희생양으로 던져 놓은 것도 모르고 단봉문을 멸문시키고 마는 우를 범하기 십상이었을 것입니다. 앞서 말했다시피 그것은 그들이 파놓은 제이의 함정이 아니겠습니까. 그러면 결국 놈들의 의도대로 강호동도들로부터 많은 비난을 감수해야 하는 사태를 겪게 될 테고, 자연 운신의 폭이 좁아지지 않을 수 없을 것입니다. 반대로 놈들은 활동 폭이 넓어지게 될 테고요. 더불어 놈들에게 동조하는 세력이 많아질 가능성도 크고 말입니다."

"으음……."

침음성을 발하며 공후아가 머리를 끄덕였다.

"제 이야기는 이것이 다입니다."

양군휘가 단봉문주를 직시하며 말했다.

"어디 틀린 곳이 있습니까?"

"……."

눈을 감은 채 묵묵부답인 단봉문주였다.

그러나 그의 마음속은 아니었다. 그의 내심은 들끓고 있었다.

한 치도 틀림이 없는 양군휘의 이야기 때문만은 아니었다.

그토록 공을 들이고 은밀하게 행한 일이 이렇게 어이없게 무산되는 것 때문이었다. 더불어 자신을 희생양으로 삼아 제이의 계략을 펼치려

했다는 말이 가슴을 친 까닭도 있었다. 비록 아주 짐작을 못할 바가 아니었고, 또 최악의 경우는 그것도 좋다는 생각까지 하고 있었지만, 막상 양군휘의 입에서 그것을 듣자 많이 달랐다. 참을 수 없는 실망감과 허탈함으로 다가왔다. 거기다 더해 이제 완전히 멀어져 버렸다 해도 과언이 아닌 복수와 그로 인한 절망감과 상실감까지 뒤섞여 스스로 주체하기가 힘들 지경에 이르고 있었다.

"침묵은 시인이라고 봐도 되겠지요?"

양군휘가 다시 입을 열었다.

"그렇다면 이제 문주의 결정과 선택만 남은 셈입니다. 그렇다고 당장 어떤 선택을 하라거나 대답을 듣겠다고 하는 말은 아닙니다. 어떤 결정을 내리던 그것은 문주의 자유이고, 또 우리로서는 그것에 관심을 둘 이유가 없으니까요."

"……."

"설사 계속 저들의 편에 서겠다고 전격적으로 여기서 선언한다고 해도 마찬가집니다. 우리로서는 그것을 간섭할 일이 없습니다. 그것으로 문주나 단봉문에 어떤 위해를 가할 까닭도 없고요. 이미 끝난 일을 재차 끄집어내서 보복할 정도로 도량이 좁은 본 맹도 아니고, 또 남의 선택을 가지고 이래라저래라 할 까닭도 없으니까요. 다만 다시 한 번 이런 일이 일어나거나 본 맹에 직접적인 손해나 피해를 끼치는 경우가 발생할 때는 문제가 다릅니다. 그때는 이번과 같은 아량과 양보는 기대하지 않는 것이 좋을 것입니다."

일종의 경고였다.

"……."

문주는 여전히 입을 열지 않았다.

그러나 그의 얼굴은 이제 내심의 혼란과 번민을 고스란히 표출하고
있었다. 일그러지고, 푸들거리고, 시시각각으로 색이 바뀌고 있었다.
그것을 잠시 바라보고 있던 양군휘가 문득 한숨을 내쉬더니 말했다.

"내가 도무지 알 수 없는 것은 어째서 문주가 그자들과 어울렸느냔
것입니다. 우리가 조사해 본 바로는 문주가 그들과 무슨 연고나 연관
이 있는 것도 아니고, 또 그들에게 몸을 의탁할 일도 없었던 것으로 아
는데 말입니다."

"……."

"혹시 그들의 협박에 의해서이거나 무슨 약점이 잡혀 어쩔 수 없이
그런 것이라면."

"허튼소리!"

양군휘의 말을 자른 사람은 문주였다.

묵묵부답으로 일관하던 그가 불현듯 길고 길었던 침묵을 깨고 핏발
선 눈을 부릅뜨면서 소리쳤다.

"당신들 외에 무슨 다른 이유가 있어!"

"……!"

"다 당신들 때문이지!"

"아니, 그게 무슨 말씀이십니까?"

문주가 드디어 눈을 뜨고 또 입을 열었다는 것을 반길 여가도 없이
양군휘는 놀라고 당황한 얼굴로 반응하지 않을 수 없었다.

"우리 때문이라니요? 우리와는 그동안 아무런 분란도 없었잖습니
까? 제남지부와도 별다른 문제가 없었던 것으로 알고 있고요. 도무지
이해가 가지 않는군요. 우리는 단봉문이 흑방과 어떤 연관이 있을지도
모른다는 소문이 퍼진 이후에도 예의주시만 했을 뿐 어떤 제재나 행동

을 취한 적이 없는데……?"

"꼭 그렇게만 생각할 것은 아니지요."

끼어든 사람은 양소군이었다.

"누군가 본 맹의 인물이 개인적으로 마찰을 일으켰을 수도 있는 문제가 아니겠어요?"

"아! 그 생각을 못했군!"

양군휘가 탄성을 발하며 크게 머리를 끄덕였다. 그리고는 얼른 다시 문주에게로 시선을 돌리더니 말했다.

"동생의 짐작이 맞습니까?"

"……."

문주는 입술을 앙다문 채 말을 않았다.

그런 그의 눈에 어리는 것은 어떤 회한과 후회막급함이었다. 혼자만의 혼란스런 상념 속에 잠겨 있다가 양군휘의 어이없는 추측과 이야기에 격분을 참지 못하고는 자신도 모르게 뱉어내고 만 말 때문이었다. 복수가 이루어지기 전까지는 목에 칼이 들어와도 해서는 안 되는 이야기였다. 하등 득이 될 것이 없었다. 더구나 상대는 천룡맹의 핵심 인물이 아니던가.

그러나 그것은 잠시였다.

그는 이내 생각을 달리하지 않을 수 없었다.

어차피 엎질러지고 만 물이었다. 한 번 뱉어낸 말을 주워 담을 수도 없었고, 또 여기서 다시 입을 다문다는 것도 말이 되지 않았다. 더구나 이제는 흑방에 기대어 복수한다는 것도 멀어진 상황이었다. 또한 이미 천룡맹의 주시를 받게 된 지금 국면에서는 은인자중 때를 노린다는 것도 불가능했다. 달리 희망을 가지거나 기대해 볼 만한 좋은 방법도 없었다. 그렇다고 체념과 좌절 속에 이대로 모든 것을 덮어버리고 아무 일도 없었던 것처럼 살다가 죽을 수는 더욱 없었다.

무엇보다 자신이 먼저 미쳐 버리고 말 터였다.

결국 그렇다는 것은 자신의 억울한 사연과 심정을 굳이 가슴속에 꽁꽁 묶어둘 필요가 없다는 말과 같았다. 아니, 설사 그로 인해 당장 죽는 한이 있더라도 이제는 털어놓는 것이 옳았다. 이미 독사눈빛에게도 말해주었던 바가 아니던가. 오히려 그럴 만한 사람에게 호소하고, 그리하여 적으나마 동정이라도 이끌어낸다면 마지막으로 실낱같은 희망이라도 가져 볼 수 있는 일이었다.

그렇다면 지금이 기회이자 적기였다.

공후아가 있고, 팽가의 사람들이 있고, 몽천악 일행이 있었다. 그리고 자신이 그동안 가지고 있던 거만하고 오만한 천룡맹에 대한 생각을 깰 정도로 시종 예의 바르고 냉철한, 그래서 일말의 기대를 갖게 하는 양군휘가 있었다.

당장은 자신의 이야기를 사실로 받아들이지 않는다 해도 좋았다.

그렇지만 일단 이야기를 들은 이상에는 마음에 남아 있을 터였고, 결국 스스로도 모르는 사이 그자의 행동을 은연중 살피게 될 것이 인지상정일 터였다. 제 버릇 개 못 준다고 다시 그 같은 짓을 하지 않을 리 없는 그놈이라고 확신하는 마당이고 보면, 언젠가는 꼬리가 밟히는 날이 있지 않겠는가. 그러면 되는 일이었다. 응징을 꼭 자신의 손으로 해야 할 필요는 없었으니까.

그리하여 그는 다시 대받듯이 소리쳤다.

“그렇다면 어쩔 테요?”

“누굽니까?”

닦달하듯이 제격 묻는 양군휘였다.

"무슨 일이 있었습니까? 말씀해 주십시오. 만약 누가 봐도 문주가 억울한 사연이라면, 제가 힘닿는 데까지 도와드리겠습니다. 금전적인 손해라면 보상을 해드릴 테고, 일종의 갈등을 빚은 것이라면 제가 중재를 해서 풀어드리겠습니다."

"목숨 빚이라면 어쩌겠소?"

냉랭하고 조소 어린 어투로 문주가 대꾸했다.

"더구나 당신으로서는 어쩔 수 없는 위치에 있는 자라면?"

"본 맹에는 본 맹 나름의 규범이 있습니다."

흠칫하던 양군휘가 이내 얼굴을 굳히더니 말했다.

"그중에서도 사사로이 개인의 이익을 위해 몰래 사람을 해치거나 강호에 해악을 저지르는 등으로 본 맹에 큰 불이익을 가져온 자는 지위 고하를 막론하고 엄중한 처벌을 받습니다. 웬만해서는 목숨을 부지할 수 없을 정도로 말입니다. 그것은 본 맹이 생긴 이래로 한결같이 지켜온 철칙입니다. 말씀하십시오. 정말 본 맹의 사람이 부당하게 문주의 사람을 해친 것이라면, 그가 누구든 내 돌아가는 즉시 맹주님께 벌을 내리도록 상주하겠습니다."

"그가 용천향이라도?"

문주가 바로 대꾸했다.

"그라도 과연 그렇게 할 수 있겠소?"

"아……!"

"그, 그라고요……?"

팽연 등의 입에서 먼저 놀란 탄성이 터져 나오는 가운데 양군휘 또한 놀란 눈을 둥그렇게 뜨면서 말까지 더듬거렸다.

“서, 설마, 그라니! 그가 왜……?”

“믿지 못하겠다는 뜻이오?”

“지금은 아무 말도 못하겠습니다.”

양군휘가 정색을 하고는 말했다.

“일단 자세한 내막부터 알려주십시오. 그 다음이라야 무슨 말을 해도 할 수 있을 것 같습니다.”

“흥! 못 알려줄 것이 없지.”

그럴 줄 알았다는 얼굴로 콧방귀부터 뀌며 말하는 문주였다.

“어디 듣고 나서는 과연 어떻게 나오는지 두고 봅시다.”

그렇지만 그의 눈 깊숙이에 떠오르는 것은 뜻밖에도 어떤 안도였다.

기실 그는 이런 반응이 아니라 양군휘 남매가 당장 자신의 입을 막으려고 손을 써올지도 모른다는 예상에 더해 그에 대한 각오까지 하고 있었던 것이다.

외전 전주의 아들이자 맹주의 무기명 제자이기도 한 용천향이었다. 또 맹의 요직에 있는 사람이었다. 더구나 광명정대한 군자로 소문난 사람이고, 그래서 천룡맹을 대표하다시피 하는 중요한 인사 중 하나였다. 그 이유나 사정을 듣거나 진위 여부를 따지기 전에 그를 그런 식으로 입에 올리는 것 하나만으로도 천룡맹으로서는 얼마든지 사전에 손을 써서 입을 봉해 버릴 수 있는 문제였다.

사실 그것이 두려워 지금까지 입도 벙긋하지 못했었고.

내용을 제대로 알리기도 전에 죽어버리고 만다면 그만큼 억울한 일이 또 어디 있겠는가. 그러니 문주로서는 양군휘의 태도가 한편으로는 고마울 지경이 아닐 수 없었다.

그러나 그것은 내심의 한가닥 스쳐 가는 상념일 뿐이었다. 이미 내친걸음, 다른 생각을 할 필요가 없었다.

"그러니까 그것은 오 년 전이었소."

문주는 여전히 차가운 얼굴에 조소를 머금은 채 이야기를 시작했고, 그로부터 거의 한 식경에 이르는 동안 계속됐다. 사람들은 때론 탄성을 발하면서, 때론 불신에 찬 고갯짓을 하는 가운데 귀를 기울여 들었다. 내용은 얼마 전 문주가 당주란 자에게 들려준 것과 별반 차이가 없었다. 흑방에 들어간 사연까지도 모두 그대로였다. 죽은 딸의 이름 역시 끝내 밝히지 않았고.

이미 사방이 어두워지고 있는 가운데 이윽고 문주의 이야기가 모두 끝났다. 하지만 사람들은 아무도 선뜻 입을 열지 못했다. 멍하니 문주를 바라보고 있을 뿐이었다. 아무도 상상 못한 너무도 엄청난 이야기였기에 그러했다.

"소감이 어떻소?"

문주가 먼저 물었다.

"이제 할 말이 있을 것 아니오?"

"나는 도저히 믿지 못하겠습니다."

양군휘가 천천히 머리를 내저으며 대꾸했다.

"코흘리개 시절부터 알고 보아온 그입니다. 지금도 가장 교분이 두터운 사람 중 하나이고요. 내가 아는 그는 결코 그런 사람이 아닙니다. 그런 짓을 했을 리가 없습니다."

"그럼 내가 거짓말이라도 한다는 게요?"

"어찌 그렇게야 여기겠습니까만."

격앙되는 문주의 어조에 양군휘가 급히 대꾸했다.

"믿어지지 않는 것 또한 사실입니다. 기실 무언가 오해가 있거나 잘못된 정보일 수도 있지 않겠습니까?”

“오해는 무슨 오해!”

문주가 버럭 노성을 질렀다.

“내가 가장 신임하는 보표가 무려 반년이나 목숨을 걸고 그자의 뒤를 캐서 겨우 얻어온 진실이자 증언이야! 내 말에는 한 치 거짓도 없어! 괜한 트집으로 사람 이상하게 만들지 말고 그냥 안면몰수하고 우리를 쳐! 그게 더 정직해!”

“말씀이 과하십니다!”

양군휘도 언성을 높였다.

“무릇 모든 일에는 순서가 있고, 또 검증이 있어야 하는 법. 설령 문주의 말이 사실이라고 해도 지금 당장 그것을 믿어달라는 것은 무리입니다. 더구나 지금 문주는 자신이 직접 들은 것도 아닌 보표 한 사람이 수집했다는 이야기만 가지고 주장을 하고 있습니다. 다른 피해자가 있고, 그 사람의 증언이라도 있다면 또 모르겠지만, 그것도 아니지 않습니까? 설사 그런 증언이 있다 하더라도 적어도 천향의 이야기도 들어보아야 할 것이고, 더불어 당사자와 관련자들이 모두 대면한 가운데 진위를 가릴 공정한 판관들을 세운 다음, 서로가 증인과 증거를 가지고 진상을 규명하는 자리도 있어야 할 것입니다. 본 맹의 일이 아니라도 그것이 법도가 아니겠습니까.”

“어리석은 소리!”

문주가 제꺽 반박했다.

“진상 규명? 말이야 그럴듯하지! 아마 그전에 나와 내 가족과 보표부터 쥐도 새도 모르게 없어지기 십상일걸? 어쩌면 본 문 자체가 아예 사라질지도 모르고.”

"무슨 뜻입니까?"

양군휘의 눈에 칼날 같은 광채가 어른거렸다.

"설마 본 맹에서 그렇게 한다는 뜻입니까?"

"그야 생각해 보면 알 일!"

지지 않고 맞받아치는 문주였다.

평소라면 감히 엄두도 내지 못할 일이었지만, 그는 조금도 위축됨이 없었다. 이미 생사를 도외시한 까닭이었다. 더불어 그로서는 이것이 마지막 기회이자 희망이라는 생각이었기에 어떻게든 사람들에게 강렬하고 확신에 찬 모습을 보여줄 필요가 있었다.

문주는 애초부터 당사자의 대면이라느니, 그리하여 진상 규명을 한다느니 하는 생각은 눈곱만큼도 않았다. 상대는 용천향이자 천룡맹이었다. 그들을 상대로 아무런 구체적인 확증도 없이 승산이 있을 리 없었다. 설사 확증이 있다고 해도 얼마든지 완벽하게 없애 버리거나 바꾸어 버릴 힘이 있는 상대가 아니던가.

따라서 그로서는 이제 진실을 여러 사람에게 알린 이상 죽어도 여한이 없었고, 아니, 오히려 죽기를 바라는 마음까지 있었다. 장렬하게 죽으면 죽을수록 사람들의 기억에 오래도록 남아 있을 터이고, 그러면 그만큼 기대도 더 크게 가질 수 있을 터였기 때문이다.

그러나 사태는 그의 생각처럼 흐르지 않았다. 양군휘에 앞서 불쑥 끼어든 사람이 있었던 탓이다.

"이젠 알려주십시오."

다름 아닌 몽천악이었다.

"죽은 따님이 누굽니까?"

"……!"

문주가 흠칫 그에게로 시선을 돌렸다.

그런데 그러고 나서도 그를 쳐다보기만 할 뿐 입을 열지 못했다.

갑자기 끼어든 그에게 화가 나거나 당황해서가 아니었다. 말을 해주느냐 마느냐 하는 마음속의 갈등 때문도 아니었다. 어딘가 달라진 몽천악 때문이었다. 분명히 겉으로는 아무 차이가 없는 것 같음에도 조금 전과는 너무도 달랐다.

무심한 듯하면서도 폐부를 찌르는 것 같은 눈빛은 한 번 마주치고 나자 자신의 의지와는 상관없이 도무지 그에게서 시선을 떼지 못하게 했고, 또 그런 가운데 은연중 풍기는 무형의 기이한 기운은 일체의 다른 생각이나 동작을 할 수 없게 만들었다. 마치 고양이 앞의 쥐가 된 것 같은 형국이었다. 문주로서는 당혹스럽고 기가 막힐 노릇이었지만, 그는 그런 생각조차 할 수 없었다.

몽천악이 재차 물었다.

"령입니까? 혜입니까?"

"혜아요. 그 아이가……!"

기다렸다는 듯이 제꺽 대답하던 문주가 돌연 머리를 흔들더니 당혹스럽고 곤혹스럽기 그지없다는 표정을 지으면서 말을 멈추었다. 그리고는 거기에 황당하고 도무지 이해할 수 없다는 빛까지 더해서, 그것도 더듬거리며 중얼거리는 것이 아닌가.

"이, 이게, 대체 어떻게 된 일이지……?"

그는 본래 용천향을 만나 설전(舌戰)을 벌인다든지 하는 어쩔 수 없는 경우가 아닌 한 죽은 딸이 누구인지 밝힐 생각이 전혀 없었다. 웬만하면 무덤까지 가지고 갈 생각이었다. 그래서 모든 것을 밝히는 조금 전에도 그것만큼은 이야기를 하지 않았고.

그런데 몽천악이 재촉하는 순간 기이하게도 아무런 거리낌 없이 대답을 하고 만 것이다. 마치 자신의 의지는 어디론가 사라져 버리고 대신에 어떤 불가해하고 불가항력적인 무엇인가가 그렇게 하지 않으면 안 되도록 조종이라도 하는 것처럼. 하기야 그전에 몽천악과 마주 보는 순간부터 무언가 이상하기는 했다. 그런 것들을 생각하다가 결국 문주는 참지 못하고 몽천악에게 물었다.

"사, 사술이라도 부린 것이오?"

"……?"

몽천악은 도리어 무슨 말을 하는지 모르겠다는 어리둥절한 얼굴로 쳐다볼 뿐이었다.

그럴 만도 했다.

그것은 무형의 기운만으로 상대의 심신을 제압하는 것으로, 무형지기와는 또 다른 조화지경에 이른 사람만이 발휘할 수 있는 일종의 특별한 능력이었다. 궁극에 이르면 상대의 삶과 죽음마저도 마음대로 할 수 있을 정도로. 하지만 몽천악은 알고 펼친 것이 아니었다. 그것을 펼칠 만한 경지에 이르러 있지도 않았다. 그럼에도 너무나 집중하고 집착하며 열망하다 보니 자신도 모르게 발현된 것이었다. 그러니 몽천악으로서도 그가 무슨 소리를 하는지 모르겠다는 얼굴일 수밖에.

"그는 어디 있지?"

곧 양군휘에게로 고개를 돌린 몽천악이 물었다.

"어딜 가면 만날 수 있지?"

"……?"

문주와 몽천악의 사이에 벌어진 기이한 현상에 주목하고 있던 양군휘는 한순간 그의 말을 이해하지 못하고 눈을 멀뚱거렸다. 그러다 이내 정색을 하며 반문했다.

"용천향을 말하는 것인가?"

"한 번 만나봐야겠어."

"네가 무엇 하러?"

"사실이라면 용서할 수 없어."

"내가 아는 그는 그럴 사람이 아니야."

양군휘가 미간을 찌푸리며 말했다.

"그리고 일방의 말만 들었을 뿐이야. 그것도 아무런 명확한 증거도 없고. 무엇보다 네가 나설 일이 아니야. 너는 아무 상관도 없는 제삼자야. 네가 나선다면 도리어 일을 어렵게 만들 따름이야. 네가 도와주는 길은 다만 지켜보는 거야."

"그럴 수 없어."

몽천악은 완강했다.

"나는 만나야겠어."

"만나서 네가 뭘 어떻게 할 건데?"

"물어봐야지."

"하……!"

어이없다는 탄성부터 뱉어내는 양군휘였다.

"어리석은 소리 하지 마! 설사 다른 일에 다른 사람이고, 또 그가 진짜 범인이라고 해도 제대로 된 대답을 하겠어? 열이면 열 모두 다른 소리를 하기 십상이지. 그렇다고 그도 그럴 것이라는 것은 아니야. 아마 그는 네가 묻는 대로 조금도 거짓 없이 대답할 거야. 그는 누구나 인정하는 남자이고 군자니까. 다만 대답과는 별개로 그것을 음해와 모욕으로 받아들일 테고, 그는 모욕을 참는 사람이 아니니 결국 싸움밖에 일어날 게 없어."

"내가 알아서 할 거야."

몽천악은 물러서지 않았다.

"그가 어디에 있는지나 말해."

"말해줄 수 없어."

"절대로?"

"절대로."

"그렇다면……."

말을 흐리더니 몽천악은 대산을 빼 들었다.

"이 방법밖에 없다는 말이겠지?"

"이, 이런 고집불통 같으니……!"

양군휘의 얼굴이 붉으락푸르락 말이 아니게 변했다. 그러나 곧 얼굴
가득 한기를 머금더니 결연한 모습으로 검을 빼 들었다.

"좋아! 여기서 못다 한 승부를 결하는 것도 좋겠지!"

곧 둘 사이에 팽팽한 기세의 충돌이 일어났다.

그것이 워낙 사나웠던지라 무어라 만류의 말을 하려다 그럴 여가를
갖지 못한 양소군을 위시한 모든 사람들이 급히 뒤로 물러섰다. 그리
고 놀라고 어이없고 황당하다는 표정을 감추지 못하는 속에서 두 사람
을 쳐다보았다. 그런데 그렇게 일촉즉발의 긴장감이 흐르는 가운데 대
치한 두 사람이 막 어떤 행동을 취하려는 순간이었다.

"무엇을 하는 겐가!"

한 사람이 소리치며 연무장의 담장을 넘더니 비쾌한 신형으로 비무
대를 향해 날아오는 것이 아닌가.

뜻밖에도 주오기였다.

그는 일부러 그런 듯이 곧장 두 사람의 사이에 떨어져 내렸고, 자신에게 모아져 있는 사람들의 의아함과 놀람에 찬 시선들에 아랑곳없이 몽천악에게 말했다.

"지금은 이럴 때가 아닐세."

◆제9장◆

봉문(封門)

"주 숙, 말씀은 조금 뒤에."

"급한 일이 있네."

몽천악의 말을 제꺽 잘라 버리는 주오기였다.

"얼른 두 사람부터 찾아 나서야 하네. 아직 멀리 가지는 못했을 걸세. 모두가 나서서 한 방향씩 길을 잡아 추적한다면 꽁무니를 잡을 수도 있을 걸세. 서둘러야 하네."

"갑자기 나타나서는 무슨 소리를 하는 거야?"

공후아가 말꼬리를 잡고 나섰다.

"두 사람을 찾다니? 누구를?"

"단봉문의 여식과 보표입니다."

"엥? 그들을 왜?"

"여러 말 할 시간이 없습니다."

주오기가 다급한 기색으로 말했다.

"이미 늦었을 수도 있습니다. 서둘러야 합니다."

"무슨 영문인지부터 밝히시오!"

곤혹과 불쾌함이 어린 얼굴과 음성으로 단봉문주가 나섰다.

"내 딸과 보표를 추적한다니? 그들을 왜? 그들은 내 거처에 있을 것이오만? 그리고 설령 거기에 없다손 치더라도 그것이 어떻단 말이오? 볼일이 있어서 나갔을 테고, 머잖아 돌아올 것을! 나는 당신이 무슨 소리를 하는지 모르겠소!"

"할 수 없는 일이군."

잠시 문주와, 또 영문을 모르겠단 얼굴로 자신을 쳐다보고 있는 다른 사람들을 둘러본 주오기는 어쩔 수 없다는 모습으로 한숨을 내쉬었고, 그것으로 그때까지 그의 얼굴에 완연하던 어떤 망설임과 조급함을 지우면서 중얼거리는 것이었다.

"얼마간 시간을 주는 수밖에……."

"대체 무슨 일이야? 얼른 말해봐!"

공후아가 답답하다는 듯이 재촉했다.

그러자 그제야 인사라도 하듯이 공후아와 자신을 아는 다른 사람들에게도 가볍게 머리를 끄덕여 보인 주오기가 다시 공후아에게로 시선을 돌리더니 입을 열었다.

"이왕 이렇게 된 것 처음부터 말씀드리지요."

그런데 바로 다음 순간이었다. 문득 무엇인가를 떠올린 얼굴로 눈을 깜빡거리더니 급히 묻는 것이었다.

"문주가 죽은 아이가 누군지 말했습니까?"

"혜라고 하더군."

"역시 그랬군요."

공후아의 대꾸에 주오기가 크게 머리를 끄덕였다.

그리고는 곧 몽천악을 돌아보았다. 그런 그의 눈에 스쳐 가는 것은 어떤 안타까움이었다. 그러나 그것은 잠시였고, 그는 이내 이야기를 시작했다.

본래 그는 몽천악과 더불어 문주의 거처에 들어갔다 나오면서 자신이 한 사람을 빠뜨리고 조사하지 않은, 자신답지 않은 실수를 했다는 것을 깨달았다.

다름 아닌 문주의 보표였다.

당시 문주의 그에 대한 태도로 봐도 그렇고, 그리고 다른 사람은 함부로 들락거릴 수 없는 문주의 거처를 아무리 지붕 위일지라도 마음대로 출입하는 것으로 봐도 그렇고, 그는 그냥 보아 넘길 수 없는 중요한 인물이었다. 주오기는 그를 문주의 가족이나 마찬가지의 관점에서 보아야 한다고 생각했고, 더불어 그가 애초부터 사건의 중심에 있지 않았으면 뒤에 들었더라도 최소한 사건에 대해서 모든 것을 알고 있으리라고 판단했다. 그렇다면 문주나 그 가족보다는 그를 통해서 진실을 캐내는 것이 백 번 나을 터였다. 그래서 주오기는 우선 그에 대한 사전조사부터 하기로 했고, 그래서 문주의 거처에서 나오자마자 바로 몽천악과 헤어진 것이었다.

몽천악과 헤어진 그는 곧장 제남지부로 갔다.

거기서부터 시작한 그는 자신이 할 수 있는 모든 수단과 방법을 동원해서 그에 대한 정보를 모았다.

그의 이름이 모윤강(毛輪羌)이며, 십오륙 년 전쯤에 단봉문으로 우연찮게 흘러든 천애고아이며, 운 좋게도 문주의 눈에 들어서 그의 후원 아래 학문과 무공을 익혔으며, 일취월장한 무공과 무던한 품성 덕분에 칠팔 년 전부터는 문주의 보표로 중용되었고, 그리고 오래지 않아 단봉 문의 이인자나 다름없는 위세를 누려왔다는 것 등등의 신상 명세는 말할 것이 없었다. 하다못해 그가 행한 자잘한 행동이나 사소한 일 하나라도 눈에 불을 켜고 찾았다.

그렇게 어젯밤 늦게까지 끌어 모은 정보를 그는 오늘 아침 다시 한 번 모두 펼쳐 놓고는 혹시 간과한 특이한 사항은 없는지 살피면서 점검했다. 오늘이 비무대회가 시작되는 날이므로 더는 그에 할애할 시간이 없었고, 그래서 몽천악을 만나기 전에 중요한 사항은 머릿속에 정리해 두려는 생각에서였다.

그런데 어느 순간이었다.

그는 문득 탄성을 발해야 했다. 전혀 생각지도 못했던 점이 떠올랐던 때문이다. 다름 아닌 그가 불과 얼마 전에 조사했던 단목령이 단목혜로 분해 염문을 뿌리다 끝낼 때쯤이면 어김없이 상대방에게 닥친 불행한 사건들에 모윤강이 개입한 것이 틀림없다는 강한 의심이 든 것이 그것이었다. 한두 번도 아니고 거의 태반에 묘하게도 그의 행적이 겹치거나 그 시점에서만 불분명했던 것이다.

뿐만이 아니었다.

그에 고무된 그는 재차 그 외의 시간들에도 그들 두 사람의 행적을 같이 겹쳐 놓아 보았고, 그 결과 더욱 놀라운 사실을 알 수 있었다. 두 사람은 모윤강이 보표가 되고 난 후부터 몰래 만나 왔다는 점이었다. 적어도 한 달에 한두 번은 바깥에서 따로 만난 흔적이 있었다. 그것도 사람들 눈에 잘 드러나지 않는 은밀한 장소를 골라서였고. 오 년 전후해서는 절정이었다. 며칠이 멀다 할 정도로 자주였으니.

그것은 다른 해석이 있을 수 없었다.

남에게 드러내 놓지 못하고 사랑하는 사람들의 전형적인 방식이자 행적이었으니까.

거기까지 듣다가 말도 안 되는 소리! 라며 단봉문주가 발끈했지만, 그것으로 그만이었다. 입 다물고 듣기나 해! 하며 눈을 부라린 공후아 때문이기도 했고, 그의 말을 못 들은 척 무시하고는 계속 이야기를 진행한 주오기 때문이기도 했다.

그런데 그런 생각과 유추에 너무 골몰한 나머지 주오기는 비무대회 시간에 맞추어 단봉문에 가기로 했다는 사실을 까맣게 잊어버리고 말았다. 점심 시간도 한참을 넘겨서야 그는 그것을 깨달았고, 그제야 부랴부랴 단봉문으로 향했다. 빨리 이런 사실들을 몽천악에게 알리고, 또 그가 동의한다면 그것을 이용해서 함께 모윤강으로부터 여러 가지 사실을 알아낼 생각에서였다.

그렇지만 그는 바로 몽천악을 만날 수 없었다.

몽천악이 비무대 위에 있었던데다 군웅들의 주목하에 모용세가의 일이 한창 진행되는 중이었기에 그러했다. 그래서 그는 하회를 기다리기로 하고 비무대에서 가장 가까운 가지 울창한 나무 위로 올라갔다. 비무대를 내려다보며 상황을 한눈에 파악하기 위해서였고, 또 자신을 알아보는 사람이 있다면 성가신 일이었기에 그것도 피할 겸 해서였다. 그런 것이 아니더라도 그것은 현명한 선택이었다. 왜냐하면 군웅들이 빠져나갈 때 그 자리에 가만히 있었어도 그의 존재를 눈치챈 사람이

없었고, 더불어 아무런 간섭도 받지 않고 문주의 이야기도 모두 들을
수 있었으니까.

"그런데 문주의 이야기를 듣던 중."

잠시 말을 멈춘 주오기가 문주를 일별했다.

"나는 한 가지 결정적인 오류를 발견했습니다."

"결정적 오류라니?"

문주가 끼어들었다.

곱지 않은 표정이었고, 또 그런 음성이었다. 공후아를 비롯한 사람
들 때문에 할 수 없이 듣고는 있지만, 조금 전의 제 딸과 보표가 사랑
하는 사이라느니 밀회를 나누었다느니 하는 말이 나온 이래로 영 탐탁
치가 않았던 까닭이다. 더구나 이제는 자신의 이야기에 결정적인 오류
라니 더욱 그러할 수밖에 없었고.

"그게 무슨 소리요?"

"보표가 반년 동안 용천향을 미행했었다고 했지요?"

"그렇소. 정확히 오 년 전부터 반년간이오. 갖은 고생을 마다 않고
용가의 뒤를 밟았소."

"미안한 이야기지만 그렇지가 않소."

주오기가 머리를 흔들며 말했다.

"그는 그동안 산동을 벗어난 적이 없소."

"뭐, 뭐라고!"

문주의 얼굴이 아연해졌다.

"무, 무슨 그런 말도 안 되는!"

"내가 아까 말했었지요? 오 년 전후해서 두 사람의 만남이 절정에
이르렀다고."

“……!”

“사실은 빼먹은 이야기가 있소이다.”

흠칫하는 문주를 보며 주오기는 말을 이었다.

“정확히 당신이 말한 그 기간 동안 모윤강은 제남의 인근 현들을 옮겨 다니며 머물렀고, 사흘이 멀다 하고 당신 딸이 찾아갔다는 것을. 나는 그것이 일정 기간 은밀하게 인근의 사업장을 둘러보며 암행 감사라도 행하는 것이거나, 아니면 당신이 시킨 무슨 다른 일이 있어서 그런 줄 알았소.”

“그, 그런……!”

“그래서 그 기간 동안 제남에 한 번도 들어오지 않는 데 더해 마치 숨어 다니는 도망자라도 되는 것처럼 신중에 신중을 기해 행동한 것이 조금 이상하기는 했지만, 그래도 대수롭잖게 생각했었고. 그런데 당신의 이야기를 듣다 보니 그것이 아니었소. 그는 용천향을 쫓을 생각이 처음부터 전혀 없었소. 당신 딸도 그것을 알고 있었을 것이고. 아니, 필시 애초부터 공모(共謀)를 했을 것이오. 그렇지 않다면 그런 식으로 아무에게도 알리지 않고 묵인, 방조하며 은밀한 만남을 계속하지는 않았을 테니까.”

“아니야!”

문주가 버럭 소리쳤다.

“그럴 리가 없어!”

“벌써부터 흥분하지 마시오.”

주오기가 얼마간 냉담하게 말했다.

“진짜 중요한 이야기는 지금부터이니.”

“……!”

"그 모든 것을 종합해서 내가 유추할 수 있었던 것은 두 가지요. 용천향은 당신의 또 다른 딸의 죽음에 아무 상관이 없다는 것. 더불어 그 사건은 십중팔구 단목령이나 보표, 혹은 둘이 같이 저질렀거나 최소한 깊이 관계되어 있음에 틀림없다는 것."

"무, 무슨 헛소리를……!"

"차근히 생각해 보시오."

곧 거품을 물고 쓰러져 버릴 것 같은 문주였지만, 그럴수록 주오기의 태도와 음성은 침착하고 냉정하기만 했다.

"사건이 일어나던 날 용천향은 제남에 없었소. 그럼에도 그를 처음 범인으로 지목한 사람이 누구였소? 모윤강은 무엇 때문에 용천향을 쫓지도 않았으면서 그를 미행한 양 그가 범인이라고 거짓말을 했겠소? 단목령은 또 무엇 때문에 그러한 사실을 잘 알고 있으면서도 당신에게 말을 않았겠소? 그들 두 사람이 그런 식으로 당신을 속여야 할 다른 이유가 있소?"

"그, 그……!"

"그리고 무엇보다 그러한 사실을 먼저 확실하게 확인해 두기 위해서 내가 당신의 말을 듣다 말고 살며시 나무에서 내려와 그들 두 사람을 찾아갔지만, 이미 그들은 도주해 버리고 없었다는 사실이오. 그것도 흔적으로 보아 그리 오래되지 않은 시각 같았고. 그들이 무엇 때문에 그렇게 했겠소? 왜?"

문주의 반응을 살피며 한 호흡 쉰 주오기가 말을 이었다.

"보나마나 지금까지 당신을 주시하고 있다가 당신이 모든 것을 실토하려 하자 뒷일을 직감하고 도망쳤음이 분명할 것이오. 사실 즉시 추적을 시작했으면 긴 시간을 투자하지 않아도 꼬리를 잡아낼 가능성도 다분했지만, 아무런 허락도 없이 그들의 흔적을 찾겠다고 단봉문 경내를 내가 휘젓고 다닐 수는 없는 노릇인지라 포기했소. 당신의 수하들과 쓸데없는 충돌만 일으키기 십상일 테니 말이오. 더불어 어찌 됐든 그 사실을 알리는 것이 더 급했고, 또한 그래서 여러 사람이 나서면 추적도 한결 쉬울 터였기에 곧바로 이리로 왔고."

그때였다.

한 사람이 급히 비무대로 날아들었다. 다름 아닌 황구였다. 그는 주오기가 찾는 사람이 자신의 딸과 보표라는 것을 알고 난 문주의 눈짓을 받고 비무대를 떠났었다. 그가 헐떡이는 숨을 몰아쉬며 자신 앞에 멈추자마자 문주가 얼른 물었다.

"있더냐? 없더냐?"

"없었습니다."

"둘 다?"

"예."

"나가는 것을 본 자들은?"

"이상하게 아무도 없습니다."

고개를 숙이며 황구가 대답했다.

"문주님 거처의 번을 서는 자들이나, 동산을 지키는 자들이나, 수문 위사들이나 모두 마찬가지였습니다. 한 시진 이내에는 누구도 출입이 없었다고 합니다."

"……!"

문주의 눈에 반짝 하고 이채가 떠올랐다.

"그렇다면 경내에 있다는 이야기가 아니냐?"

"그렇지는 않을 것이오."

황구에 앞서 주오기가 대꾸했다.

"급하게 서두른 흔적이 역력했지만, 어떻든 옷가지와 패물까지 챙겨 간 그들이오. 아직까지 머뭇거리고 있을 까닭이 없소. 경내의 지리와 번을 서는 사람들의 위치를 누구보다 자세히 아는 그들이 아니겠소? 아마도 뒤를 염려해서 은밀하게 움직였을 것이오. 벌써 수십 리 밖에 가 있을 것이고."

"……."

문주의 시선이 황구에게로 향했다.

그것이 주오기의 말에 대한 사실 여부와 자신의 생각을 묻는 것인 줄 알지만 황구는 잠시간 입을 열지 못했다. 그러다가 깊은 한숨을 내 쉬더니 이윽고 머뭇머뭇 말했다.

"그리고, 게다가……."

"왜 그래?"

문주가 눈을 끔뻑거렸다.

"무슨 일이야? 말해봐."

"도, 도룡보도도 없어졌습니다."

"뭐, 뭣이라고!"

문주의 눈이 곧 밖으로 튀어나올 듯이 불거졌다.

그에 제 잘못이라도 되는 양 목을 움츠리면서 안절부절못하는 가운 데 황구는 더욱 더듬거리며 말을 이었다.

"보, 보도를, 무, 문주님 집무실 바닥의 비밀 장소에 숨겨두었다는 것은 문주님과 모 보표와 저, 저밖에는 아무도 모르는 사실이 아니겠습 니까. 그, 그런데 돌아오는 길에 혹시 해서 가보았더니 집무실 앞을 지 키는 위사는 쓰러져 있고……."

“…….”

문주는 망연자실한 얼굴을 했다.

혼이 나간 사람 같았다. 이제는 무어라 억지로라도 항변할 여지조차 없어졌으니 그럴 수밖에 없을 터였다. 다른 사람들은 묵묵히 그런 그를 바라볼 뿐인 채 짧은 침묵이 왔다.

그러나 그것은 이내 깨졌다.

“주 포두께서는 어떻게 보십니까?”

양군휘가 불쑥 주오기에게 물었던 것이다.

“과연 어떻게 된 일일까요?”

“사건을 추리해 보라는 말이오?”

“경험이 많으시니 지금까지 드러난 정황만으로도 거의 정확하게 추론해 낼 수 있지 않겠습니까?”

“내가 확신할 수 있는 것은 조금 전에 말한 두 가지가 전부요.”

여전히 넋 나간 얼굴의 문주를 일별하며 주오기가 말했다.

“물론 그 외에도 짐작되는 것이 없지는 않으나, 정황과 증거에 의해 분명하게 드러난 사실이 아닌 한 함부로 말하거나 예단할 수 없는 것이 수사의 원칙. 정확한 내용은 두 사람을 잡아들이고, 신문한 후에나 말할 수 있을 것이오.”

“여기가 판관 앞이야?”

공후아가 볼멘소리를 냈다.

“아무 상관 없으니 이야기해 봐!”

“그렇지만 그것은…….”

“자꾸 여러 소리 하게 할래?”

“단지 짐작일 뿐이니 참고만 하십시오.”

공후아의 윽박지름에 주오기가 할 수 없다는 듯이 이야기를 꺼냈다.

"저는 이것을 삼각관계에 의한 치정이나, 아니면 두 사람의 밀회를 발각당한 입막음으로 시도한 일이 빌미가 되어 자살을 한 사건으로 보고 있습니다."

"아……!"

"왜냐하면."

양군휘의 탄성에 잠시 말을 멈추었던 주오기가 말을 계속했다.

"사건 훨씬 전부터 두 사람이 밀회를 해왔다는 점. 그리고 사건 후 어느 시점부터 모윤강이 있음에도 단목령이 다른 자들과 애정 행각을 벌이고, 그것도 반드시 자신이 아닌 다른 이름으로 그러했으며, 또 결국에는 상대들을 모두 없애고자 했다는 점. 그녀가 그러했던 것은 쌍둥이 동생을 죽였거나 죽음으로 몰고 간 것에 대한 나름대로의 회한과 괴로움의 흔적으로도 볼 수 있다는 점 등으로 미루어 그 두 가지 외에는 나로서는 달리 생각할 수가 없습니다. 단목혜가 죽었을 때의 정황과 또 그것이 자살이라는 가정하에서는 내심 후자에 무게를 더 두고 있고요. 물론 실상은 전혀 상상치 못했던 의외의 이유와 내용일 가능성도 없지는 않습니다만……!"

말하다 말고 주오기가 흠칫 눈을 크게 떴다.

갑자기 문주가 으으, 하는 신음 같은 소리를 내면서 그대로 쓰러지는 것을 본 때문이다.

"무, 문주님!"

황구가 소리쳤다.

그렇지만 그보다 앞서 움직인 것은 몽천악이었다.

그는 어느 틈에 바닥에 떨어지기 직전의 문주를 받아 안고 있었다.

이어 그는 얼른 문주의 맥을 짚어보더니, 이내 장심을 명문에 대고 공력을 불어넣었다. 완전히 기혈이 막혀 그대로 두면 주화입마로 발전할 지경이었던 것이다.

잠시 후.

울컥, 하고 검은 핏덩이 하나를 게워내더니 문주는 곧 눈을 떴다. 그리고는 눈동자를 굴리며 어떻게 된 상황인지 생각하는 듯하더니 이내 길게 한숨을 내쉬며 중얼거렸다.

"차라리 그대로 죽게 내버려 두었으면 좋았을 것을……."

그때까지 곁에서 지켜보고 있던 황구가 문주님! 하고 비통하고 놀란 소리를 내며 무릎을 꿇었지만, 문주는 못 들은 척 그를 쳐다보지도 않고 다만 홀로 절레절레 머리를 내젓는 것이었다. 이어 다시 한숨을 불어내더니 이윽고 몸을 일으켰고, 몽천악에게 그제야 감사의 인사를 하듯이 고개를 슬쩍 숙여 보였다. 그리고는 바로 양군휘에게 포권을 취하며 말하는 것이었다.

"죄를 물으려거든 나에게 물으시오."

"무슨 말씀이신지……?"

양군휘가 어리둥절한 얼굴을 했다.

"죄를 묻다니요?"

"허상을 믿고 귀 맹의 요인을 음해한 것 말이오."

문주가 씁쓸하고 쓸쓸한 표정으로 대꾸했다.

"그렇지만 그것은 나와 도망간 두 아이밖에 저지르지 않은 일. 본문의 다른 사람들은 전혀 모르니, 혹시라도 그들에게까지 칼끝을 겨누는 일은 없어야 할 것이오."

"무슨 그런 말씀을!"

양군휘가 황망히 손을 내저었다.

"죄를 묻고 말고 할 일이 아니지 않습니까. 소문이 퍼진 것도, 용천향이나 본 맹이 무슨 피해를 입은 것도 아닌 것을. 그동안 문주의 심정과 고통을 이해 못할 바는 아니지만, 그래도 이것은 본 맹을 너무 편협하고 왜곡되게 보는 것 같습니다. 이 일은 더 이상 거론치 않을 테니 아무 염려 마십시오."

"고맙소이다."

문주가 다시 한 번 포권을 취했다.

"덕분에 또 이 한 목숨이 부지되는 것 같구려."

이번에는 진심 어린 예이자 말이었다.

그는 이번의 용천향에 대한 음해로 최소한 자신의 목은 내놓지 않을 수 없을 것으로 생각하고 있었다. 그리고 기실 그는 딸의 사건이 벌어지기 이전에도 그다지 천룡맹을 좋게 보고 있지 않았고. 매우 패권적이고, 또 문파의 이익을 위해서는 수단과 방법을 가리지 않는다고 알고 있었던 탓이다. 그런데 이제는 달리 보지 않을 수 없었다. 설사 이것이 천룡맹 자체가 바뀌었거나 본디 그러했던 것이 아니라, 단지 양군휘 개인의 품성에서 나오는 것이라 할지라도.

"그런 말씀은 마시고, 지금은 무엇보다 그 도망친 두 사람에 대한 처리가 시급한 문제인 것 같습니다. 문주께서는 어찌하실 작정인지요?"

마주 예를 취하며 양군휘가 묻자 문주는 재차 길게 한숨을 내쉬더니 말없이 시선을 하늘로 돌렸다.

"제게 맡겨주십시오!"

황구가 그의 앞으로 나섰다.

"당장 추적대를 조직해서 쫓겠습니다."

"필요하다면 본 맹도 돕겠습니다."

양군휘도 거들었다.

"나도 도울 수 있소."

주오기도 가세했다.

그러나 그제야 시선을 그들에게로 돌린 문주는 머리를 내저었다.

"그럴 것 없소이다. 쫓아서 무얼 하겠소."

"아니, 문주님!"

"어차피 내 자식이 아니겠느냐."

황구의 반발에 문주가 애잔한 눈을 하고 대꾸했다.

"이미 하나를 잃었는데, 남은 하나마저 혈육인 내 손으로 보내란 말이냐? 그들의 죄는 굳이 내 손이 아니더라도 장차 인과응보가 있을 일이다. 아니, 본 문을 나서는 순간부터 이미 벌을 받고 있는 셈이고. 더불어 내 죄는 없겠느냐."

"……!"

"어쩌면 다 내 탓일지도 모르는 것을."

잠시 멈추었던 말을 문주가 다시 이었다.

"보표가 될 즈음, 령아와 가깝게 지내는 것을 혹시 무슨 일이 있을까 해서 내가 엄하게 주의를 주며 갈라놓은 것만 해도 그렇고. 가만히 내버려 두어도 될 것은 저절로 되고, 안 될 것은 아무리 기를 써도 안 되는 것이 세상의 이치거늘. 억지와 욕심을 부린다고 되는 것이 아니거늘. 어리석은……."

"……."

짧은 침묵이 왔다.

모두가 멍하니 문주를 쳐다볼 뿐 아무도 입을 열지 못했다. 갑자기

득도라도 한 양 사람이 달라져 보인 탓이었다.

문주가 다시 입을 열었다. 황구를 향해서였다.

"그보다 할 일이 있다."

"말씀하십시오, 문주님."

"모든 손님들께 비무대회가 끝났음을 알려라."

"알겠습니다."

"내일은 모두 떠나게 하고."

"예, 그렇게 전하겠습니다."

"이유를 캐묻거든 숨길 것 없이 도룡보도와 딸아이와 보표가 함께 사라졌다고 일러주고."

"그, 그것은……!"

황구가 당황한 얼굴을 했다.

문주의 말대로 하면 강호상에 크나큰 소동이 일 터였기에 그러했다. 더불어 도망친 두 사람은 뭇 무림인들의 표적이 될 수밖에 없을 터였다. 나아가 도룡보도가 다시 단봉문으로 회수될 가능성도 전무하다고 봐야 했다. 그렇게 되면 무엇보다 흑방이 문제였다. 보도는 그들의 것이기 때문이다.

"흑방은 걱정 마라."

의식적인지 무의식적인지 모를 일별을 백초랑에게 주는 가운데서도 문주의 음성은 허허롭기만 했다. 마치 아무런 구애됨이 없는 사람처럼.

"일이 이렇게 된 이상, 그것을 달라고 요구하지도, 또 우리를 더 이상 귀찮게 하지도 않을 테니. 아마도 보도가 필요하다면 직접 얻는 쪽을 택할 것이다."

“그, 그것이 아니라.”

“령과 강의 이야기라면 할 것 없다.”

황구의 말을 자르는 문주의 음성이 한순간 냉랭해졌다.

“도룡보도에 욕심을 버리지 못한 채 강호인들에 의해 목숨을 잃든, 아니면 일찌감치 버리고 살아남아 계속 도망자가 되든 그것은 제 놈들의 선택이니까.”

“……!”

“그리고 한 가지 더.”

“말씀하십시오.”

“내일부터 본 문은 봉문이다.”

“예에……?”

기겁하는 황구였다.

“무, 문주님!”

“더는 문을 열어놓을 면목도, 이유도 없다.”

문주는 태연하게 말을 이었다.

“그러니 본 문의 모든 사람들에게 나의 이런 뜻을 전하고, 떠날 사람은 떠나도록 해주어라. 떠나려는 사람에게는 여비와 그동안의 녹봉을 넉넉히 쳐주는 것 잊지 말고.”

“…….”

“너도 마찬가지고.”

“…….”

황구가 불신과 불만 어린 얼굴로 아무 대답도 하지 않고 있었지만 문주는 더 이상 그에게 신경 쓰지 않았다. 곧장 시선을 돌리더니 사람들에게 작별의 인사를 고했고, 이어 그대로 몸을 날려 자신의 거처 쪽으로 사라져 버리는 것이었다.

"상심이 큰 모양이군."

팽연이 중얼거렸다. 그러다 문득 황구에게 시선을 돌리더니 말했다.

"어서 따라가 보게. 한동안은 싫다고 하더라도 자네가 곁에 붙어 있는 것이 좋을 걸세."

"그렇게 하겠습니다."

한참을 머뭇거리던 황구마저 몸을 날렸다.

비무대에 남은 사람들은 잠시 서로의 눈치를 보았다. 그런 중 먼저 자리를 뜨겠다고 나선 사람은 백초량 일행이었다. 사실 겉으로 보이는 정황상으로는 모용가의 사람들에 이어 벌써 떠났어야 할 사람들이었다. 그리하여 백초량 등은 간단한 인사를 마지막으로 장내를 떴다. 다만 떠나면서 백초량은 못내 아쉬운 얼굴로 거웅과 몽천악에게 언제든 지나는 길이 있으면 꼭 자신에게 들러달라는 말을 남겼다.

그런데 그런 그들의 뒷모습을 보면서 의미 모를 묘한 표정을 짓는 사람이 둘 있었다. 양군휘와 공후아였다. 그러나 그런 그들의 기색을 알아본 사람은 아무도 없었다. 두 사람 서로도 마찬가지였다. 떠나는 사람들을 쳐다보고 있었던 탓이다.

그들의 모습이 사라질 때쯤 불쑥 팽연이 말했다.

"자네는 어찌할 생각인가?"

대상은 몽천악이었다.

"지난번에도 말했지만 이미 자네 사부가 명한 비무를 계속할 의미가 사라진 마당이네. 자네에게 지금 필요한 것은 오히려 혼자만의 수련일세. 그러니 차라리 우리와 함께 본 가로 가는 것이 어떻겠나? 조용히 수련할 자리를 내어줌세."

"비무는 계속해야 합니다."

몽천악은 생각할 것도 없다는 듯이 대꾸했다.

"오늘만 해도 많은 것을 배우고 얻었습니다. 설사 그렇지 않다 해도 사부님의 명을 소홀히 할 수는 없습니다. 강호 경험도 쌓을 겸, 일단 사부님이 주신 백 개의 비무첩을 다 소진한 다음에나 다른 생각을 해도 해보겠습니다."

"옳은 소리!"

공후아가 거들었다.

"남자가 일을 시작했으면 어떻든 끝장을 봐야지. 그리고 진정한 강자는 실전과 비무 속에서 탄생하는 법. 물론 혼자 하는 수련과 명상도 꼭 필요하기는 하지만, 그렇다고 따로 할 것은 없어. 대련을 하는 틈틈이 시간을 내면 될 일이야."

이어 팽연을 향해 핀잔주듯 말했다.

"도라도 닦을 일 있어? 조용한 장소를 찾게? 팽가, 너는 쓸데없는 소리 말고 네 갈 길이나 가!"

"노선배님도 참……."

팽연이 무안한 얼굴에 울상을 했다.

"안 그래도 떠날 참이니 너무 그러지 마십시오."

그런데 그 말에 반응한 사람은 몽천악이었다.

"지금 당장 떠난다는 말입니까?"

"그게 좋을 것 같네."

팽연이 머리를 끄덕였다.

"일이 이렇게 된 이상, 여기서 더 머무르기는 찜찜하네. 어차피 제남에 온 이상 따로 들러보아야 할 곳도 있고 하니 이참에 바로 나서서 그리로 갈 생각이네."

"그럼 지금밖에 시간이 없겠군요."

"응? 무슨 소리인가?"

"받은 것은 돌려줘야지요."

"받은 것이라니……?"

팽연이 더욱 영문을 모르겠단 얼굴을 했지만, 몽천악은 더 말하지 않고 시선을 팽우광에게 돌리더니 말했다.

"두 번뿐이오."

"……?"

"집중하기 바라오."

"대체 무엇을 말이오?"

팽우광의 반문에 몽천악은 아무 말도 하지 않았다.

그러나 그것은 겉으로만 그러했다. 말소리는 새어 나오지 않았지만 그의 입술이 어느 순간부터 미세하게 움직이기 시작했다. 전음이 아니고 무엇이겠는가.

"당신 아버지의 일도(一刀)."

"……!"

팽우광의 눈이 부릅떠지는 것을 보며 몽천악은 말을 이었다.

"사실 내가 신창을 만나면서 각성을 이루어낼 수 있었던 것은, 따지자면 다 당신 아버지 덕이오. 물론 그전에 얼마간의 심득을 얻은 것이 있기는 했지만, 그래도 그가 아니었다면 불가능한 일이었소. 그가 그렇게 아름다운 일도를 선보였기에, 그리하여 나를 개안시키고 또 그에 골몰하게 만들었기에 때가 왔을 때 바로 각성을 이룰 수 있었던 것이오. 그것을 지금 돌려주겠소."

“……!”

“물론 그에 비하면 아직 멀었지만, 그러나 다행히 작지만 얻은 바는 있으니 당신에게 보여주고 싶소. 또 이것으로 그에게 진 빚도 갚고 싶소. 더불어 그것을 완성해서 후일 반드시 그를 다시 찾아 가르침을 청하겠다는 내 의지를 전하는 것이기도 하고. 또한 당신을 비무대회에 참가시켜서 실전 경험을 쌓게 한다는 당신 아버지의 의도와는 달리 오히려 친구로 딸려 보낸 내가 혼자 놀아버린 셈이니, 그것에 대한 보상이라고 생각해도 좋고.”

“뜻은 알겠소만.”

팽우광 역시 전음으로 입을 열었다.

“내가 지금 두 번 본다고 무엇을 알 수 있겠소?”

“이것은 일종의 심득이오. 어제 못 얻었다고, 오늘도 아무것도 얻는 것이 없으리란 법은 없소. 얻고, 못 얻고는 모두 당신 복이오. 그리고 두 번이라고 한 것은 당신 아버지가 그러했기에 그럴 뿐 다른 의미는 없소. 어차피 한 번이나 열 번이나 횟수는 아무런 의미가 없으니까. 어떻든 얻는다면 바로 느끼는 것이 있을 것이고, 얻는 것이 없다 해도 당신이라면 최소한 무의식 속에라도 남아 있지는 않겠소? 그것이면 족하오. 언젠가는 발현될 테니.”

“그것도 그것이지만…….”

“무슨 다른 문제라도 있소?”

“사람들이 있는데…….”

“상관없소.”

그제야 무엇 때문에 주저했는지 안 몽천악이 작게 머리를 흔들었다.

“알다시피 본다고 아무나 알 수 있는 게 아니질 않소. 설령 얻는 사람이 있다 한들 또 무슨 상관이겠소. 언젠가는 얻을 사람인 것을. 그리고 우리 사이의 내용은 전음으로 하고 있으니 그에 대한 염려도 할 필요가 없고 말이오. 그럼 시작하겠소.”

이어 전음을 푼 몽천악이 주변의 사람들에게 조금씩 물러나 달라고 할 때였다.

“자, 잠깐만!”

급히 소리친 팽우광이 공력을 끌어올려서는 호흡을 가다듬더니 그제야 머리를 끄덕였다.

“준비됐소.”

다음 순간이었다.

몽천악이 어느 틈에 대산을 뽑아 들고는 휘둘렀다. 과거 팽화산이 보여주었던 것과 똑같은 형태였고, 궤적이었다. 단지 한 손만 움직여 사선으로 위에서 아래로 아주 단순하게 내리긋는 듯한 일식(一式). 모르는 사람이 보면 아무렇게나 휘두르는 것으로밖에 보이지 않는 칼질 그대로였다. 단 하나, 차이가 있다면 대산이 워낙 크고 긴 탓에 그 반경이 다르다는 것뿐이었다.

“헛!”

“아, 아니!”

“무, 무슨 짓을!”

사람들의 입에서 다양한 경악성이 터져 나왔다.

내용을 알지 못하는 사람들이 보기에는 갑자기 몽천악이 팽우광을 향해 공격을 감행하는 것으로 보였던 탓이다. 그러나 이내 사람들은 입을 다물었다. 모두가 고수들이었기에 대산에 경력도 그리 실리지 않

았고, 또 직접적으로 팽우광을 노리고 뻗은 것이 아님을 한눈에 안 탓
이다. 물론 그렇다고 그들의 얼굴에 어려 있는, 대체 무엇을 하는 것인
가? 하는 의혹과 곤혹이 가신 것은 아니었다. 심지어 과거 팽화산의 일
도를 곁에서 보았고, 또 조금 전 몽천악에게 사전에 언질을 받은바 있
는 팽연조차 그러했다.

그러나 다는 아니었다.

그렇지 않은 사람들도 있었다.

공후아와 양군휘와 소강이 그들이었다. 그들은 몽천악이 도초를 시
전하자 다른 사람들처럼 놀라는 대신에 두 눈 가득 이채를 떠올리고는
대산의 궤적을 뚫어져라 바라보았다.

하지만 몽천악이 두 번의 똑같은 칼질을 하고 물러섰을 때는 반응이
각기 달랐다. 공후아는 흡족해하는 얼굴로 머리를 끄덕였고, 반면에
소강은 한숨을 내쉬었으며, 양군휘는 곤혹스러운 표정으로 고개를 갸
웃거리는 것이었다.

◆제10장◆

금소천(金小天)

"휴우······."

몽천악의 시연이 끝나고도 한참을 눈 한 번 깜빡이지 않고 집중하던 자세 그대로이던 팽우광이 길게 한숨을 내쉬었다. 그러나 곧 본색을 회복하고는 몽천악에게 포권을 취하면서 말했다.

"역시 아무것도 모르겠소만, 어떻든 고맙소."

이어 여전히 눈만 멀뚱거리고 있는 팽연에게 말했다.

"이제 그만 가시지요, 숙부님."

그제야 퍼뜩 정신을 차린 팽연은 곧 팽우광과 더불어 사람들에게 작별을 고하고는 비무대를 떠났다.

이어서 떠난 사람은 주오기였다.

"몰랐으면 몰라도 안 이상은 그냥 둘 수 없지. 어차피 지금은 다른 일이 없기도 하고. 천악은, 그 두 사람을 처리하는 대로 찾아갈 테니 그때 보기로 하세."

그가 남긴 말이었다.

일 년간은 휴가나 마찬가지였기에 따로 할 일도 없는 그로서는 단목령과 모윤강을 그대로 놔둘 수가 없었던 것이다. 더불어 혹시라도 몽천악이 단목혜의 일을 자세히 알 겸 복수도 하겠다고 그들을 쫓다 풍파에 휘말리는 것을 미연에 방지하자는 것이기도 했다. 그리도 또 한가지. 도룡보도 때문이기도 했다. 말은 하지 않았지만 그는 그 칼에 욕심이 났다. 그렇다고 자신 때문은 아니었다. 자신의 도법에 맞지도 않았고, 칼을 모으는 취미도 없었다.

다른 이유가 아니었다.

몽천악에게 주려는 것이었다. 숙부가 된 기념으로 안 그래도 무언가 선물을 하고 싶어서 찾던 차에 그것은 더할 나위 없이 좋아 보였던 것이다. 더구나 계속 비무대회가 진행되었다면 결국 몽천악의 것이 되었을 물건이 아니던가. 그것을 되찾아 주는 의미도 있었다. 물론 대산도 범상한 칼이 아니라는 것은 알고 있지만, 그래도 도룡보도에 비할 바는 아니었다. 그의 생각엔 그러했다. 그래서 한시라도 빨리 두 사람을 쫓아가려는 것이었다.

그의 뒤를 이은 사람은 뜻밖에도 공후아였다.

결코 떠날 것 같지 않던 그였기에 무척 놀란 얼굴들을 했지만, 또 그런 이유로 몽천악 등은 내심의 한편으로 앓던 이가 빠진 것처럼 시원해했다. 아무래도 그와의 동행은 여러 모로 불편하고 성가신 일이 많았던 것이다. 그래서 몽천악은 물론이고 아무도 그에게 무슨 일인지조차 묻지 않았다.

물론 공후아도 곱게 그냥 떠나지는 않았다.

가까운 시일 내에 곧 다시 보게 될 테니 섭섭해도 참고 기다리라는 말로 일행의 심사를 흔들어놓은 다음에야 떠났다.

그렇게 그가 떠난 다음이었다.

"이제 우리 차례인가?"

불쑥 양소군이 말했다.

"그런데 본 맹에는 언제 들를 참이지?"

"……!"

"네 비무첩에 본 맹의 인물도 몇 있다고 들었는데?"

몽천악이 흠칫 자신을 쳐다보자 양군휘가 웃으며 말을 이었다.

"나와의 끝내지 못한 승부도 있잖아. 네가 그동안 너무 몰라보게 달라져서 서로의 위치가 바뀐 감이 있기는 하지만. 그렇다고 쉽게 당할 내가 아니라는 것은 알 테고. 어쨌거나 약속은 약속. 어떤 식으로든 끝을 보긴 봐야지?"

"당연하지."

몽천악이 머리를 끄덕였다.

"나도 기대하고 있어."

"그럼 지금 우리랑 같이 가는 건 어때?"

갑자기 양소군이 반짝 눈을 빛내며 나섰다.

"며칠이면 돼. 쾌마(快馬)와 쾌선(快船)이 준비되어 있거든. 우리가 급히 총단으로 돌아가야 해서 말이야. 사실 봉공께선 벌써 배에서 기다리고 계시고."

"……."

"같이 가자!"

뜻밖의 제의에 놀란 것처럼 눈을 끔뻑이며 자신을 바라보는 몽천악을 향해 양소군이 조르기라도 하듯이 재차 말했다.

"기회가 좋잖아. 우리와 같이 들어가면 번잡할 일도 없고, 또 소란 떨 필요 없이 비무도 쉽게 할 수 있고. 더불어 본 맹 구경도 하고. 강호에서도 알아주는 본 맹 총단이야. 보면 입이 벌어질걸? 내가 같이 다니면서 다 구경시켜 줄게. 이런 기회는 좀처럼 없다는 것을 알아야 해."

그런데 그녀의 말이 끝나기도 전이었다. 초를 치는 사람이 있었다.

"그렇게 하자면 기껏 잡아놓은 계획을 모두 바꿔야 할 텐데요?"

남청이었다. 그가 양소군은 쳐다보지도 않은 채 그리 탐탁지 않다는 얼굴을 하고 몽천악에게 말하는 것이었다.

"그렇지 않으면 예정에 없던 먼 거리를 다시 돌아오는 수고를 해야 할 테고요. 제 생각에는 아무래도 본래 계획대로 가까운 곳부터 거쳐 차근차근 나아가고, 그리하여 천룡맹의 총단 가까이 갔을 때나 들르는 것이 좋을 것 같습니다만."

"……!"

흠칫, 남청에게로 고개를 돌리며 양소군이 아미를 살짝 찌푸렸다.

그렇지만 그가 계속 자신을 쳐다보지 않자 그녀 역시 이내 몽천악에게 시선을 고정한 채 반박하듯 말했다.

"본 맹부터 들른다고 해서 크게 차질이 있을 것은 없지 않아? 어차피 계획을 세웠다고 해도 그대로 된다는 보장도 없는 것이고. 또 비무첩을 받아야 할 사람들이 당신이 오기를 기다리고 있는 것도 아닐 테고 말이야. 그럴 바엔 오히려 본 맹부터 들르는 게 나아. 우리와 가면 일단 본 맹의 사람들은 확실하잖아."

"과연 그럴까요?"

"무슨 뜻이죠?"

다시 남청을 쳐다보는 양소군의 눈에 불꽃이 튀었다.

"설마 내가 그런 것조차 할 수 없다는 뜻은 아니겠죠?"

"글쎄, 그거야 모르는 일이지만."

처음으로 양소군을 응시하며 남청이 대꾸했다.

"어떻든 그들 역시 형님이 오기를 기다리며 대기하고 있는 것은 아니지 않겠어요? 천룡맹이 그럴 정도로 한가하고 작은 방파도 아니고. 또 그들의 지위가 오히려 더 높은 것으로 아는데, 설마 강압으로 그렇게 할 수 있을 리도 없을 테고 말입니다."

"하……!"

기가 막힌다는 탄성부터 흘려낸 양소군이 싸늘한 얼굴을 했다.

"지금 나하고 말싸움이라도 하자는 건가요?"

"그럴 리가 있겠습니까. 다만."

"그럼 당신에게 말한 것도 아닌데 왜 나서서."

남청의 말을 자르고 들어갔지만 양소군 역시 제 말을 끝까지 하지 못하고 입을 닫을 수밖에 없었다. 실소를 머금고는 둘을 제지하듯 나서서 몽천악에게 말을 건넨 양군휘 때문이었다.

"얼른 네 생각을 말하는 게 좋겠어. 까딱하면 싸움 나겠으니."

"……."

"같이 갈 텐가?"

몽천악이 선뜻 입을 열지 않자 양군휘는 제꺽 다시 물었다.

"참고로 나도 찬성이야. 이번에 들어가면 나나 누이도 한동안은 강호에 나올 일이 없을 듯하니. 이참에 맹주님을 한번 봐두는 것도 나쁘지는 않을 듯하고 말이야."

"나중이 좋겠어."

이제까지 입을 다물고 있던 것과 달리 몽천악은 바로 대답했다.

달리 그런 것이 아니었다. 사실 조금 전까지는 양소군의 제안을 받아들이는 것도 괜찮을 것 같아 망설이는 중이었고, 또 마음이 기우는 중이었다. 그러다 양군휘의 말 한마디에 그런 마음을 접고 말았다. 다름 아닌 맹주를 본다는 말 때문이었다.

기실 그는 신창과 부딪친 이래로 철무적에 대해 적지 않은 생각을 했고, 그리하여 자신의 비무행에 있어 최후의 비무자로 내심 그를 지목하고 있었다. 사부의 비무첩과는 상관없이 꼭 한 번은 어떻게든 부딪쳐 봐야 할 상대처럼 느껴졌고, 또 그것이 운명 같아서였다.

때문에 그를 미리 본다는 것은 내키지가 않았다.

아직 신창도 어쩌지 못하는 공부였다. 철무적은 그런 신창조차도 경외시하는 사람이었고. 최소한 사부님이 주신 비무첩을 다 없애고, 또 어느 정도 공부를 완성한 다음이라야 했다. 맛있는 것을 아껴 먹듯 그렇게 모든 준비가 갖춰진 후에 만나고 싶었다. 만나면 바로 싸워야 했다. 그래야 아무런 사심 없이, 또 승패에도 연연하지 않고 전력으로 부딪쳐 볼 수 있을 테니까.

싸우지도 않으면서 미리 만나봐야 후일의 대결에 영향을 미칠 것이 분명한 선입견만 생길 터였다. 설사 그를 보면서 자신감을 잃지 않고, 또 오히려 자신이 상대에 대해 더 많은 것을 파악할 수 있는 경우라 하더라도.

"……!"

몽천악의 대꾸에 안색이 확 변한 사람은 양소군이었다.

그렇지만 두어 번 입술을 깨물더니 이내 본색을 회복했다. 어째서 그러냐고 닦달하는 데 더해 그러지 말고 같이 가자고 채근해 봐야 몽천악이 이미 결론을 내린 마당에서는 아무 소용이 없다는 것을 알기 때문이었다. 그러다간 도리어 자신에 대한 인상만 나쁘게 만들 공산이 컸다. 그것은 결코 원하는 바가 아니었다. 그래서 그녀는 오히려 미소를 물고 입을 열었다.

"나중이 언젠데?"

"그야 모르지요."

남청이 또 끼어들었다.

"방향만 잡아놓았지, 시간은 알 수가 없으니까요."

"뭐, 어떻더라도 상관은 없지."

양소군은 이번에는 아예 그의 말을 듣지 못한 척 안색 하나 변하지 않고, 또 그를 쳐다보지도 않은 채 혼잣말처럼 말했다. 마치 그의 존재 자체를 무시하는 것처럼.

"심심하면 찾아오면 될 일이니."

그리고는 몽천악을 향해 꽃이 활짝 한꺼번에 피어나는 듯한 아름다운 미소를 지어 보이더니, 이내 고개를 돌려 그만 가요! 하고 양군휘에게 말하는 것이었다. 그리고는 제가 먼저 신형을 날리는 것이었고.

그러나 양군휘는 바로 그녀를 뒤따르지 않았다. 대신에 남청을 직시하고는 말하는 것이었다.

"알아두게."

"예……?"

"남자란 말일세. 여자에게 그런 식으로 말해 말다툼을 자초하는 법이 아닐세. 그렇게 화를 돋우면 자네만 손해네. 아마도 다음에 만날 때는 누이를 조심하는 게 좋을 걸세."

“무슨 말씀이신지……?”

어리둥절한 눈을 크게 뜨는 남청이었다.

하지만 양군휘는 더 그에게 신경 쓰지 않았다. 몽천악에게 머리를 끄덕여 보이고는 이내 그도 신형을 날리는 것이었다.

그렇게 두 사람마저 떠나고 난 뒤 일행도 움직였다.

일행으로서는 서둘러 밤길을 나서야 할 이유가 없었기에 단봉문에서 묵고 아침 일찍 나서기로 서로가 상의했지만, 곧 그 결정을 바꾸지 않을 수 없었다. 다른 이유가 아니었다. 도룡도 때문인지 대회 참가자들은 이미 하나도 남아 있지 않았고, 더불어 단봉문의 사람들마저 벌써 봉문의 소식을 접했는지 술렁이며 혹은 떠나고 혹은 왔다 갔다 하며 제 일에 바빴던 까닭이다. 그런 상황에서는 제대로 된 식사나, 따뜻한 잠자리를 기대할 수가 없었다.

결국 일행은 그동안 거처로 썼던 운한소축에 잠시 들러 거기에 남겨두고 있던 각자의 물건들과 흑아를 데리고는 그대로 다시 강호 여정에 올랐다.

*　　　*　　　*

“헉헉, 헉헉…….”

금소천(金小天)은 곧 넘어갈 것처럼 연신 숨을 헐떡였다.

말 위에 있음에도 그러했다. 그것도 무엇보다 빨리, 오래, 그리고 안전하게 달린다는 오추마(烏騅馬)를 타고 있었다. 그럼에도 지치고 피곤한 사지는 마비될 지경이었고, 가쁜 숨 때문에 심장이 곧 입 밖으로 쏟아져 나올 것만 같았다. 오죽했으면 평소 그토록 싫어하던 옷매무새와 모습이 난장판으로 흐트러지는 것과 온몸이 땀으로 범벅이 되는 것은 아예 신경이 쓰이지도 않았겠는가.

하지만 그럴 수밖에 없었다.

벌써 무려 반 시진을 달리는 말 위에 있었다. 더구나 안전은 뒤로한 채 안 그래도 빠른 오추마를 채찍질로 죽기 살기로 달리게 만들었으니, 그 아닌 누구라도 녹초가 되지 않으면 이상할 일이었다.

게다가 가도 가도 끝이 없는 산길이었다.

산동(山東)의 추성(鄒城)에서 강소(江蘇)의 해주(海州) 사이에 누워 있는 산맥은 비록 보통 사람은 며칠이 걸려도 벗어나지 못할 정도로 그 지역이 광활하기는 하지만, 그래도 아주 험한 악산(惡山)들로 이루어진 것은 아니었다. 오랜 과거부터 관도가 나 있을 정도였다. 하지만 그렇다고 해도 말로 달리기는 쉬운 일이 아니었다. 관도래야 겨우 마차 하나 지나다닐 정도의 폭에 가파른 오르막내리막의 연속인데다 굽이굽이 구절양장(九折羊腸)이었다. 오추마가 아니었다면 이렇게 달린다는 자체가 불가능할 터였다.

하물며 이런 고생은 고사하고, 누구나 즐기는 놀이의 일환으로 평지나 구릉에서 말을 타고 최대 속력을 내며 경주하는 것조차 해본 적이 없는 그였음에야. 아니, 나이가 벌써 스물다섯이나 되었지만 지금까지 살아오도록 애초에 숨이 차도록 무엇을 해본 적도 없고, 그런 생각조차 할 필요가 없었던 그였다.

당연한 일이었다.

그는 다름 아닌 단일 가문으로는 누구도 필적할 수 없다는 중원제일의 부자이자 상인이라는 금만백(金萬百)을 아버지로 둔 만금장(萬金莊)의 하나뿐인 후계자였으니까. 외부의 아무리 어렵고 힘든 일이라도 손짓 하나면 다 해결되었다. 그가 지시 내려주기를 간절히 기다리는 무수한 수하들이 항상 대기하고 있었다. 자신은 그저 아버지를 도와 한 번씩 재산을 가늠하며 세도 세도 끝이 없는 그것을 더욱 불릴 궁리를 하는 가운데 인생을 즐기기만 하면 되었으니까.

그런 그로 하여금 꿈에도 생각해 본 적 없는 이런 고행을 하지 않을 수 없게 만든 것은 다른 것이 아니었다.

노상강도를 만난 이유였다.

해주에서 산맥으로 접어들어 본격적으로 인적 없는 산길이 나오고 난 다음이었다.

"너를 납치해야겠다."

하며 처음에 복면한 세 놈이 길을 막았을 때만 해도 자신이 뭘 잘못 보고 들은 게 아닌가 의심할 정도로 어이가 없었고, 또 완전히 미친놈들인 줄로만 알았다. 더불어 다른 한편으로는 지루한 일상을 달래줄 아주 재미있는 일이 생긴 것으로만 생각했고.

그럴 수밖에 없는 것이 자신에게 붙은 수행원만 수십 명이었다. 하나같이 한가락씩 하는 사람들이었고. 그뿐만이 아니었다. 약한 자가 없다는 만금장의 고수들 중에서도 알아주는 일급고수 십여 명이 암중에서 호위하며 따르고 있었다. 어지간한 문파 하나가 통째로 덤비더라도 눈도 깜빡 않을 전력이었다.

설사 그런 것이 아니라 해도 마찬가지였다.

천하의 만금장이었다. 더욱이 자신은 후계자였고. 백 번 양보해서 당장은 자신의 행렬을 어떻게 할 수 있다 치더라도 문제는 뒤였다. 그 후환이 어떨지 모른다면 그것은 바보나 다름없었다.

그러니 금소천으로서는 그저 행렬이 호화로우니 덤비고 보자는 식으로 나서는 뭘 몰라도 한참 모르는 놈들로 생각할 수밖에 없었다. 곧 이어 복면한 자들이 속속 새로 나타나 가세하면서 자신들을 포위하고, 또 그 숫자가 정확히 열 명에 이르는 것을 보았을 때까지도 그랬다. 오히려 더욱 실소를 머금었을 뿐이다.

그러나 아니었다.

자신이 얼마나 잘못 생각하고 있었는지 깨닫는 데는 그리 오랜 시간이 걸리지 않았다.

"다 죽여!"

한 놈이 소리쳤다.

"금만백의 아들놈만 남기고!"

그리고부터 꼭 일각이었다.

그 뒤 그는 수하들이 하나도 남김없이 불귀의 객으로 변해 버리는 것을 돌아볼 겨를도 없이 자신의 오추마를 타고 죽어라 달리지 않을 수 없었다. 열 명의 암중 호위 무사들의 죽음을 무릅쓴 처절하기까지 한 희생이 없었다면 마차에서 내려 자신의 오추마를 타는 것조차 불가능했을 터였다. 설사 요행히 탔다고 해도 속도를 내기 전에 말이 죽거나 자신이 잡혔을 것이 십중팔구였고.

놈들은 상상할 수 없을 정도로 고수였고, 악귀였다.

정말 모든 수하들을 죽이기 위해서 병기를 휘둘렀고, 철저하고 잔인했다. 더불어 치밀한 계획하에 일을 벌였다. 그렇지 않다면 놈들은 달아나는 금소천부터 잡고자 했을 테고, 그랬으면 어쩌면 여기까지 올 수 없었을지도 몰랐다.

하지만 놈들은 그러지 않았다.

"산으로 들어갔고, 길은 하나뿐이야!"

처음에 나섰던 놈이 이번에도 소리치고 있었다.

"우선 다른 놈들부터 완전히 없애 버려! 한 놈이라도 새나가는 놈이 있어서는 안 돼! 놈은 그 다음에 쫓아도 늦지 않아!"

그 소리를 등 뒤로 들으며 금소천은 죽기 살기로 내달렸다.

그제야 자신이 놈의 말대로 산맥으로 더 깊이 들어가는 길을 택하고 말았다는 것을 알았고, 또 그것을 후회하면서. 어떻게든 산 아래로 내려갔어야 했다. 그랬으면 쉽게 놈들에게서 벗어날 수도 있었을 터였다. 사람이 있는 곳에서라면 함부로 날뛰지 못할 테니까.

하지만 그는 곧 그럴 수가 없다는 것을 깨달았다.

놈들은 이미 산으로 내려가는 길은 철저히 봉쇄한 채 도살을 벌여 왔던 것이다. 금소천이 내달린 길이 당시의 유일한 생로이자 탈출로였다. 더불어 어쩌면 놈의 말대로 그것 역시 잠시 그들의 손아귀에 잡히는 것을 연장하는 길에 불과한지도 몰랐다. 계속 말을 타고 산속을 내달려 도망치는 것 외에 자신에게는 다른 방법이 없었으니까. 말 혼자 내달리게 하고 자신은 어디론가 숨는다든지, 아니면 우회해서 다시 산 아래로 방향을 잡아 내려간다든지 하는 등의 말을 버리고 행하는 다른 방법은 쓸 수가 없었다. 그럴 만한 무공도 없었고, 무엇보다 그런 정도에 속을 놈들의 실력이 아니라는 것을 벌써 충분히 경험한 터였다.

그러나 아주 희망이 없는 것은 아니었다.

오히려 지금의 상황이 희망적일 수 있었다. 놈들이 자신의 애마가 오추마이며, 그래서 아무리 오르막 산길이라도 이처럼 빠르게 달릴 수 있다는 것을 모를 때에 그러했다. 그러면 구절양장 같은 길에 신경 쓰지 않고 신법을 이용해서 산을 가로질러 직선으로 쫓아오는 대신에 놈들은 자신이 달리고 있는 이 관도를 그대로 뒤따라 쫓아올 테고, 그런 추적이라면 제아무리 고수이고 신법이 빨라도 사람인 이상 오추마를 따라잡을 수는 없을 터였다.

금소천은 제발이지 그렇게 되기만 빌고 또 빌었다.

더불어 산맥이 끝날 때까지 어떻게든 자신의 말이 버텨주기를 마찬가지로 기원했고. 아무리 명마인 오추마라도 이런 산길을 마냥 달릴 수는 없었다. 벌써 더운 콧김을 연신 내뿜으며 식식거리는 것이 심상치 않은 징조를 보이고 있었다.

그런 어느 순간이었다.

"……!"

여전히 헐떡이는 가운데서도 금소천의 눈에 반짝 하고 빛이 떠올랐다. 또 하나의 오르막이 끝나면서 길이 협곡 사이로 평지의 그것처럼 길게 뻗어 있는 것을 본 때문이었다. 더불어 길을 두고 한쪽 면은 아득한 직각의 절벽으로, 다른 쪽 면은 절벽과는 비교할 수 없지만 그래도 거의 그와 맞먹을 정도의 가파른 산봉으로 이루어져 장관을 이루고 있는 광경 때문이기도 했다. 아울러 그 탓에 대낮임에도 길이 컴컴해 보일 지경이라는 것 때문이기도 했고.

인근의 사람들이 일주곡(一走谷)이라 부르는 곳이었다.

산맥의 거의 중심으로 강소와 산동의 경계일 뿐만 아니라 어느 쪽에서 올라오든 가장 가파른 오르막이 그것으로 끝나는지라, 한달음에 협곡을 통과한 다음 쉬어도 쉰다고 해서 붙여진 이름이었다.

그런 것은 모르지만 금소천은 자신도 모르게 얼마간 안도의 한숨을 내쉬었고, 그러면서 더욱 말을 재촉했다.

"헉헉, 이젠, 헉헉, 더 빨리, 헉헉, 갈 수, 헉헉, 있겠구나, 헉헉, 어서,

헉헉, 가자, 헉헉······."

그러나 소용없는 짓이었다.

그의 말이 끝나는 순간, 그러니까 일주곡으로 진입하고 얼마 지나지 않아서였다.

갑자기 쉬이익, 하는 파공성이 울리는 듯하더니 이히히힝, 하는 처절한 비명과 함께 말이 고꾸라져 버리는 것이 아닌가. 그것은 금소천으로서는 생각도 못한 날벼락일 수박에 없었다. 그리하여 아! 소리 한마디 못하고 그는 속절없이 땅바닥에 내동댕이쳐져야 했고, 거기서 그치는 것이 아니라 몇 번을 나뒹굴어 결국은 사지를 제멋대로 둔 채 널브러져야만 했다.

"으으으······!"

그제야 신음 소리가 새어 나왔다.

하지만 금소천은 마치 자신이 내는 소리가 아닌 것처럼 멀리서 아득하게만 들려올 따름이었다. 사지는 감각이 없었고, 눈도 뜰 수가 없었다. 말에서 팽개쳐진 충격이 워낙 큰 탓에 바로 정신이 돌아오지 않은 까닭이었다. 그래서 그때까지도 어째서 말이 갑자기 고꾸라진 것인지도 이해하지 못했다.

하지만 그것은 잠시였다.

"만만하게 봤다가 큰일 날 놈일세."

불쑥 까마귀 울음소리 같은 음성이 들려온 순간이었다.

그는 모든 것을 단번에 이해했다. 그 음성은 잊으려야 잊을 수 없는 복면인의 것이었기에 그럴 수박에 없었다. 또 그들밖에 이런 상황을 만들며 나타날 자들이 없다는 지극히 당연한 사실이 그제야 헝클어졌던 머릿속을 뚫고 떠올랐기에 또한 그러했다. 그리하여 그는 언제 그랬냐 싶게 눈을 번쩍 떴으며, 그리고는 뒤돌아볼 겨를도 없이 부리나케 기어서는 절벽으로 갔다. 이어 억지로 몸을 일으켜 벽면에 등을 의지하고 섰다. 동시에 품에서 제법 날이 날카로워 보이는 소도를 꺼내 들었다. 그리고 나서야 소리가 들려온 곳을 쳐다보았다.

그의 짐작은 조금도 틀리지 않았다.

협곡의 입구에 어느새 복면인들이 출현해 있었고, 다 잡은 사냥감을 가지러 오기라도 하는 듯이 여유작작한 모습으로 느긋하게 금소천을 향해 다가오는 중이었다.

"이렇게나 멀리 힘들게 쫓아오게 만들다니."

다시 까마귀 울음소리 같은 음성이 들렸지만 하나같이 같은 복색의 장포와 복면을 한데다 그 숫자가 열이나 되는지라 금소천은 누가 목소리의 주인공인지 알 수가 없었다.

그러나 곧 알게 되었다.

"좋은 말 덕분이었군."

하나가 문득 걸음을 멈추고는 저희가 쏘아낸 암기에 맞아 쓰러진 채 아직도 애처로운 울음소리를 내며 버둥거리고 있는 오추마를 쳐다보면서 말했는데, 바로 그자였던 것이다.

하기야 그것이 아니라도 알 수 있었을 터였다.

"하도 열심히 쫓아오느라 이것을 벗는 것도 잊었어."

중얼거림과 함께 그가 장포와 복면을 벗었기 때문이고, 또 그에 따라 다른 복면인들도 모두 그렇게 했기 때문이다.

복면을 벗은 그들의 모습은 참으로 다양했다.

어떤 자는 뚱뚱했고, 어떤 자는 말라깽이였으며, 어떤 자는 탐스런 백발백염이었고, 어떤 자는 대머리에 수염만 반백이었다. 그렇게 각각의 생김새는 말할 것도 없고, 소지한 병기부터 풍기는 기운과 표정까지도 모두가 다 달랐다. 그렇지만 한 가지는 아니었다. 전부가 노인이라는 점, 그것만은 똑같았다. 많게는 팔순도 넘어 보이는 사람부터 환갑 전후까지 골고루 있었다.

지금까지 일을 진두지휘한 까마귀 울음 같은 음성을 낸 자는 길고 강팍해 보이는 얼굴에 드물게도 삼릉자(三稜刺)를 병기로 휴대한 자였다. 그는 장포와 복면을 벗어 던진 후 곧장 오추마로 다가갔다. 그리고는 버둥거리는 오추마의 머리에 슬쩍 손을 얹는 것이었다. 그러자 말은 이내 잠잠해졌다. 고수가 아니면 엄두도 못 낼 내가중수법을 이용해 간단하게 숨을 끊어버린 것이다.

'으으, 악마 같은 놈들……!'

말의 고통을 줄여준 것이라는 것을 모르지 않으면서도 금소천은 그것을 보면서 증오로 치를 떨었다.

말의 죽음이 슬퍼서도, 또 아까워서도 아니었다.

만금을 주고도 구하기가 쉽지 않은 종자인데다 긴 세월 자신을 태우고 다녔기에 애착이 없는 것은 아니지만, 그런 것은 지금 상황에서 문제가 될 수 없었다. 나중에 더 좋은 말을 사고, 또 정을 들이면 될 일이었다. 그보다는 그것이 꼭 머지않아 자신에게 다가올 운명을 미리 보는 것 같은 생각이 든 까닭이었다.

그는 복면인들이 복면을 벗는 순간 직감했다.

제 놈들 말대로 설사 납치를 하려는 것이 확실하다고 해도, 결국은 자신을 살려 보내지 않으리라는 것을. 그렇지 않다면 지금까지 하고 있던 복면을 굳이 벗을 이유가 없었다. 그러니 금소천으로서는 오추마의 죽음을 예사로 보아 넘길 수가 없었던 것이다.

“참으로 애석한 일이야.”

까마귀 울음소리가 손을 털면서 말했다.

“다른 때였으면 살려서 가져갔을 텐데…….”

“웃기는 소리 하고 자빠졌네!”

핀잔 어린 어투로 냉큼 대꾸한 사람은 험상궂은 얼굴의 대머리였다.

“정처없이 이 산 저 산 떠도는 우리가 말은 가져다 어디다 써? 더구나 저렇게 한눈에 확 드러나는 말을! 나 여기 있소, 하고 광고라도 하며 다니고 싶어?”

“그래도 아깝잖아.”

“아깝기는, 염병할!”

입이 걸쭉한 대머리였다.

“쓸데없는 흰소리 말고 일이나 어서 마무리해!”

그리고는 잠시 멈추고 있던 걸음을 다시 성큼 떼놓는 것이었다. 어깨를 으쓱해 보인 까마귀 울음소리와 다른 자들도 행동을 같이했다.

점점 다가오는 그들을 보며 금소천은 공포와 절망으로 어쩔 줄 몰랐다. 대항이라도 하겠다는 듯이 소도를 그들을 향해 내밀고는 있지만 부들부들 떠는 모습이 꼭 학질이라도 걸린 사람 같았다. 놈들이 어떤 자들이며, 대항하면 어떤 결과가 초래되리라는 것을 몸이 먼저 알고 드러내고 있었던 것이다.

하지만 머릿속까지 그렇지는 않았다.

자신은 만금장의 후예이자 남자라고, 죽을 때 죽더라도 당당하라고, 호랑이에게 물려가도 정신만 차리면 산다고, 죽겠다는 각오로 최선을 다하다 보면 죽음 속에서도 삶을 찾을 수 있다 이르고 있었다. 어릴 때부터 아버지가 심어준 교훈이자 귀가 닳도록 들은 이야기였다. 지금까지 단 한 번도 현실감있게 떠올릴 일이 없던 그것이 위기에 몰린 상황에서 그에게 조금씩 자극을 주고 있었다.

그리하여 그는 여전히 외양은 똑같아 보이는 가운데서도 칼 쥔 자세를 고치려고 애쓰며 억지로라도 가슴속에 독기를 품으려고 노력했다.

그러나 당장 드러나는 효과를 나타내기에는 그들에 대한 공포가 너무 컸다. 뿐만 아니라 그에게 그것은 너무도 생소한 일이었다. 거기다 시간도 그의 편이 아니었다.

그사이 어느새 그의 앞에 당도한 대머리 등이 반원을 그리며 그를 둘러싼 가운데, 까마귀 울음소리가 실소를 떠올린 채 소도와 그를 번갈아 처다보며 말했다.

"그걸로 뭘 하려고? 놀기라도 해보자고?"

"또 뭘 노닥거리려고 들어?"

금소천이 무어라 응대하기도 전에 이번에도 역시 대머리가 먼저 인상을 쓰면서 참견했다.

"얼른 잡아서 돌아가자!"

"자, 잠깐만!"

제가 직접 제 말대로 하겠다는 듯이 몸을 움직이려 드는 대머리를 보면서 금소천은 악을 쓰듯 소리쳤다.

"어, 얼마나 원하십니까?"

"……!"

"제, 제가 드리겠습니다!"

자신이 금소천인 줄 알고 있는 자들이었다. 또 납치라고 했다. 그렇다면 원하는 것은 재물일 터였다. 재물이라면 현재 자신이 지니고 있는 것만도 적은 양이 아니었다. 전표 묶음에 보주까지 있었다. 보통 사람은 평생 구경할 수도 없는 금액이었다. 그리고 지금 자신은 어차피 잡힌 몸이라고 봐야 했고, 그것은 결국 그 재물이 놈들의 손에 넘어가고 만다는 것을 뜻했다. 망설일 까닭이 없었다. 그것으로 놈들을 구워 삶아 어떻게든 살길을 찾아야 했다.

머릿속에 떠올랐던 교훈들이 아무 쓸모가 없지는 않았던 것이다. 공포와 절망 속에서도 최소한 사태를 냉정하게 바라보게 했고, 또 이렇게나마 대응의 방도를 생각해 내게 했으니.

"어, 얼마면 되겠습니까?"

"허! 이놈 봐라."

대머리가 어이없다는 얼굴을 하며 다른 사람들을 둘러보았다.

"금만백의 아들놈이 아니랄까 봐서 감히 우리를 앞에 놓고 허튼수작을 부리려 드네?"

"아직 우리가 누군지 모른다는 이야기겠지."

까마귀 울음소리가 재미있다는 표정으로 대꾸했다.

"알았다면 이런 귀여움을 떨 생각은 못했을걸?"

"이미 복면까지 벗었는데 그럴 리가 있나!"

백발백염의 인물이 말을 받았다.

"우리들의 병기만 보고도 바로 알 일을!"

"그거야 무림인들 이야기지."

까마귀 울음소리가 머리를 흔들며 말했다.

"이놈은 무림인이 아니잖아. 더구나 아직 새파랗게 젊은 놈이고."

"하기야 우리가 너무 오랜만에 나오기는 했지?"

"십 년도 넘었으니 무림인이라 해도 젊은 놈들은 우리 모습만 보고 바로 알기는 힘들걸?"

"그것도 오늘까지지."

대머리가 끼어들었다.

"이번 일이 알려지면 당장 과거와 같아질걸?"

"으흐흐흐, 그야 이를 말이겠어!"

무엇이 그리 좋은지 까마귀 울음소리가 몸까지 움직이며 웃음을 흘려냈고, 다른 자들도 마찬가지였다. 그에 궁금해진 것은 오히려 금소천이었다. 그래서 참지 못하고는 자신의 시급한 당면 문제도 제쳐 놓은 채 그들을 둘러보며 물었다.

"대, 대체 어떤 분들이십니까?"

"어디 한번 맞춰봐."

"모, 모르겠습니다."

금소천은 머리를 흔들 수밖에 없었다.

"다만, 강호의 괴걸들이란 짐작만 할 뿐."

"그렇지! 바로 그거야! 괴걸!"

대머리가 손뼉까지 치면서 흥분된 음성을 발했다.

"네놈이 뭘 아는구나! 우리야말로 진정한 괴걸이지!"

"잘 알면서 내숭을 떨었구먼!"

백발백염도 맞장구쳤다.

"천하의 녹림을 관장하는 무림 최고의 괴걸들! 그게 바로 우리야!"

"으헉! 그, 그렇다면……!"

한순간 금소천의 입에서 경악성이 새어 나오며 더할 수 없이 눈을 크게 부릅떴다. 백발백염의 녹림이란 말에서 그제야 모호하게만 느껴지던 이들의 정체가 퍼뜩 떠오른 까닭이었다.

비록 강호인이 아니라고 해도 가문의 특성상 강호에 대해서 등한시

할 수가 없는 그였다. 직접 대면할 일이 평생 없다고 해도 강호의 고수나 기인이사에 대한 것은 꿰고 있어야 했다. 언제 어떤 식으로 부딪칠지 몰랐고, 그전에 미리 알고 피하는 게 상책이었으니까. 더욱이 그중에서도 자신들과 상극이랄 수 있는 녹림(綠林)의 인물들에 대한 것은 더욱 그랬다.

사실 극도의 공포와 절망감에 사로잡혀 다른 생각을 할 수 없는 이런 상태가 아니라 평소의 그였다면, 결코 모를 일이 없었을 터였다. 이들이 복면을 벗자마자 나타나는 그 두드러지는 특징들에서 대번에 어떤 위인들인지 기억해 냈을 터였다. 이들의 말대로 강호에서 잠적한 지 십 년이 지났고, 그래서 세인들의 기억 속에서 사라지고 있다 해도 마찬가지였다.

왜냐하면 이들은 귀에 딱지가 앉을 정도로 부지기수로 이야기를 들었던 녹림의 수많은 괴수(魁首)들 가운데서도 하늘이라고 할 만큼 누구나 인정하는 괴수 중의 괴수였으니까.

'바로 그들이야!'

금소천은 내심 소리쳤다.

'십괴! 흑림십괴!'

동시에 그는 눈을 뜨고 있어도 아무것도 보이지 않을 정도로 눈앞이 캄캄해져 오는 것을 느꼈다. 더불어 자신이 현재 지니고 있는 재물을 이용해 어떻게 해보겠다느니 하는 조금 전까지의 생각도 그 순간 아예 멀리 던져 버려야 했고.

그럴 수밖에 없는 일이었다.

흑림십괴(黑林十怪).

　그들은 최소한 녹림의 인물들에게 있어서는 살아 있는 전설이고, 경외와 경배의 대상이었으며, 그들이 모든 것을 바쳐 따르고 싶어 하는 유일한 대상이었다. 심지어 우내에 칠존이 있다면, 천하의 녹림에는 십괴가 있다고 할 만큼 녹림 내에서는 흑림십괴를 우내칠존과 나란히 비견하며 우상시할 정도였다.

　그럴 만도 한 것이 그들이 터뜨린 사건들은 하나같이 녹림도(綠林徒)들로서도 평생 꿈도 꾸지 못할 만큼 굵직굵직한데다 사람의 의표를 찔렀으며, 경이롭기까지 했던 것이다.

　하기야 그 결성부터도 남달랐으니.

　본디 흑림십괴는 처음부터 십괴였던 것은 아니었다. 처음엔 녹림에서도 발군의 실력을 발휘하며 각기 다른 산, 다른 장소에 따로 산채를 가지고 세력을 떨치던 채주들이었다. 안면이 있었던 것도 아니고. 그러다가 삼십여 년 전 어느 날인가 한 번 모이더니, 갑자기 의기투합해서는 도적질을 해도 제대로 해보자고 그 즉시로 산채조차 버리고 뭉쳐서 다니기 시작한 것이었다.

　그렇다고 그때부터 바로 흑림십괴라고 불린 것은 아니었다.

　그 후 얼마간 자취를 감추었다가 다시 나타났을 때까지만 해도 그랬다. 그러나 간 크게도 당시 가장 권력이 대단했던 조정의 대장군이 그 선친의 제(祭)를 소림에서 성대히 지내기로 하고, 먼저 준비 자금과 소림의 수고비에 더한 불전(佛錢)까지 해서 무려 수백 관의 금괴를 다른 예물들과 더불어 공물(供物)로 보냈는데, 그것을 중도에서 탈취했다는 사실이 퍼지고부터는 그렇지가 않았다. 수벅의 관군과 심지어 소림의 고수들도 꽤 있는 가운데서 자행한 일이었다. 그것도 백주 대낮에 당당하게 나타나 강제로 빼앗아 달아난 것이었고.

온 강호가 발칵 뒤집히지 않았을 리 없었다.

관과 소림에서 눈에 불을 켜고 그들을 찾아다닌 것은 말할 것이 없었고. 한편으로는 녹림도 아닌 흑림의 십괴라 칭하고는, 그때부터 유래가 된 그 이름에다 막대한 현상금을 걸기까지 했다.

그러나 그들은 잡히지 않았다.

몇 년이 지나도 마찬가지였다. 잠적하기 전에도 대단했던 무공이 한층 무서워진데다 녹림도들의 열렬한 환호 속에 그들의 안방이나 마찬가지인 천하의 모든 산을 마음대로 돌아다녔기에 아무리 관이고, 소림이라도 그들을 잡는 것은 지난한 일일 수밖에 없었다. 종적을 발견하기조차 어려웠다.

뿐만이 아니었다.

그런 와중에 오 년이 흘렀을 때였다. 그들은 여봐란 듯이 또다시 사건을 일으켰다. 당시 최고의 성세를 구가하고 있던 표국은 중원표국(中原鏢局)이었는데, 언감생심인 녹림은 물론이고 구파일방조차 함부로 하지 못할 정도로 위세가 당당하고 대단했다. 그런데 그런 그들이 사활을 걸었다고 할 만큼 전력을 기울어 운송하던, 은으로 환산하면 무려 수만 관에 달할 표물(鏢物)을 강탈한 것이었다. 그것도 그 쟁쟁한 표두들과 표사들을 거의 다 죽이다시피 하고. 강호가 다시 한 번 뒤집어졌을 것은 당연지사였고, 중원표국은 그것으로 문을 닫아야 했으며, 그때까지 십괴를 뒤쫓던 대장군부와 소림은 자괴와 허탈감까지 느끼면서 더욱 이를 갈아야 했다.

그것으로 끝이 아니었다.

그러고도 그들은 거의 사오 년에 한 번씩 그만그만하거나 더욱 큰 사건들을 터뜨렸다. 그럴수록 그들의 뒤를 쫓는 사람들은 늘어가고 현상금도 기하급수적으로 높아졌다. 하지만 또 그럴수록 반대로 녹림도들의 환호와 열렬한 추앙은 하늘 높은 줄 모르고 더욱 높아졌으며, 그런 그들의 비호 속에서 자신들의 능력까지 십분 발휘함으로써 단 한 번도 꼬리를 잡히지 않았다.

그러던 그들이 돌연 자취를 감춘 것은 십여 년 전이었다.

물론 사람들이 그것을 안 것은 그 훨씬 뒤였다. 마지막 사건을 벌인 후 그들의 사건 주기인 사오 년이 더 지나갔음에도 잠잠하다는 것에서 일차 소문이 돌았고, 이전 같으면 관이나 정파의 고수들에게 나포된 녹림도들에게서라도 간간이 그들의 소식을 들을 수가 있었는데 전혀 없었던 데서도 그러했다. 결정적으로, 어느 날인가부터 녹림도들 사이에 그들이 은퇴했다는 소문이 퍼지면서 온 강호가 알게 된 것이었다. 그리고 다시 세월이 흘러도 여전히 그들의 출현이 없고서야 완전히 믿게 되었고.

그런데 그들이 다시 나타난 것이다.

그것도 다른 사람도 아닌 금소천 자신 앞에, 더구나 납치를 하겠다는 것이었다. 금소천으로서는 기절초풍하지 않을 수 없는 일이었고, 더불어 다른 아무런 생각도 할 수가 없었고, 떠오르지도 않았다.

다만 자신도 모르게 새나가는 한마디는 있었다.

"왜, 왜 나를……?"

"너를 잡아야 네 애비가 말을 듣지."

금소천의 표정 변화를 지켜보던 까마귀 울음소리가 즐거워 죽겠다는 얼굴로 대꾸했다.

"물론 이유는 돈이고."

“……!”

혹시 하는 마음에 금소천의 눈이 반짝 빛났다.

그러나 까마귀 울음소리의 이어지는 다음 말과 다른 자들의 대거리를 듣고서는 이내 눈마저 감고 말았다.

“백만 관쯤 뜯어낼 생각이야.”

“착각하겠다! 은이 아닌 금이야!”

“백만금이란 제 이름처럼 말이지!”

“으흐흐, 약소한 거지.”

그런데 그들의 말을 들으며 모든 것을 포기하려는 순간이었다.

불현듯 금소천의 마음속에서 다른 감정이 머리를 쳐드는 것이 아닌가. 다름 아닌 까짓 거! 이왕 죽을 거! 하는 오기와 독기가 생기는 것이 것이었다. 더 잃을 것이 없는 자의 용기 같은 것일 수도 있었고, 처음 머릿속에 맴돌았던 교훈들이 다른 방향으로 뒤늦게 발현한 것일 수도 있었다. 어쩌면 아무것도 모르는 자의 만용에 불과할 수도 있었고.

어쨌거나 그런 마음을 가지자 그토록 두렵던 눈앞의 위인들이 가소롭게까지 보이는 것이었다.

그리하여 그는 언제 그랬냐는 듯이 얼굴 가득 조소를 떠올렸고, 더불어 평소의 아랫사람을 질책이라도 하는 듯한 이제까지와는 전혀 다른 음성을 뱉어냈다.

“미친 늙은이들!”

“……!”

갑자기 좌중이 조용해졌다.

십괴는 멍하니 금소천을 바라볼 따름이었다. 듣고도 믿을 수가 없었던 것이다. 자신들의 귀가 잘못된 것이 아닌가 의심할 지경이었다. 갑자기 실성을 하지 않은 다음에야 그럴 수가 없었다.

하지만 그들이 제격 제재를 가하지 않고 그런 식으로 해서 금소천에게 시간을 준 것은 실수였다.

"대체 목 위의 물건들은 무엇 때문에 달고 다니는 거야!"

오냐, 오냐 했더니 머리 꼭대기에 올라앉는다고, 금소천은 얼씨구나 하면서 연이어 더 험한 말들을 쏟아냈고, 그것도 중간중간 삿대질까지 예사로 해대면서였다.

"만금장이 그렇게 만만해 보여? 그리고 백만 관이라니! 그것이 얼마나 많은 숫자이며 금액인지 알고나 하는 소리야? 중원의 금을 다 모아 봐라, 그런 양이 나오는지! 너희들 정말 흑림십괴 맞아? 도적도 큰 도적이라는 놈들이 숫자 개념도 없어? 그래 가지고 지금까지 어떻게 도적질을 하고 다닌 거야?"

하도 어이가 없고, 또 어디까지 가나 두고 보자는 심산으로 그냥 듣고 있던 십괴였지만 금소천의 말이 거기에 이르자 더는 참을 수가 없었다. 이미 그들의 얼굴은 일그러지다 못해 색깔까지 푸르뎅뎅하게 변했고, 머리에선 김이 솟아오를 지경이었다. 그리하여 그것들을 말과 행동으로 변화시키려는 바로 그 순간이었다.

"보기보다는 호기가 있군요!"

"남자라면 그 정도는 되어야지!"

"이젠 내려가자! 얼른 내려가서 죽은 말이나 구워 먹자!"

갑자기 들려온 낯선 음성들이 있었다.

흠칫, 사람들의 시선이 소리가 들려온 곳으로 향할 것은 당연지사. 하지만 모두가 한참은 고개를 뒤로 꺾어야 했다. 왜냐하면 근원지는 다름 아닌 금소천이 기대선 절벽의 중간쯤이었기 때문이다.

　그 깎아지른 절벽의 중턱에 밑에서 보기에는 마치 절벽을 뚫고 주르르 크고 작은 머리들이 돌출되어 있는 것처럼 고개만 내놓고 내려다보는 사람들이 있었다. 아니, 사람만이 아니었다. 시커먼 개인지 늑대인지 모를 것도 하나 있었다.

　몽천악 일행이 아니고 누구이겠는가.

『몽천악』 6권에 계속…

청 어 람 신 무 협 판 타 지 소 설

2005년 고무판(WWW.GOMUFAN.COM)
「장르문학 대상」 최고의 영예, 대상(大賞) 수상작!

한칼에 세상이 갈라지고,
한걸음에 무림이 격동친다!

『좌검우도전』
(左劍右刀傳)

좌검우도전(左劍右刀傳) / 이령 지음

강한 자(強漢者)가 뿜어내는 거대한 힘과
강인한 매력에 빠져든다!

"너는 반드시 힘을 가져야 한다. 네 의지로… 세상을 뒤엎어 버려라."

"강자를 약자로 만들고, 명예를 뭉칠하고, 돈을 빼앗아라.
협의도(俠義道)가, 마도(魔道)가 얼마나 더러운 것인지 알려주어라."

"오냐, 아무것에도 얽매이지 말고 네 마음대로 세상을 휘저어라.
너의 이름은 수강호(讐江湖)가 아니더냐? 강호를 향해 마음껏 복수하거라!
유오독존(唯吾獨尊)! 그것이 나의 소원이다."

무한 상상 · 공상 세계, 청어람 신무협&판타지

『무상검』의 전설이 끝나고,
이제 『지존검(至尊劍)』의 신화가 시작된다!

무협계의 히트&화제작
『무상검』의 작가 일묘의 신작!

『지존검』
(至尊劍)

지존검(至尊劍) / 일묘 지음

**누구도 어찌할 수 없는 강함과 엉뚱함을 지닌 주인공과
한 겹 차가움을 둘렀지만 속알맹이는 너무나 사랑스러운 그녀.**

정반대 성격의 둘이 만나 얽히고설키며 엮어내는
예측불허&상상불허의 기대를 뛰어넘는 재미!
갈수록 깊어져 가는 신비와 비밀의 철문 너머를 엿보는 재미!

오랜 숙고의 기간을 끝내고 나타난 작가 일묘의 최신작!
색다른 상상, 오묘한 재미와 맛깔나는 캐릭터의 호화로운 경연!

『지존검』은 지금까지 맛보지 못한 색다른 재미의 보고(寶庫)다!

무한 상상 · 공상 세계, 청어람 신무협&판타지

『무정지로(無正之路)』의 화끈함을 계승한다!
작가 참마도의 두번째 작품!!

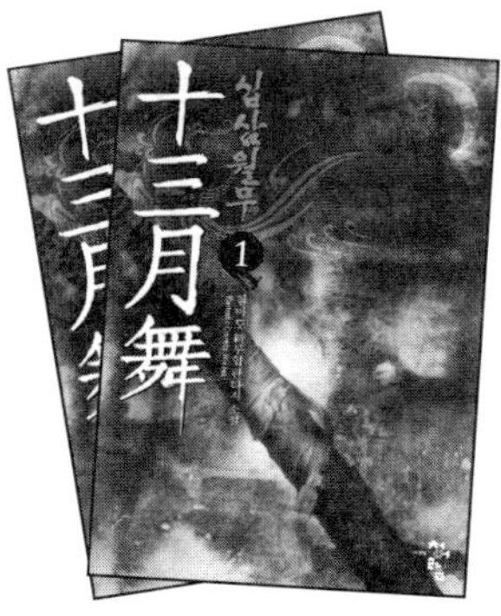

거칠고, 사납게
휘몰아친다!

『십삼월무』
(十三月舞)

십삼월무(十三月舞) / 참마도 지음

"난 살기 위해 싸울 뿐이오. 내 일을 하기 위해 싸울 뿐이고.
그리고 내… 마음속에 있는 사람들을 위해 싸울 뿐이오."

어둡고 무거운 저녁 안개 속을 뚫고서
살아 번뜩이는 야성의 눈동자!
피로 물든 천지 속에서 터져 나온
광포한 포효가 검진강호를 뒤흔든다!